Le tueur à la cravate

Marie-Aude Murail

Le tueur à la cravate

Médium

l'école des loisirs

11, rue de Sèvres, Paris 6ᵉ

© 2010, l'école des loisirs, Paris
Loi n° 49.956 du 16 juillet 1949 sur les publications
destinées à la jeunesse : mars 2010
Dépôt légal : mars 2010
Imprimé en France par CPI Bussière
à Saint-Amand-Montrond
N° d'édit. : 1. N° d'impr. : 100693/1.

ISBN 978-2-211-20090-5

Pour Lauriane Lopes Costa

Mercredi 6 mai 2009

Tout commença pour Ruth le jour où sa copine lui demanda si elle avait une photo de sa mère.

– J'en ai une de quand elle était jeune. Tu veux la voir ?

Déborah se contenta de hausser les épaules. C'était juste histoire de passer le temps un mercredi de pluie. Ruth fouilla dans le tiroir de son bureau en ajoutant quelques commentaires pour faire patienter son amie :

– Je l'aime bien, cette photo, parce qu'on voit aussi sa sœur jumelle. Elles se ressemblent, mais ma mère fait plus sérieuse, plus...

– Coincée, l'aida Déborah.

Ruth secoua la tête.

Quand sa mère était morte, elle avait dix ans. Quatre années avaient passé. Quand elle cherchait à la retrouver derrière ses yeux fermés, elle la confondait avec une actrice...

— Brigitte Fossey, dit-elle à voix haute.

— Hein?

— Elle ressemblait à… Ah, la voilà! C'est du noir et blanc, remarqua-t-elle, un peu déçue.

— C'est laquelle?

— La plus maigre.

Ce qui différenciait les jumelles Ève-Marie et Marie-Ève Lechemin, c'était la forme du visage, plus large chez l'une, plus longue chez l'autre.

— Elle a notre âge là-dessus, estima Déborah.

— Un peu plus. Quinze ou seize.

— T'as rien de récent?

— Non.

— C'est bizarre.

— Pourquoi?

— Ben, je sais pas… Même mon chien qu'est mort, j'ai des photos de lui dans ma chambre.

Il y avait comme une accusation dans cette phrase.

— C'est mon père, se dédouana Ruth. Il n'aime pas les photos.

— Il en a pas de sa femme?

— Si… Dans une boîte.

Un jour, Martin Cassel avait ouvert cette boîte, une banale boîte à chaussures, pour prouver à la petite sœur de Ruth, Bethsabée, à quel point elle ressemblait à sa maman.

Ruth comprit ce qu'elle était en train de faire quand elle ouvrit le tiroir des slips. Elle fouillait dans les affaires de son père. Où était-elle, cette boîte de photos? Elle devait se dépêcher. Lou, la baby-sitter, avait emmené Bethsabée au Parc bordelais, mais elle ne tarderait pas à rentrer. Quelques grosses gouttes d'une pluie d'orage venaient de s'écraser contre la vitre.

— Alors? fit Déborah, plantée au milieu de la chambre.

Rêveuse, elle regardait le lit de monsieur Cassel, recouvert d'un épais couvre-lit cramoisi. Elle n'avait jamais vu le père de Ruth qu'en costume-cravate. Pourtant il devait bien mettre un pyjama la nuit. Ou pas?

— Ça y est, je l'ai!

La boîte était planquée derrière la pile de draps. D'ailleurs, pourquoi «planquée»? Rangée tout simplement. Ruth l'entrouvrit pour vérifier qu'elle ne se trompait pas, mais au même moment une porte claqua. Elles échangèrent un regard de panique, Déborah et elle, en entendant la petite voix qui appelait sa grande sœur. Ruth saisit quelques photos, les glissa sous son sweater et rejeta la boîte derrière les draps. Sans un mot, elles se faufilèrent hors de la chambre de monsieur Cassel.

— T'étais où?

— Dans la quatrième dimension, répondit Ruth à sa sœur.

Bethsabée ne cherchait pas à comprendre les phrases des grands. Sa petite vie l'occupait tout entière.

— J'ai vu mon amoureux de l'école, dit-elle. Il m'a donné ça.

Elle ouvrit le poing. Elle avait serré le gravier si fort qu'il avait fait une marque dans sa paume.

— Tu viens? s'impatienta Déborah.

Ruth gardait les mains plaquées sur le bas de son sweater pour empêcher les photos de glisser.

— Jette ça, c'est dégoûtant, dit-elle à Bethsabée en s'éloignant.

La fillette fit une grimace au dos tourné de Déborah. Elle n'aimait pas la copine de sa sœur.

Une fois dans sa chambre, Ruth, connaissant la mauvaise habitude de Bethsabée d'entrer sans crier gare, appuya son dos contre la porte et jeta les photos sur le lit. Déborah fit le tri en énumérant:

— Ta sœur, ta sœur, toi… Ça, c'est quoi?

Ruth dut s'approcher:

— Une vieille photo de classe.

— Merci, j'ai vu. Mais de qui?… Tiens, là, c'est ta mère!

Elle posa le doigt sur une des jumelles Lechemin.

— Avec ton père à côté, hein?

Martin Cassel était aisément reconnaissable, même à vingt ans de distance.

— Oui, mes parents se sont rencontrés en...

Ruth ne put achever sa phrase: elle venait d'apercevoir l'autre jumelle, celle qui avait le visage allongé, au bout de la rangée. Elle avait les cheveux tirés en queue-de-cheval et l'air tristounet.

— En quoi, en terminale? la bouscula Déborah. C'est marqué TC3 sur l'ardoise aux pieds de la prof.

Il y eut un silence. Le doigt de Déborah glissa le long de la rangée.

— C'est qui, celle-là?

Ruth bafouilla:

— Des fois, elles... elles étaient dans la même classe.

— Attends, y a un truc que je comprends pas. Ta mère, c'est laquelle?

— C'est celle-là, marmonna Ruth.

Elle désigna la fille à la queue-de-cheval.

— Alors pourquoi ton père est collé à l'autre?

— Il n'est pas «collé».

— Ah si! En plus, il lui tient la main.

— Non.

— Prends une loupe, tu verras.

Il y avait une loupe dans la chambre de son père, mais Ruth n'avait pas l'intention d'y retourner.

— Je me suis trompée, décida-t-elle. Celle qui a la queue-de-cheval, c'est Ève-Marie.

— Ta tante.

— Ma tante ?

— La sœur de ta mère, c'est ta tante, articula Déborah comme si elle avait affaire à une demeurée.

Ruth acquiesça. La sœur de sa mère était sa tante. Du moins, elle aurait été sa tante...

— Elle est morte.

— Hein ?

Déborah perdait pied. Elle avait demandé une photo de la mère de Ruth qui était morte et elle découvrait que sa tante était morte aussi.

— Les deux, alors ?

— Oui.

Elles en étaient venues à parler à voix basse.

— Y a longtemps que ta tante est morte ?

— Là.

— Maintenant ?

— Non, là...

Elle montrait la photo.

— Quand elle était en terminale.

— Ah bon ? Elle est morte de quoi ?

— Noyée dans la Charente.

14

Elle était oppressée, elle n'avait pas envie d'en parler. Surtout sans savoir qui était qui. Elle alla rechercher la photo des jumelles dans son tiroir et la posa à côté de la photo de classe.

— Celle-là, c'est celle-là, fit Déborah en montrant successivement la jumelle au visage allongé puis la jeune fille à la queue-de-cheval.

— Oui.

— C'est ta mère ou pas?

Ruth se souvint tout à coup du jeu auquel elle jouait avec maman quand elle était petite. On se posait des questions, mais il ne fallait répondre ni par oui ni par non.

— Je sais pas.

— Tu reconnais pas ta mère? insista cruellement Déborah.

— Mais c'est des jumelles, elles se ressemblent! Et me parle pas de ton chien!

— T'as qu'à demander à ton père si c'est bien la jumelle la plus maigre qui est ta mère.

— Je demande rien à mon père. C'est clair?

Elles restèrent un moment plongées dans un même silence maussade.

L'idée, une idée géniale, vint à Déborah à force de fixer des yeux la photo de classe.

— Je peux savoir laquelle est ta mère.

Ruth lui jeta un regard incrédule. C'est alors que Déborah lui apprit l'existence d'un site Internet sur lequel les gens mettaient leurs vieilles photos de classe dans l'espoir de retrouver leurs copains d'autrefois.

— Ça s'appelle un truc du genre «perdu de vue»… Je te montre.

Déborah pianota sur le clavier de l'ordinateur personnel de Ruth et tomba rapidement sur la fiche d'inscription au site. Elle commença par taper: «Martin Cassel», puis se tourna vers sa copine:

— C'est quoi sa date de naissance?

— De mon père? 5 juin. Mais qu'est-ce que tu fais?

— L'année?

Ruth gonfla puis dégonfla les joues.

— Tu sais pas son année de naissance? Il a quel âge?

— Trente… euh… huit!

Martin Cassel était donc né le 5 juin 1971. Il avait fait sa terminale au lycée Guez-de-Balzac de Saintes, c'était écrit au dos de la photo. Déborah entra ces données, et en quelques clics elle arriva sur le lycée en question. Il y avait déjà 3 800 inscrits et dix photos de classe. Elles les examinèrent rapidement. Ni les jumelles ni Martin Cassel n'apparaissaient sur aucune d'elles. Pour mettre sur le site la photo des TC3, il fallait donner une adresse mail qui permettrait de confirmer l'inscription.

— On va se faire une adresse bidon sur gmail, fit Déborah qui était une pro d'Internet.

Ruth, que les manips de sa copine inquiétaient, assista à la naissance d'un m.cassel@gmail.com, lequel confirma son inscription à perdu-de-vue avant d'y placer sa photo de classe en indiquant trois noms, le sien et celui des jumelles Lechemin. Quand on faisait glisser le curseur sur l'une des trois personnes, une languette apparaissait sous sa tête avec son nom. Déborah ajouta ce simple message : **Si vous vous êtes reconnu sur la photo, écrivez à Martin Cassel.**

— Et qu'est-ce qui va se passer ? maugréa Ruth qui avait la sensation de ne rien maîtriser.

— Ben, si on s'est trompées, il y aura quelqu'un qui le dira.

— Ça m'étonnerait.

— Tu ne reconnaîtrais pas une fille qui s'est noyée l'année de ta terminale ?

Ruth secoua la tête, plus que dubitative. C'étaient des jumelles !

— Et puis, c'est marrant, ajouta Déborah que ses quatorze ans ennuyaient énormément.

Elle n'imaginait pas ce qu'une simple photo postée sur Internet pouvait avoir de conséquences.

Dès que Déborah fut partie, Bethsabée se glissa dans la chambre de sa grande sœur.

— Ça se fait de frapper avant d'entrer.

— Oh, t'as la photo de maman! s'exclama la petite en se jetant sur le cliché des deux jumelles en noir et blanc.

— Laquelle c'est, maman? l'interrogea Ruth sur le ton de la devinette.

— Elle! répondit Bethsabée en enfonçant le doigt sous la jumelle au long visage.

— Attention, Beth, tu l'abîmes!

Mais l'indifférence de Bethsabée aux remontrances de sa sœur était totale.

— Papa, il dit que je suis belle comme maman.

Elle se planta devant la glace en pied, rassembla ses fins cheveux blonds en une queue-de-cheval, puis se déhancha, le poing logé dans l'aine, et son petit ventre rond pointé en avant.

— Tu trouves que je suis belle?

Ruth n'aimait pas ces poses que prenait Beth, parfois devant son père.

— Maman ne crânait pas comme toi, dit-elle un peu au hasard.

Bethsabée laissa retomber ses cheveux.

— C'est pas juste! Toi, t'as eu un peu de maman, et moi, j'en ai eu pas du tout.

– Mais si! Tu as oublié parce que tu n'avais pas encore deux ans.

Quand Bethsabée mettait à nu son cœur orphelin, Ruth aurait voulu déposer la Terre entière à ses pieds. C'était son secret: elle aimait fanatiquement Bethsabée. À neuf ans, elle avait lu *Les Quatre Filles du docteur March*. L'une des quatre sœurs s'appelait Beth et elle était gravement malade. Ruth avait dévoré le livre dans l'espoir de la sauver. Mais «Beth mourut paisiblement un matin, la tête appuyée sur le bras de sa mère, sa main serrant encore celle de sa sœur», et Ruth, en pleurant sur son livre à gros bouillons, s'était juré qu'elle se tuerait si Bethsabée mourait avant elle. À quatorze ans, c'était toujours vrai.

*
* *

Monsieur Martin Cassel rentrait tard, entre 20 et 22 heures. Lou, qui avait été engagée récemment, avait pour consigne de dîner avec les filles, de coucher Bethsabée et d'attendre le retour de son patron. Elle essayait aussi de tenir compagnie à Ruth, essentiellement en la saoulant de confidences sur sa vie sentimentale. La jeune femme vivait avec un certain Frank Tournier, plombier, fils de plombier, et fan de tuning. Le samedi, Frank retrouvait ses potes pour comparer les jantes de leur voiture tandis que leurs nanas, dont Lou, comparaient les couleurs de leurs vernis à ongles. Le dimanche, c'était foot avec les mêmes copains tandis que les mêmes nanas se plaignaient de leurs mecs. Frank était jaloux, c'était le problème de Lou, il était même jaloux du patron de Lou qu'il n'avait jamais vu, mais qui la retenait trop tard le soir.

— Quand j'arrive chez nous à neuf heures et demie, expliqua Lou au dîner, Frank me tire la gueule. Et si c'est dix heures, il pète les plombs.

— C'est le comble du plombier, remarqua Ruth.

Ce soir-là, monsieur Cassel n'était toujours pas rentré à 21 heures, et Ruth, voulant s'éviter les lamentations de Lou, alla s'enfermer dans sa chambre. Elle se coucha en chien de fusil sur son lit, ferma les yeux, et revit en pensée la photo de classe des TC3. Elle aurait dû l'examiner à la loupe. Pas pour savoir si son père tenait la main de la jumelle à côté de lui. De cela, elle était aussi sûre que Déborah. Mais elle aurait voulu voir, puisque la jeune fille souriait, si cette jumelle avait les incisives écartées. Ruth, qui avait cette même particularité, en avait fait un complexe quand elle avait eu sa denture définitive, Déborah lui ayant gentiment dit qu'elle avait l'air d'une vieille avec une dent en moins quand elle souriait. Pour la consoler, maman lui avait expliqué que c'était un signe de famille, puisque sa sœur jumelle les avait. «Ou je me trompe, et c'était maman…» Tout cela était si lointain. L'enfance de Ruth lui faisait l'effet d'un film qu'elle aurait vu il y avait longtemps. Maman était morte en sortant d'un restaurant, ça, c'était la fin du film, la fin de l'enfance. Elle était tombée sur le trottoir et s'était noyée. Ruth, qui commençait à s'assoupir, la tête sur son bras plié, eut un sursaut en se rendant compte qu'elle déraisonnait. C'était Ève-Marie qui s'était noyée dans la Charente. Maman était morte devant le Blue Elephant. Papa était rentré seul cette nuit-là. Ruth avait entendu son pas dans le couloir, comme tout de suite elle entendait un pas.

— C'est l'assassin, dit une voix.

L'assassin entre dans la chambre. Ruth veut se défendre en allant prendre la coupe en argent que maman a gagnée à la natation. Mais l'assassin lui barre la route, il a une arme à la main.

— Que personne ne bouge! Je vais tuer quelqu'un.

Il ne le dit pas, mais Ruth sait que c'est à elle de désigner celui ou celle qui doit mourir pour que les autres aient la vie sauve. Est-ce qu'elle va dire à l'assassin de tuer maman? Non, maman ne doit jamais mourir! Alors, Bethsabée? Mais c'est un bébé, il n'y a même pas la place de loger une balle dans son cœur. Il reste papa. Papa, c'est moins grave s'il meurt. S'il meurt, on vivra encore toutes les trois, on se serrera, on n'aura pas froid. Non, Ruth ne peut pas penser une chose aussi affreuse. D'un pas, elle s'avance vers l'assassin :

— Tuez-moi.

Voilà, une fois de plus, elle s'était sacrifiée. Il ne lui restait plus qu'à ouvrir les yeux, à s'écouter respirer, à sortir du rêve. Au même moment, une porte claqua. L'assassin. Ruth soupira, agacée contre elle-même. Ce n'était que son père rentrant du travail. Elle s'était endormie quelques instants, la tête pesant sur son bras qui en était tout ankylosé. Elle le secoua pour en chasser le fourmillement. Puis, entendant le bruit de pas qui approchait, elle se dépêcha d'éteindre la lampe de chevet. Elle voulait que son père la crût endormie. S'il entrait, s'il lui demandait : « Ça allait, cette journée ? », elle risquait de lui dire qu'elle avait refait le rêve de l'assassin, comme après la mort de maman. Elle ne voulait pas qu'il le sache, même sa psy, madame Chapiro, qui était très sympa, ne le saurait pas.

Monsieur Cassel passa devant la chambre et ne fut pas dupe en voyant disparaître brusquement le rai de lumière sous la porte. Peut-être que ça l'arrangeait que sa fille aînée fît semblant de dormir. Il entra sur la pointe des pieds dans la chambre de la petite, juste pour s'assurer qu'elle, elle dormait bien.

— T'as tué quelqu'un aujourd'hui? fit une voix malicieuse.

— Non, j'ai eu de la chance. J'ai tué personne.

Il était médecin anesthésiste à l'hôpital Pellegrin.

— Papa?

— Yeps?

— Tu m'aimes?

Il s'accroupit.

— Pas beaucoup.

— Moi non plus.

Il se pencha pour l'embrasser et se sentit brutalement enlacé.

— C'était pour rire, chuchota la petite au bord des larmes. Je t'aime jusqu'à la lune…

— Et retour.

Leurs lèvres s'effleurèrent.

Pendant ce temps, au salon, Lou rassemblait ses affaires à la hâte. Elle ne serait pas à la maison avant dix heures et quart.

— Est-ce bien le moment de secouer les coussins? s'enquit une voix dans son dos.

— Je secoue pas les coussins! Je cherche mon portable.

Elle était à deux doigts de la crise de nerfs en pensant à la tête que ferait Frank à son retour.

— Ah, d'accord, dit monsieur Cassel, immobile à l'entrée du salon.

— Vous pouvez appeler mon portable? mendia Lou.

— Yeps, acquiesça Martin, toujours impassible.

Quelques secondes plus tard, des coassements de grenouille partirent de sous le canapé.

— Oh, putain! grommela Lou en se baissant pour ramasser son téléphone.

Puis, se redressant:

— Vous pouviez pas arriver plus tôt?

— Si. C'était une petite opération à cœur ouvert. La prochaine fois, je les laisse finir sans moi.

— Oh, c'est bon, j'ai compris, marmonna Lou en enfilant son blouson, je suis qu'une pauvre merde, et toi, t'es le roi de l'anesthésie.

Elle eut soudain peur d'avoir été entendue et jeta un coup d'œil à son patron. Il restait là, sans bouger, tiré à quatre épingles comme toujours, l'air juste un peu fatigué après dix heures passées au bloc. Elle le salua à la va-vite d'un «b'soir, m'sieur Martin». Il eut un demi-sourire en entendant la porte d'entrée claquer à la volée. Les gens excédés l'amusaient, et Lou, toujours débordée par ses émotions, l'amusait particulièrement.

Lou courut jusqu'à sa Clio, fouillant d'une main dans son sac en bandoulière pour trouver sa clé de voiture tout en cherchant des yeux POUSSINET sur l'écran de son portable. Ses longues jambes maigres vacillaient sur ses hauts talons et elle finit d'ailleurs par se tordre le pied.

— Oh, merde! Heu... Allô, c'est toi, Pou... Frank? Ouille, ouille, ouille, la vache, je me suis... Ça va, chéri? J'arrive dans cinq...

— Mais où t'es? Qu'est-ce tu fous encore?

Haletante et pouvant à peine poser le pied gauche, Lou sentit la rage lui monter à la gorge:

— Où je suis? Mais qu'est-ce tu crois? Je bosse! Je sors de chez Cassel!

— Mais il te fait quoi, à dix heures du soir?

Bon, c'était mal parti. Lou préféra clouer le bec à Poussinet. Elle venait juste de démarrer quand les grenouilles se mirent à coasser.

— Je conduis, Frank, c'est dangereux de tél... J'arrive, je te dis.

Il criait des saletés, la traitait de pute et de pétasse. Elle était habituée. Elle mit le portable dans le porte-gobelet de la voiture et fredonna pour couvrir la voix qui l'insultait.

Jeudi 7 mai

Tout commença pour Guy le jour où il apprit l'existence sur Internet d'un site où sa comptable avait retrouvé son amoureux du lycée. Pourquoi, une fois de retour chez lui, se mit-il à pianoter sur son ordinateur pour s'inscrire à perdu-de-vue.com ? Il savait bien qu'il ne pourrait pas retrouver celle qu'il avait aimée, elle était morte en terminale, vingt ans plus tôt. Mais là, premier choc : l'établissement qu'ils avaient fréquenté, le lycée Guez-de-Balzac, à Saintes, était bien répertorié. Deuxième choc : sur la dizaine de photos de classe, il y avait celle de leur TC3. Ève-Marie ! Elle était là, crevant l'écran de l'ordinateur. Martin Cassel était là aussi, collé à elle, jouant les dandys en cravate, et l'air lugubre comme toujours. À l'extrémité de la rangée, il y avait la sœur jumelle, Marie-Ève, les cheveux tirés en queue-de-cheval. Les deux sœurs n'étaient pas très liées, comme le prouvait la photographie. Sans doute l'une était-elle jalouse de l'autre…

Le curseur en passant sur Ève-Marie fit apparaître un nom dans une languette : **Marie-Ève Lechemin**. Guy en eut un mouvement d'indignation. On ne pouvait pas confondre les deux sœurs ! Bien sûr, elles étaient blondes et elles avaient des yeux noisette. Mais les traits du visage s'épanouissaient chez Ève-Marie, elle était solaire quand sa jumelle avait l'air d'un bonnet de nuit. Et seule Ève-Marie avait ce petit interstice entre les incisives qu'on appelle «les dents du bonheur». Qui avait inversé les prénoms ? Et là, nouveau choc : **Si vous vous êtes reconnu sur la photo, écrivez à Martin Cassel.** Ce salaud ! Voulait-il faire croire qu'il n'avait jamais aimé que celle qu'il avait épousée ?

— Si je clique sur son nom, marmonna Guy, est-ce que je tombe sur son mail ?

Non, il fallait écrire dans un petit cadre et le site transmettait le message. Comment commencer ? Cher Martin ? Non, tout de même pas ! Bonjour ? Oui. **Bonjour, je me suis reconnu sur la photo. Je suis le premier à gauche, rang du haut.** Guy eut l'impression de mettre le doigt dans un engrenage. Martin Cassel était un pervers. À quel jeu jouait-il ? Guy tapa très vite : **J'ai appris il y a quelques années que tu avais épousé la sœur jumelle d'Ève-Marie, celle qui est au bout de la rangée. Vous avez des enfants ? Tu es devenu médecin comme tu le souhaitais ou pasteur comme ton père ☺ ?** Et il signa : **Guy Dampierre.**

Dimanche 10 mai

Tout commença pour René un dimanche où il s'assit en soupirant devant son ordinateur. C'était le seul sport qui lui restait à présent que l'arthrose avait déformé ses articulations : surfer sur Internet. Et encore, taper sur le clavier le faisait souffrir. Une sonnerie le fit grimacer.

— Quel emmerdeur…

Mais son visage renfrogné se dérida quand il vit sur son palier sa voisine, Suzanne Parmentier.

— Vous vous êtes connecté, ce matin ? lui demanda-t-elle d'emblée.

— À l'instant. Mais quelle tête vous faites !

— Il faut que je vous montre quelque chose, René. Je ne vous en avais pas parlé. C'est un site où je vais de temps en temps.

— Oh, oh, un site de rencontres ?

Familière des lieux, Suzanne était entrée dans le salon et se dirigeait vers le petit bureau de monsieur Lechemin.

— J'ai vu ça hier soir, fit-elle en s'asseyant face à l'ordinateur, et j'ai eu du mal à m'endormir.

Elle alla sur la page d'accueil de perdu-de-vue puis cliqua jusqu'à ce que la photo des TC3 s'affichât sur l'écran.

— Qu'est-ce que ça fait là ? murmura René Lechemin.

En quelques mots, Suzanne Parmentier, qui était l'ancienne prof principale des TC3, lui expliqua le fonctionnement du site.

— Il y a forcément quelqu'un qui a envoyé cette photo ?

— Vous ne voyez pas qui, René ?

Elle pointa la phrase : **Si vous vous êtes reconnu sur la photo, écrivez à Martin Cassel.**

— Lui !

Il n'était même pas capable de prononcer le nom à haute voix.

— Et ce n'est pas le plus curieux, René. Regardez, si je pointe votre fille, un nom apparaît.

— Marie-Ève, lut-il en se penchant vers l'écran. Mais ce n'est pas elle !

— Il a inversé les prénoms.

29

Pour parachever sa démonstration, Suzanne pointa l'autre jumelle.

— Mais pourquoi…

Monsieur Lechemin porta la main à son cœur fatigué et dut s'asseoir, le souffle coupé. L'angoisse, l'angoisse de ces trois journées de juin 1989 passées à espérer le retour d'Ève-Marie, lui serrait de nouveau la gorge jusqu'à l'étouffer. Ne serait-il jamais en paix ?

— Vous étiez resté en contact avec Marie-Ève ? lui demanda doucement Suzanne.

Il secoua la tête puis répondit d'une voix hachée :

— Ma femme… de temps en temps… elle lui écrivait… demandait des nouvelles. Elle avait vu les enfants dans un parc à Bordeaux… Deux filles.

— Et vous, vous ne les avez jamais vues ?

De nouveau, il secoua la tête. Marie-Ève avait épousé l'homme qui aurait dû être inculpé du meurtre de sa sœur. Quand il se laissait aller à ses plus sombres pensées, René soupçonnait Marie-Ève d'avoir agi ainsi uniquement pour se venger de la préférence que son père avait toujours accordée à Ève-Marie. Il n'avait jamais voulu la revoir, ni elle, ni ses enfants.

— Elles ont des noms impossibles. Un genre Esther ou Élisabeth, non, Bethsabée. Et l'autre… c'est Ruth !

Ruth ! Comment pouvait-on donner un nom pareil à une enfant ? Il revint à la photo sur l'écran.

— C'est incroyable. Pourquoi fait-il ça ?

— Ce garçon était un mystère, reconnut Suzanne.

— Un mystère ? Vous voulez dire un assassin ?

— Vous savez bien qu'on a arrêté l'assassin.

Grégory Belhomme, celui que les journaux avaient surnommé le tueur à la cravate, était en prison depuis bientôt vingt ans. Quelques jours après avoir étranglé Ève-Marie sur les bords de la Charente, il avait agressé une joggeuse, Francine Jolivet, toujours sur les bords de la Charente.

— Belhomme est revenu sur ses aveux pour Ève-Marie.

— Elle est morte de la même façon que madame Jolivet.

Belhomme les avait étranglées toutes deux en leur passant une cravate autour du cou puis avait poussé leur corps dans l'eau.

— Il a dit qu'il s'était inspiré du fait divers qu'il avait lu dans le journal, objecta René.

Suzanne lui posa la main sur le bras en signe de compassion :

— Nous avons eu cette conversation des dizaines de fois !

Il dégagea son bras. Il ne voulait pas de la pitié des autres. Il voulait la justice. Il n'avait jamais cru, il ne croirait jamais que ce débile de Belhomme avait tué sa fille.

— L'enquête a été bâclée à cause du père de Cassel qui était pasteur. Il connaissait plein de monde.. On a forcé Belhomme à plaider coupable pour les deux crimes. J'aurais dû…

Il serra ses poings douloureux. Lui aussi était coupable, coupable d'avoir faussé l'enquête. Mais seul Georges Guéhenneux, médecin légiste, était au courant.

Suzanne Parmentier ne partageait pas les idées de monsieur Lechemin, elle savait que le véritable assassin avait été arrêté et que ce n'était pas Martin Cassel. Mais elle n'avait jamais pu oublier l'impression que le jeune homme lui avait faite le jour de son entrée dans la classe, comme si le vent du malheur s'était mis à souffler quand il avait ouvert la porte. Chaque fois qu'elle y repensait, c'était toujours la phrase inaugurale du *Grand Meaulnes* qui lui revenait en mémoire : « Il arriva chez nous un dimanche de novembre. » Sauf que c'était un lundi. Il avait surgi dans la salle de classe en costume et cravate, un cartable de cuir usagé à la main. Les cours avaient commencé depuis deux mois et ce garçon s'offrait en prime le luxe d'une demi-heure de retard. Suzanne Parmentier était alors une jeune femme qui n'avait pas enseveli son âme romanesque sous des tonnes de philosophie. L'apparition du jeune Martin la laissa bouche bée. Il n'était pas très

grand, un mètre soixante-dix peut-être, ses traits irré-
guliers dégageaient un charme étrange, il portait ses
cheveux noirs mi-longs balayés à l'arrière.

— Suzanne! Suzanne!

Elle tressaillit. Monsieur Lechemin lui avait posé
une question, mais comme ses élèves d'autrefois, elle
n'avait pas écouté.

— Qu'est-ce qu'il cherche?

— Est-ce qu'il le sait lui-même? C'était quelqu'un
de… d'insaisissable.

Pendant les heures de cours, le jeune Cassel gardait
à demi baissés ses longs yeux gris-bleu. Il était
mutique, une moue lui fermant la bouche.

— J'avais l'impression que rien ne l'atteignait.

— On en dit autant des psychopathes, remarqua
monsieur Lechemin.

Suzanne fit semblant de ne pas avoir entendu.

— Cette photo vous fait du mal, René. Vous devriez
exiger qu'on la retire du site.

— Il vaudrait mieux savoir pourquoi il fait semblant
de ne plus reconnaître sa femme.

Dans un soupir, Suzanne abdiqua:

— Eh bien, demandez-lui des explications.

— Moi? Il se méfiera… Non, vous! Vous, mettez-
lui un mail. Dites-lui que vous vous êtes reconnue, que
ça vous ferait plaisir d'avoir de ses nouvelles, et blabla.

Suzanne refusa, mais son voisin se fit insistant, un mail, rien qu'un, pour savoir ce qu'il voulait, qu'est-ce qu'elle risquait ? Ayant enfin accepté, elle se sentit le droit de poser la question qui la hantait depuis long-temps :

— René, je n'ai jamais osé vous demander... Vous avez eu tant de peine dans votre vie. Mais... pour Marie-Ève, qu'est-ce qui s'est passé ? Un infarctus ?

— Une rupture d'anévrisme, un truc congénital... à ce qu'il paraît. Elle sortait d'un bon repas au res-taurant. D'après ce qu'on m'a dit à l'hôpital Pellegrin, elle a commencé par se plaindre de nausée au moment du dessert, puis elle est allée vomir aux toilettes. Dans la rue, elle a eu soudain très mal à la tête, elle est tom-bée sur le trottoir. Quand elle est arrivée aux urgences, c'était déjà trop tard.

Monsieur Lechemin avait parlé avec réticence, soulignant de la voix les « à ce qu'il paraît », « d'après ce qu'on m'a dit ».

— À trente-trois ans, c'est terrible, murmura Suzanne.

— Trente-quatre.

— Elle était seule ?

— Il était là. Ils avaient dîné ensemble. C'est sur son hôpital qu'il l'a fait diriger... Vous me compre-nez ?

Il suggérait un empoisonnement. D'un signe de tête, elle refusa cette interprétation.

Ce soir-là, Suzanne Parmentier rédigea le mail suivant : **Cher Monsieur Cassel, je me suis reconnue sur la photo. J'étais votre professeur de philosophie. Peut-être mon nom vous a-t-il échappé ? Depuis que je suis à la retraite, je m'occupe de l'association des anciens élèves de Guez-de-Balzac. Nous organisons parfois des retrouvailles, et le site perdu-de-vue nous est d'un grand secours. De votre classe de TC3…** Suzanne hésita sur la formule à utiliser : «qui fut endeuillée»? Non, c'était plus fort que ça : **De votre classe de TC3, traumatisée par la mort tragique d'Ève-Marie Lechemin, je n'ai plus jamais eu de nouvelles. Seule Alice Meyzieux, au premier rang sur la photo, vit encore à Saintes. C'est sans doute par inadvertance que vous avez inversé les prénoms des jumelles Lechemin. Dans l'attente de vos nouvelles,**

Elle signa puis regarda l'icône «envoyer» sans se décider à cliquer. Non, Martin Cassel n'avait pas tué les jumelles Lechemin. Ève-Marie avait posé son vélo au bord de l'eau pour souffler un moment, et elle avait été attaquée par ce demi-débile de Belhomme qui avait répété aux assises qu'il avait voulu «faire le coup du père François» en étranglant quelqu'un par-derrière. Quant à Marie-Ève, elle avait eu une rupture d'anévrisme, rare à la trentaine, mais statistiquement possible. Suzanne venait de lire sur le site doctissimo que le mal de tête soudain, la nausée, les vomissements pouvaient faire partie des signaux d'alerte. Mais pourquoi avait-elle éprouvé le besoin de le vérifier si l'innocence de Martin Cassel ne faisait aucun doute pour elle ? Elle savait bien ce qu'elle avait ressenti la veille en voyant la photo de classe s'afficher sur son écran. Son cœur s'était accéléré, un frisson l'avait parcourue. Elle avait eu peur. D'un mouvement presque incontrôlé, elle cliqua sur « envoyer ». Puis elle mit un mail à Alice Meyzieux, la trésorière de l'association des anciens élèves de Guez-de-Balzac, laissant le mal s'étendre à travers le réseau.

*
* *

Alice Meyzieux était secrétaire dans un cabinet d'orthodontie qui ne désemplissait jamais et bénévole aux Restos du Cœur. Si on avait demandé aux gens qui la voyaient régulièrement ce qu'ils pensaient d'elle, ils auraient dit en cherchant dans leur mémoire : « C'est cette dame un peu forte avec des lunettes rouges ? » À trente-huit ans, Alice Meyzieux n'existait pour personne. Mais elle avait 103 amis sur Facebook. Deux fois par semaine, comme d'autres font le tour de leur jardin, elle arpentait ses pages Facebook, adhérait au groupe de ceux qui n'ont jamais remarqué que Mario a les mêmes gants que Mickey, faisait le test Quelle princesse Disney es-tu?, puis indiquait son statut du moment: Alice a vu *Gran Torino* et le recommande à tout le monde. Ou encore: Alice a essayé la recette du tiramisu de Michelle, c'était excellent. Pour finir, elle allait sur son mur dans l'espoir d'y voir écrit en lettres de feu: ALICE, JE RÊVE DE TOI LA NUIT! Généralement, c'était: Moi aussi, j'ai vu *Gran Torino*, j'ai trouvé Clint Eastwood formidable. Ou bien: J'ai une recette de tiramisu à la fraise si ça t'intéresse. Alice n'allait jamais se coucher sans avoir vérifié ses mails sur orange.fr. Elle donnait son adresse à des dizaines de gens follement sympathiques à la fin de chacun de ses voyages organisés par Framtour. Personne ne lui avait jamais écrit. Mais elle avait souvent un message de sa maman: Ma bibiche, as-tu pensé à faire refaire tes semelles orthopédiques? Je ne t'ai pas trouvé bonne mine mardi. Papa dit que tu fais trop la fête ☺. Alice aimait bien ses parents, mais parfois elle pensait qu'euthanasier les vieux pourrait être une solution envisageable.

Ce dimanche soir, au-dessous du mail de sa mère, Alice en vit un autre, de Suzanne Parmentier. Elle soupira, sentant venir la corvée. Elle cliqua tout de même, sans se douter qu'à cet instant sa vie basculait.

Ma chère Alice, comme vous le savez, je vais de temps en temps sur le site perdu-de-vue et je voulais vous signaler qu'une photo de votre classe de TC3 a été envoyée par un ancien élève que vous n'avez sûrement pas oublié, Martin Cassel. Peut-être pourrions-nous lui proposer de s'inscrire à notre association?

— Martin, marmonna Alice.

Une fois dans sa vie, il s'était passé quelque chose, et c'était quelque chose d'affreux. Ce n'était pas la mort d'Ève-Marie qui l'avait le plus traumatisée, c'était le fait d'avoir accusé Martin Cassel. Aujourd'hui encore, elle se cherchait des excuses: «J'ai juste dit que c'était la même cravate.» Alors, face à la photo des TC3, elle se repassa le film depuis le début, quand Martin Cassel était entré dans la classe… Non, avant, quand Alice était devenue la meilleure amie d'Ève-Marie Lechemin. À l'époque, elle n'était pas encore en surpoids et elle s'efforçait de ne porter ses lunettes qu'en classe. Elle était assez jolie, mais fade, exactement ce qui mettait en valeur son amie. Dès son entrée au lycée, Alice avait repéré Guy Dampierre. Pourtant, à quinze ans, Dampierre faisait encore très gamin, un peu maigrichon, un peu complexé. Il s'était métamorphosé en deux années, prenant vingt centimètres et dix kilos de muscle. Causant, ouvert, sportif, un beau garçon. Et l'incroyable s'était produit. Au mois de septembre 1988, il lui avait demandé si elle voulait aller au cinéma avec lui. Le rêve avait duré trois semaines, le temps qu'Ève-Marie s'aperçoive que sa meilleure amie sortait avec quelqu'un. Les choses étaient rentrées dans l'ordre quand Guy Dampierre était tombé amoureux d'Ève-Marie. Ils traînaient souvent tous les trois ensemble, faisant du lèche-vitrines dans les rues de Saintes, Alice aimant Guy qui aimait Ève-Marie qui n'aimait qu'elle-même. Puis, un matin de novembre, Martin Cassel entra dans leur vie, interrompant mademoiselle Parmentier au milieu d'une envolée philosophique. Alice aurait pu tomber amoureuse de lui, mais elle comprit à l'interclasse que ce serait inutile. Ève-Marie était déjà en train de taquiner Martin sur son look. Pendant quelques semaines, les TC3 firent des paris : qui allait l'emporter auprès d'Ève-Marie, Dampierre ou Cassel ? Dampierre, fils de restaurateurs, avait une supériorité sur le fils du pasteur, il était libre de ses mouvements et disposait de beaucoup d'argent de poche. Mais Cassel était définitivement mystérieux.

C'était fin mai que se plaçait l'épisode funeste de la cravate. Comme bien d'autres fois, Guy, Alice et Ève-Marie avaient déambulé mollement dans les rues commerçantes, commentant les vitrines. À plusieurs reprises, Ève-Marie les avait forcés à entrer dans une boutique, elle tripotait les vêtements, les plaçait devant elle, se regardait dans une glace, affrontant les vendeurs dont Alice avait une crainte de timide.

— On regarde, disait Ève-Marie quand on lui demandait ce qu'elle voulait.

Guy avait fini par se lasser et les avait laissées monter seules au rayon hommes des Nouvelles Galeries. Ève-Marie voulait acheter une cravate pour l'anniversaire de Martin Cassel. Soudain, elle se tourna vers son amie :

— Comment tu la trouves, celle-là ? Bizarre, hein ? Comme Martin.

En fermant les yeux, Alice pouvait encore la voir. Une sorte de totem indien empilant des têtes animales grimaçantes aux couleurs heurtées se détachait sur un fond d'un noir soyeux. Magnifique et inquiétant. C'était la cravate qui avait étranglé Ève-Marie. « Enfin, pas celle-ci, rectifia mentalement Alice, une autre, exactement pareille. » Car, après la mort d'Ève-Marie, Martin Cassel avait nié avoir reçu le moindre cadeau d'anniversaire.

Avec la délicatesse de l'éléphant lâché dans un magasin de porcelaines, Alice Meyzieux écrivit le mail suivant : **Mon cher Martin, je suis heureuse de pouvoir te dire, même après tout ce temps, que je n'ai JAMAIS cru que tu avais tué Ève-Marie. Mais mes parents m'ont obli-**

gée à aller dire à la police que je reconnaissais la cravate d'après la description du journal. Guy aurait pu en dire autant parce que Ève-Marie lui avait montré la cravate en sortant du magasin. Bien sûr, ce n'est pas la cravate que t'a donnée Ève-Marie qui a servi à l'étrangler, et d'ailleurs, d'après ce que tu as dit à la police, elle ne t'avait rien donné du tout. De toute façon, comme Grégory Belhomme a fini par avouer les deux meurtres, tout s'est bien terminé, et ce serait avec plaisir que nous t'inscririons, mademoiselle Parmentier et moi-même, à notre association des anciens élèves de Guez-de-Balzac.

Bien cordialement,

Alice Meyzieux (rang du haut à gauche, à côté de Guy Dampierre)

PS. Tu t'es trompé pour les jumelles, celle que tu tiens par la main, c'est la pauvre Ève-Marie.

Alice relut ce qu'elle venait d'écrire mais, curieusement, elle se dit qu'elle enverrait ce mail plus tard. Une appréhension ? Une prémonition ?

Mercredi 13 mai

Le mercredi vit le retour de la pluie et de Déborah.
Malgré les averses intermittentes, Bethsabée et sa baby-
sitter étaient sorties.

— Alors, tu as regardé? s'informa Déborah dès
qu'elles furent dans la chambre de Ruth.

— Regardé quoi?

— S'il y avait des réponses sur gmail.

— TCPN?

C'était leur nouveau jeu au collège. On parlait
par initiales. TCPN voulait dire: «Tu Crois au Père
Noël?»

— Tadam! Deux messages! triompha Déborah qui
venait d'ouvrir la boîte de m.cassel.

Elle lut à voix haute le premier qui était signé Guy
Dampierre:

— **Bonjour, je me suis reconnu sur la photo. Tu vois,
ça marche! Je suis le premier à gauche rang du haut...**

— Celui-là, le désigna Ruth.

— Pas mal, à part la coupe de cheveux. J'ai appris il y a quelques années que tu avais épousé la sœur jumelle d'Ève-Marie, celle qui est au bout de la rangée...

Cela se confirmait. Martin Cassel, à l'époque de la TC3, draguait la sœur de celle qu'il avait épousée.

— Faudra inverser les prénoms, fit sèchement Ruth pour couper court aux commentaires.

— Et rajouter Guy Dampierre.

L'auteur du mail suivant utilisait le pseudo de pata-tephilo.

— C'est la prof de la photo, commenta Déborah, après avoir lu silencieusement.

— ... traumatisée par la mort tragique d'Ève-Marie Lechemin, souligna Ruth à mi-voix.

— Ça fait deux noms de plus d'un coup, mais Alice Meyzieux, on ne sait pas laquelle c'est.

— Premier rang sur la photo.

Quatre jeunes filles pouvaient postuler pour le nom de Meyzieux.

— Alice, moi, je l'imagine en blonde comme dans Walt Disney.

— Et avec l'air cruche ? Celle-là, ça le ferait.

Ruth désigna en effet Alice Meyzieux. Déborah la saisit alors par le poignet :

— Eh, c'est dingue ! Encore un mail qui vient d'arriver !

Elles rirent d'excitation. Et le plus beau de l'affaire, c'était que le message provenait d'Alice Meyzieux.

— **Mon cher Martin,** carrément!

Mais Déborah ne put aller plus loin dans ses commentaires car elle venait de lire : **je n'ai JAMAIS cru que tu avais tué Ève-Marie.** Quand elles furent toutes deux parvenues au bas du message, elles se regardèrent, Déborah se serrant elle-même dans ses bras comme si elle avait froid, et Ruth, le visage agité de tics nerveux.

— Alors, ta tante… c'était pas un accident, conclut Déborah.

— Mais c'est pas ça, le plus grave! s'écria Ruth en se redressant. C'est Belhomme!

— Il a été arrêté.

— Mais c'est pas ça! Belhomme, c'est le nom de Lou!

Déborah bondit de sa chaise à son tour.

— Hein? La baby-sitter?

— Ouiii, gémit Ruth. Elle s'appelle Lou Belhomme. Et elle est au parc avec ma sœur!

Soudain, vingt années s'effaçaient. Le passé surgissait. Mais pourquoi l'avaient-elles réveillé? Ruth attrapa son blouson :

— Viens, on va la chercher!

Sans échanger un mot, elles remontèrent la rue Turenne en courant.

— Attends, attends, haleta Déborah qui n'avait rien d'une sportive. Elle va rien faire à ta sœur. C'est un homme qui a tué ta tante.

Ruth se mit à marcher, mais à grandes enjambées. Elle n'était sûre que d'une chose : comme dans son rêve, elle mourrait pour sa petite sœur s'il le fallait.

— Elle s'appelle Belhomme, tu crois que c'est un hasard ? Je ne sais même pas d'où elle vient, cette fille ! Elle est là depuis six mois, parce que ma vieille nounou est tombée malade.

— Et elle s'est pointée chez toi comme Mary Poppins ? demanda Déborah qui avait été élevée par les studios Disney.

— Non, c'est mon père qui nous a dit qu'il avait trouvé quelqu'un pour remplacer Nanie…

Tout en parlant, elles s'étaient un peu calmées et elles se dirigeaient vers l'endroit que Bethsabée préférait, l'aire de jeux pour les 3-7 ans. Dès qu'elle vit le toboggan, Ruth accéléra de nouveau le pas. Elle avait perdu la foi après la mort de sa maman, mais malgré elle, les mots d'une prière lui montèrent aux lèvres. « Que ma petite sœur soit là, mon Dieu, je donne ma vie pour elle, prenez-la en échange. » C'était dingue d'aimer autant, ça faisait mal.

Elle aperçut alors Bethsabée qui jouait dans la cabane avec son amoureux de l'école, et des larmes de soulagement lui brouillèrent la vue. Déborah agrippa son amie par le bras :

— La baby-sitter, elle est sur le banc.

Lou fumait en papotant avec une maman. Parfois, elle allongeait devant elle ses jambes nues et maigres comme pour les admirer. Elle portait le nom d'un assassin, mais ce n'était qu'une jeune femme fragile tout en nerfs et en os. Elle ne semblait pas le moins du monde se préoccuper de Bethsabée. La petite aurait pu se faire kidnapper dix fois sans qu'elle s'en rendît compte. D'ailleurs, un drôle de type, les mains dans les poches de son imperméable, rôdait autour de l'aire de jeux.

— Robin ! appela-t-il d'une voix excédée. Cette fois, on y va !

Fausse alerte. C'était le père du petit amoureux.

— On rentre, chuchota Ruth, Lou a laissé son sac à la maison.

Déborah dissimula un sourire. Enfin un mercredi avec de l'action !

— Je guetterai à l'entrée pendant que tu fouilleras son sac. Si j'entends l'ascenseur s'arrêter à ton étage, je crie «Père Noël», OK ?

Ruth ne partageait pas l'excitation de son amie, mais elle acquiesça. Elle comprit, une fois à la maison, qu'elle allait devoir faire vite, car la pluie recommençait à tomber.

Le sac de Lou était un vrai foutoir. Elle en retira un poudrier, des Kleenex, un tube d'aspirine et un autre de rouge à lèvres, une pince à épiler, deux jeux de clés, un prospectus pour les trois J des Galeries Lafayette, un briquet, un paquet de cigarettes inentamé, un jouet McDonald's, une quittance de gaz. Lou avait emporté avec elle ses papiers et son téléphone.

— Rien, marmonna Ruth, dépitée.

Puis elle avisa la pochette extérieure fermée par une fermeture à glissière. Elle contenait deux photos. Sur l'une, on voyait trois copines, dont Lou, se tenant par la taille et souriant exagérément, probablement parce qu'elles criaient : « Cheese ! » Sur l'autre, un garçon costaud, pas vilain physiquement, posait devant une voiture customisée. Ce devait être Frank, le plombier fan de tuning.

— Rien, répéta Ruth qui se demandait d'ailleurs ce qu'elle avait espéré trouver.

— Père Noël ! cria Déborah depuis l'entrée.

— Merde, merde…

Ruth remit tout en vrac dans le sac, mais en glissant les photos dans la pochette, elle sentit autre chose sous ses doigts, un carré de papier, une photo d'identité. Elle n'eut pas le temps de l'examiner et la cacha dans sa manche de sweater. Elle jeta le sac sur le canapé et courut vers sa chambre, escortée par Déborah. Elles s'assirent précipitamment devant l'ordinateur, pour faire semblant d'y avoir passé l'après-midi.

— Alors? chuchota Déborah.

— Rien.

Ruth sentait contre sa peau le petit carré de papier glacé qui s'y était collé.

— On répond aux mails? proposa Déborah.

Ruth ouvrit celui de Guy Dampierre et se dicta à elle-même la réponse tout en tapant sur le clavier:

— **Cher Guy, quel plaisir d'avoir de tes nouvelles! Je suis devenu médecin anesthésiste à l'hôpital Pellegrin de Bordeaux, j'ai eu le malheur de perdre ma femme, il y a quatre ans, mais j'ai deux ravissantes filles, Ruth qui a quatorze ans et Bethsabée qui en a cinq et demi.** Et toc, envoyé!

— Ton père écrirait des trucs comme ça?

— Non, il ferait une plaisanterie à la con. Bon, on passe à l'autre?

L'autre, c'était patatephilo.

— **Chère madame Parmentier, non, bien sur, je ne vous ai pas oublié, mais je ne voulais pas mettre votre nom sur un site sans votre consentement. Quel étourdi je fais! J'ai inversé les noms des jumelles, mais c'est rectifié.**

Déborah eut un sifflement d'admiration. Ruth pensait vraiment à tout. Elle conclut:

— **Je serai enchantée de m'inscrire à votre association.**

— Et le dernier?

— Je vais… réfléchir.

Déborah approuva d'un hochement de tête.

Quand sa copine fut partie, Ruth alla s'enfermer dans les cabinets et sortit la petite photo de la manche de son sweater. Elle avait dû être arrachée à une carte d'identité ou un passeport, car elle était percée de trous. On y voyait un homme qui s'était hâtivement endimanché, chemise blanche mal repassée et cravate mal nouée. Il avait une trentaine d'années, les cheveux très bruns et graisseux, la moustache mal taillée, de gros sourcils se rejoignant, le teint d'une pâleur maladive. «Il a pas l'air aidé», pensa Ruth. Était-ce Grégory Belhomme? Elle se retint de déchirer la photo en morceaux et de tirer la chasse d'eau. Il y avait une autre photo dont elle eut envie de se débarrasser en sortant des cabinets, celle des TC3. Profitant de ce que Lou préparait le dîner, Ruth se faufila dans la chambre de son père et chercha la boîte à chaussures derrière la pile de draps. Elle n'y était plus.

— Merde, merde.

En se mettant sur la pointe des pieds, elle finit par la repérer derrière des serviettes de bain, beaucoup mieux dissimulée que précédemment. Elle y remit la poignée de photos subtilisées en se demandant si son père s'était aperçu de quelque chose. «Une autre fois, je viderai la boîte.» Une autre fois, pas maintenant. Son regard venait de tomber sur la collection de cravates de son père suspendues dans le placard. Elle reconnut celle qu'elle lui avait achetée pour une fête des Pères, du temps de maman. Avec des Bugs Bunny. En repoussant la porte vitrée de la penderie, Ruth y aperçut son reflet. D'un geste soudain, elle rassembla ses cheveux à deux mains pour en faire une queue-de-cheval. Non, elle ne ressemblait pas à maman.

— Ben, t'étais où? s'étonna Bethsabée quand sa sœur parut au salon.

— Dans la quatrième dimension.

— Tu dis toujours ça.

«Qu'est-ce que tu veux que je te dise? songea Ruth. Que ta baby-sitter porte le nom du type qui a tué la sœur de maman?»

— À table, les filles! appela Lou.

Pendant le repas, Ruth observa discrètement la jeune femme. Comme l'homme de la photo, elle était très brune de cheveux et très blanche de peau. Elle devait épiler ses sourcils qui étaient trop fournis. La ressemblance s'arrêtait là. Lou avait un visage très typé, des yeux noirs globuleux, des pommettes hautes, des lèvres si charnues qu'on aurait pu les croire artificiellement gonflées. La minceur de son long cou et la finesse de ses poignets mettaient mal à l'aise, tout comme ses jambes interminables aux rotules saillantes. Au premier choc, tout cela n'allait-il pas s'effondrer, comme les quilles sur la piste de bowling?

— C'est quoi que t'as sur ton bras? demanda soudain Bethsabée en montrant le bleu sur la peau de sa baby-sitter.

— Oh, ça… C'est Frank. Il a trop serré. Je marque facilement. Qui reveut des lasagnes?

Son regard croisa celui de Ruth.

— C'est ça, les hommes, lui dit-elle sur l'air de «Tu verras plus tard».

Les trois filles mâchèrent un instant en silence les lasagnes trop pâteuses. Lou regarda l'heure au cadran de son téléphone et soupira. Putain, déjà 20 h 10.

— Tu peux partir dès que Bethsabée est couchée, lui proposa Ruth.

— Et ton père?

— Je lui dirai que je n'ai pas besoin d'une baby-sitter pour me garder.

— Ou autrement Frank, il va péter les plombs, ajouta Bethsabée d'un petit ton malin.

Lou se mit à rire. Elles étaient sympas, ces deux gamines.

— D'accord, merci, dit-elle en se levant pour débarrasser.

Lou put partir après avoir mis chaque objet à sa place et Bethsabée dans son lit.

Ruth tira la porte de sa chambre et se retrouva en tête-à-tête avec son ordinateur. Elle devait répondre au dernier mail. **Je n'ai JAMAIS cru que tu avais tué Ève-Marie.** Pourquoi Alice Meyzieux avait-elle mis l'adverbe en lettres capitales sinon parce qu'à un moment elle avait eu des doutes? Et il était question de deux meurtres. Quelle était l'autre victime? Alice Meyzieux savait ce qui s'était passé. Comment la questionner sans lui donner l'alerte? **Chère Alice, cela fait vraiment plaisir d'avoir de tes nouvelles après tout ce temps!!! Pour la cravate, ce n'est pas grave, tout le monde peut se tromper.** Ruth relut le début de son mail en se mordillant les lèvres. Elle sentait bien que le ton employé était inadéquat. Elle enleva deux des points d'exclamation. Elle s'apprêtait à effacer la phrase suivante quand un bruit sec venant du fond de l'appartement suspendit son geste. Était-ce Bethsabée qui s'était relevée? Quittant son ordinateur, Ruth passa la tête dans le couloir:

— Beth? T'es debout?

Rien. Le silence. Mais la sensation d'une présence. Ruth eut envie de se terrer dans sa chambre, mais c'eût été laisser sa petite sœur exposée au danger. Quel danger? Ruth pensa à la coupe que maman avait gagnée à un concours de natation. Elle était dans la chambre de son père qui lui parut très, très loin, à l'autre bout du couloir, qui, de surcroît, faisait un coude. « Lou est peut-être revenue ? Ou elle a fait semblant de partir et elle vient de faire entrer Belhomme ». Ruth ne pouvait plus contrôler ses pensées, même si elle les savait absurdes. Elle avança dans le couloir en rasant le mur. Est-ce que Belhomme l'attendait au tournant ? Encore un pas et elle verrait toute l'enfilade du couloir. Elle retint un soupir de soulagement. Il n'y avait personne. Mais il était tout de même plus prudent de garder une arme sous la main. Elle cacherait la coupe sous son lit pour le cas où Belhomme entrerait par effraction. Elle poussa la porte de la chambre de son père et sentit que son cœur s'arrêtait de battre, une seconde, deux secondes. Elle allait mourir. Il y avait un homme de dos près du lit cramoisi. Il dut, lui aussi, sentir une présence et il se retourna.

– Ruth…

Son père lui faisait face, en chemise, col ouvert, et la cravate pendant au bout de son bras. Ruth ne put détacher les yeux de la cravate tandis que son père s'approchait d'elle.

– Ça va ?… Tu sais où est passée Lou ?

Ruth porta les mains à son cœur. Toc, toc, il était reparti.

— J'ai pas besoin d'une baby-sitter pour me garder.

— Ah? C'est toi qui décides?

S'il en était mécontent, sa voix ne le disait pas. La cravate se balançait mollement le long de sa jambe.

— Je vais me... coucher, murmura Ruth.

— Bonne idée.

Il la rappela comme elle passait la porte:

— Ruth! Tu vois toujours la psy?

— Une fois par mois.

— Seulement?

Martin Cassel était un homme de peu de mots, mais de beaucoup de sous-entendus.

*
* *

Depuis ce dimanche où il avait vu la photo de classe sur le site, monsieur Lechemin souffrait d'insomnies. Quand il n'en pouvait plus de se retourner dans son lit, tout endolori par l'arthrose, il se relevait, rallumait son ordinateur, méditait une lettre d'insultes pour m.cassel@gmail.com, y renonçait, se traînait dans sa maison vide, puis échouait dans la chambre d'Ève-Marie. Elle était restée inchangée depuis le jour où elle l'avait quittée pour ne plus jamais revenir. Il y avait ses livres de classe sur son bureau d'écolière, ses cahiers de terminale dans les tiroirs, sa collection d'Agatha Christie sur une étagère. Dans son cosy, le long du lit, étaient alignés un chalet suisse faisant boîte à musique, une petite poupée de collection habillée en danseuse andalouse, une boule faisant de la neige avec un saint Antoine de Padoue tenant un petit Jésus dans les bras, entre autres horreurs attendrissantes qui témoignaient de la vie d'une enfant gâtée, voyageant chaque été avec ses parents. Dans l'armoire qui dégageait une forte odeur de lavande quand on l'entrouvrait, les robes étaient sur des cintres, les pantalons dans des pinces, les pulls soigneusement pliés. Il ne manquait rien, monsieur et madame Lechemin n'avaient jamais pu se décider à donner quoi que ce fût, comme s'ils attendaient que leur fille revienne un jour, malgré tout.

Ce mercredi soir, René s'assit sur le lit d'Ève-Marie, le lit d'une enfant qui était devenue femme sans qu'il s'en aperçût. Ses yeux se posèrent sur le seul objet qui avait changé dans la pièce. La corbeille à papiers avait été vidée. Après que monsieur et madame Lechemin avaient signalé à la police la disparition inquiétante de leur fille, un inspecteur était venu fouiller la chambre à la recherche d'une lettre ou d'une adresse. Le policier privilégiait la piste d'une fugue à laquelle René ne croyait pas. Il avait vidé le contenu de la corbeille sur la moquette et déplié quelques papiers roulés en boule. Sur l'un d'eux, Ève-Marie avait écrit: «Je ne t'ai rien promis, rien fait croire comme tu le prétends. Je ne peux même pas dire que c'est fini entre nous parce qu'il n'y a jamais rien eu. Et ne me fatigue pas avec cette histoire de cadeau d'anniversaire, une cravate n'est pas une alliance!» Il s'agissait d'un brouillon. Marie-Ève avait certifié à l'inspecteur qu'elle avait vu sa sœur, la veille de sa disparition, sortir de la maison pour aller porter une lettre.

— Porter ou poster? avait demandé le policier.

— Porter. Il n'y avait pas de timbre sur l'enveloppe.

C'était de toute évidence une lettre de rupture qu'Ève-Marie avait dû glisser dans la boîte aux lettres des Cassel qui habitaient tout à côté, rue Jean-Moulin, mais Martin, comme pour la cravate, avait nié l'avoir reçue.

René secoua farouchement la tête. Comment ce démon, qui lui avait pris ses deux filles, avait-il pu échapper à la justice? Tout son vieux sang bouillonnait de colère. Tandis que des larmes coulaient sur ses joues, une pensée le traversa pour la première fois, une pensée qui le déconcerta: «Il m'a pris aussi mes deux petites-filles.» Comment s'appelaient-elles déjà? Oui, Ruth, l'aînée. Il avait toujours des difficultés à retrouver le prénom de la plus petite. Ce n'était pas Élisabeth.

— Bethsabée, murmura-t-il.

Il tressaillit et regarda autour de lui comme si la petite fille allait lui apparaître au milieu des fantômes de la nuit. Et comme c'était un vieil homme désespéré — et que le somnifère commençait à faire effet —, Bethsabée lui apparut, enfant blonde aux yeux noisette. Quand elle lui sourit, il vit qu'elle avait les dents du bonheur, et il s'endormit sur le petit lit.

Jeudi 14 mai

Suzanne Parmentier venait de recevoir un coup de téléphone de la trésorière, Alice Meyzieux, qui était, comme elle le disait elle-même, «dans tous ses états». Martin Cassel lui avait répondu. Elle n'arrivait pas à définir l'effet que lui faisait son mail. «C'est bizarre, je le tire et je vous l'apporte, Suzanne.» Du coup, Suzanne se demandait si elle n'avait pas, elle aussi, reçu une réponse, et elle alla consulter sa messagerie. Ce qu'elle y trouva la laissa perplexe. Passe encore pour les fautes d'orthographe. Un médecin anesthésiste n'est pas un littéraire. Mais le ton était en effet bizarre. Exagérément anodin. Et puis cet accord au féminin: je serai enchantée… Où avait-il la tête?

Dès qu'elle entendit sonner à la porte, Suzanne accourut et accueillit une Alice sens dessus dessous.

— Tenez, dit-elle en tendant le mail comme si elle avait hâte de s'en débarrasser.

Dans la nuit du mercredi au jeudi, Ruth avait fini par pondre ce chef-d'œuvre : **Chère Alice, cela fait vraiment plaisir d'avoir de tes nouvelles ! Je ne t'en veux pas pour la cravate, l'erreur est humaine. Mais j'aimerai bien que tu me dises ce qui a pu te faire croire que j'avais tuer Ève-Marie et j'ai oublié le nom de l'autre personne qui a été tué par Belhomme. Combien est-ce que ça coute, l'inscription à ton assoce ?**

Amicalement, Martin.

— C'est bizarre, hein ? chuchota Alice en voyant la tête que faisait madame Parmentier.

« Il fait semblant, songea Suzanne, de plus en plus perplexe. Mais semblant de quoi ? »

— Je pense que les deux mails intéresseront monsieur Lechemin. Vous voulez m'accompagner chez lui ?

Alice hésita. C'était la deuxième fois qu'il se passait quelque chose dans sa vie et Martin Cassel y était de nouveau mêlé.

— Allons, venez, l'entraîna Suzanne.

Les mains de monsieur Lechemin tremblèrent plus qu'à l'ordinaire tandis qu'il parcourait un mail après l'autre.

— C'est vraiment un malade mental, conclut-il en regardant les deux femmes en face de lui.

— Oh non, pas du tout ! se récria Alice sans percevoir la violence des sentiments de son interlocuteur. Je ne connaissais pas très bien Martin, parce qu'on ne pouvait pas très bien le connaître, mais c'était un garçon équilibré. Seulement, il était réservé. Dans le genre beau ténébreux.

Monsieur Lechemin la foudroya du regard. Quelle idiote! Prête à se faire zigouiller par un homme, pourvu qu'il ait des yeux bleus.

— Il était tellement équilibré qu'il a tué ma fille parce qu'elle ne voulait plus de lui!

— Oh non, monsieur Lechemin, vous ne pouvez pas dire ça! Martin n'était pas très accroché à Ève-Marie. En fait, ils ne cordaient pas ensemble.

Suzanne Parmentier ferma les yeux d'accablement. Mais quelle imbécile! Parler d'accrocher et de corder à propos d'une jeune fille qui avait été étranglée.

— Tout, tout l'accuse! s'écria René. La cravate dont il s'est servi…

Alice Meyzieux s'entêtait tranquillement:

— Il a dit qu'ils s'étaient disputés et qu'elle ne lui avait pas donné son cadeau.

— Mais il ment, il ment! Elle lui a offert la cravate, ils se sont disputés, et le lendemain, elle lui a mis une lettre de rupture dans sa boîte.

Pensant avoir rivé son clou à Alice, monsieur Lechemin reprit les mails en main:

— Combien ça coute, l'inscription à ton assoce, marmonna-t-il. Il doit s'imaginer qu'il fait jeune en
s'exprimant ainsi…

— Je me demande à quoi il ressemble maintenant,
fit Alice, le ton rêveur. Il y a des hommes qui chan-
gent très peu entre vingt et quarante ans.

Suzanne Parmentier comprit qu'il était temps
d'éloigner sa trésorière. René était un sanguin et les
veines de ses tempes étaient si gonflées qu'elles allaient
bientôt exploser.

Dimanche 17 mai

Tous les dimanches, Martin Cassel allait au temple à 10 h 30. Troisième enfant et seul fils du révérend Cassel, Martin avait calculé qu'il avait entendu chaque année 1 727 prières et assisté à 200 manifestations religieuses, soit un total à sa majorité de 31 086 prières et 3 600 offices.

— Je n'en suis pas mort, ce qui est bien la preuve que Dieu existe, dit-il, ce jour-là, à ses filles. Êtes-vous prêtes à aller acclamer le Seigneur?

— Papa, si j'écoute jusqu'à la fin, tu me donnes quoi? marchanda Bethsabée.

— Probablement rien.

— Mais Robin, il a des PetShops, tout le monde à l'école, il a des PetShops.

— Et c'est bien, les PetShops?

— J'adore!

— Je te rappelle que tu ne peux adorer que Dieu seul.

— Et alors ?

— Si tu adores les PetShops, un jour, tu te prosterneras devant le veau d'or.

— Mais je peux les avoir ou pas ?

— Non. Je ne veux pas d'un veau d'or dans mon salon.

— Papaaa, trépigna Bethsabée.

Pendant cette passe d'armes entre la fillette et son père, Ruth avait étudié Martin du coin de l'œil. Il se tenait toujours très droit, une habitude prise de bonne heure pour ne pas perdre un centimètre en face de son père qui était très grand. Il parlait d'un ton uniforme, qu'il dise vrai ou faux, qu'il plaisante ou soit sérieux. Bethsabée se mit à le taper sur le bras en le traitant de vilain-papa-méchant. Ruth était étonnée par le comportement de sa sœur. Elle n'avait pas le souvenir d'avoir jamais eu une telle liberté de manières vis-à-vis de son père qu'elle craignait toujours un peu. Soudain, Martin souleva la petite de terre :

— Let's go !

Alors, la fillette, oubliant son caprice, s'abandonna contre lui, allant jusqu'à fermer les yeux de volupté, et Ruth regarda ailleurs.

Martin Cassel était bien connu dans la communauté protestante de Bordeaux et dès qu'il entra dans le temple il fut interpellé de toutes parts: «Docteur Cassel!», «Martin!» Qu'il saluât les gens de loin ou leur serrât la main, il parvint à cet exploit de ne sourire à personne. Il prit place au premier rang avec ses filles, ne leur laissant la possibilité d'aucune distraction. Au moment des lectures, le pasteur lui fit signe de venir lire face à l'assemblée.

— Lévitique 13, 9-17, annonça Cassel, le ton lugubre. «Lorsqu'apparaîtra sur un homme un mal du genre lèpre, on le conduira au prêtre. Le prêtre l'examinera et s'il constate sur la peau une tumeur blanchâtre avec blanchissement du poil et production d'un ulcère...»

Bethsabée était très fière quand papa lisait dans le micro, Ruth avait un peu honte. Il lui semblait que son père se donnait en spectacle, surtout quand il lisait ce genre de texte dégoûtant avec une gravité presque comique. D'ailleurs, quelques rires s'échappèrent de l'assemblée. La lecture suivante de l'Évangile fut faite par la bien nommée Évangélina, une jeune femme qui gardait trop longtemps la main de monsieur Cassel dans la sienne quand ils se saluaient. Elle était divorcée.

— Évangile selon saint Marc, dit-elle. «Un lépreux vient à lui, le supplie et, s'agenouillant, lui dit: "Si tu veux, tu peux me purifier..."»

Le pasteur fit ensuite un sermon sur cette lèpre

planétaire qu'on appelle la crise. Ruth étouffait des bâillements à s'en tirer des larmes tandis que Bethsabée, qui avait retrouvé un crayon dans sa poche, le faisait sautiller sur le prie-Dieu. Martin le lui confisqua d'un geste sec, puis, se penchant vers son aînée, lui chuchota à l'oreille :

— C'est vraiment intéressant aujourd'hui.

Avec le temps, Ruth avait trouvé le décodeur : son père disait le contraire de ce qu'il pensait.

L'après-midi, après la traditionnelle Pizza Hut, les filles étaient libres de vaquer à leurs occupations dans la maison à la condition de ne faire aucun bruit. Martin s'écroulait sur son lit, terrassé par la fatigue de la semaine. Il aurait pu faire comprendre à Ruth et Bethsabée que son métier de médecin anesthésiste l'épuisait psychiquement. Mais il préférait se payer leur tête et dire des choses comme :

— Le dimanche a été créé par le Seigneur pour que les enfants s'emmerdent.

Ce dimanche, après sa sieste, il convia Bethsabée à un jeu de société.

— Memory ? fit la petite, la voix tentatrice, en agitant la boîte.

— Trop dur. Trouve-moi un jeu plus crétin.

— Les petits chevaux ?

— Yeps.

Martin avisa sa fille aînée pelotonnée dans un fauteuil, un gros livre sur les genoux.

— Qu'est-ce que tu lis?

— La Bible, répondit-elle en soulevant dans sa direction la couverture de *Twilight*, tome 1.

Au jeu de «Je réponds toujours à côté de la plaque», Ruth n'était pas devenue mauvaise.

— Bonne idée, approuva Martin. Maintenant, le dimanche soir, je vous lirai la Bible comme mon père nous le faisait. D'ailleurs, il le faisait aussi le lundi, le mardi, le mercredi, le jeu…

Bethsabée lui mit ses deux petites mains en bâillon:

— Tais-toi, papa, et joue!

Ruth se leva. L'intimité physique entre Bethsabée et son père finissait par la gêner.

Une fois dans sa chambre, elle alla retrouver Déborah sur MSN.

Ruth <lafilledudocteurmarch@hotmail.fr>

Déborah <devil@live.fr>

~Ruth~ dit:

putain ce dimanche sa fini pas! ta fé koi?

>(6)Déborah___* dit:

g fé les exo de math. si tu veu savoir ki c Belhomme tape sur google

Ruth dut lire plusieurs fois la phrase pour se persuader que Grégory Belhomme était référencé sur Google. De fait, une page Wikipédia lui était consacrée :

Affaire Grégory Belhomme

Grégory Belhomme (né le 2 février 1954 à Saintes) est le meurtrier de deux jeunes femmes, Ève-Marie Lechemin et Francine Jolivet. Son double crime a inspiré le film de Claude Chabrol *Le Coupable idéal*.

Le tueur à la cravate

Le 6 juin 1989, une lycéenne de 18 ans, E.-M. Lechemin, part se promener à vélo le long de la Charente. La journée est très chaude et la route est déserte. Grégory Belhomme la surprend alors qu'elle a déposé son vélo pour souffler. Il l'étrangle en lui jetant une cravate par-dessus la tête et en la serrant autour du cou, ce que lui-même désignera par «faire le coup du père François». Le corps de la jeune fille est retrouvé dans la Charente par un pêcheur trois jours plus tard. Alors que la police recherche celui que les journalistes appellent «le tueur à la cravate», un deuxième corps, celui de Francine Jolivet, 32 ans, est découvert, flottant au fil de l'eau et semblablement étranglé par une cravate.

La police repère très vite un homme d'une trentaine d'années qui passe ses journées à errer le long de la Charente. Interrogé, il avoue les deux meurtres. En dépit d'un accident qui l'a handicapé mentalement, Grégory Belhomme est reconnu pleinement responsable de ses actes et condamné à la réclusion criminelle à perpétuité, assortie d'une peine de sûreté de vingt ans.

Le coupable idéal

Le film de Claude Chabrol sorti en 1991 met en scène une petite ville de province secouée par un double meurtre. Une jeune fille de bonne famille, qui vient de se faire avorter, ainsi que la femme du notaire (joué par Jean Yanne) sont retrouvées mortes, étranglées par une cravate. Les soupçons se portent aussitôt sur Grégoire Belami, l'ancien chauffeur du notaire devenu handicapé à la suite d'un accident dans lequel l'amant de la femme du notaire a trouvé la mort. L'enquête ne fait que commencer…

Ruth avait parcouru l'article très vite, craignant d'y voir mentionné le nom de son père. Elle le relut ensuite plus calmement, mettant un visage sur le nom de Grégory Belhomme, celui de la petite photo d'identité. Outre le résumé du film qui l'avait laissée un peu hagarde, une phrase de l'article lui paraissait nécessiter une explication. Ruth revint au salon où son père était en train de se faire piétiner par les petits chevaux de Bethsabée.

— P'pa, j'ai un truc de machin civique…

— Pardon?

— Une question de la prof en instruction civique, articula Ruth plus distinctement. Ça veut dire quoi, la réclusion à perpétuité avec une peine de sûreté de vingt ans?

Martin regarda pensivement sa fille aînée et celle-ci se sentit rougir.

— Joue, papa, joue, lui ordonna Bethsabée en lui donnant des tapes sur la tête.

— Deux secondes. Je réponds à ta sœur, tu permets? Cela veut dire que la personne est condamnée à la prison à vie. Mais en réalité, les criminels sont toujours libérés. La peine de sûreté, c'est pour éviter qu'ils le soient avant d'avoir fait au moins vingt ans.

— Donc, au bout de vingt ans, un assassin peut sortir de prison?

Martin continuait de dévisager intensément sa fille aînée.

— Oui… si on juge qu'il n'est plus dangereux pour la société.

*
* *

Pour une fois, Lou n'avait pas accompagné Frank à son match du dimanche. Elle s'en était fait dispenser en prétextant un début d'angine.

— T'as toujours un pet de travers, avait ronchonné Frank. Va pas retrouver Cassel pendant que j'ai le dos tourné !

Lou avait fait semblant de rire, ah, ah, mais il l'avait une nouvelle fois agrippée au-dessus du poignet :

— Y a pas de ah, ah. Si tu y cours après, je te casse comme une allumette.

L'heureux temps où Lou appelait Frank «Poussinet» n'était plus. Depuis qu'elle avait eu la sottise de s'installer chez lui, il n'était plus le gentil dragueur des débuts. Lou en avait marre de lui, mais elle en avait peur aussi. Des hommes qui ne contrôlent pas leur violence, ça existait, elle était assez bien placée pour le savoir. Après l'accident, son père n'était plus son père. Il criait pour un rien, il buvait, il parlait tout seul la nuit, il partait sans dire où il allait… Puis il avait tué. Le juge d'application des peines venait d'écrire à Lou pour lui apprendre que son père avait bénéficié d'une libération conditionnelle, mais qu'il lui était interdit de s'éloigner d'Aubervilliers. Il avait été soigné pendant sa captivité, il était toujours sous traitement et devait être régulièrement suivi. On lui avait trouvé une place dans un foyer et un travail que le juge appelait un «mi-temps thérapeutique», ce qui n'était pas très parlant. Belhomme avait émis le souhait de revoir sa fille. Lou lui avait rendu visite une fois l'an au parloir de Fresnes depuis qu'il était incarcéré. Mais à présent qu'elle était en ménage, les choses se compliquaient. Frank ne savait rien de son passé. Elle lui avait seulement dit qu'elle était une enfant de l'Assistance, ce qui lui avait attiré ce trait d'esprit :

— Ta mère s'est barrée quand elle t'a vue à la naissance…

Au début, Lou croyait que c'était de l'humour et qu'elle devait en rire. Mais elle percevait à présent que Frank cherchait à l'humilier, surtout devant ses propres copains qui partaient de gros rires tout en lui reluquant les seins. L'un d'eux, un certain Pépé, lui avait glissé un jour entre deux grosses rigolades :

— Si Frank te jette, viens me trouver. Je suis pas contre les bonnes occases !

Elle n'avait pas été flattée. Depuis qu'elle connaissait la famille Cassel, c'est-à-dire depuis six mois, elle savait faire la distinction entre l'humour et la grossièreté, entre un type vulgaire qui porte « de la marque » et un homme élégant comme le docteur Martin. C'était ainsi que Lou appelait son employeur dans l'intimité de sa cervelle.

Dès qu'elle entendit vrombir la Golf que Frank stationnait juste devant son pavillon, Lou poussa le bouton de son ordinateur. Frank n'était pas jaloux que de Cassel, mais de toutes les occupations de Lou qui échappaient à son contrôle. Elle l'avait compris et n'écrivait sur son blog qu'en son absence. Lou se cachait derrière le pseudo de Lou Charrière. Ce n'était pas vraiment un nom d'invention. Quand son père avait été arrêté, la belle-mère de Lou l'avait plantée sans préavis. Il avait fallu lui trouver une famille d'accueil. Elle avait été placée chez les Charrière, des gens très gentils et très ennuyeux. Une des fixettes de madame Charrière, qui allait au temple tous les dimanches, c'était qu'on devait plaire à Dieu : ceci plaisait à Dieu, cela ne lui plaisait pas. Lou avait fini par faire tout un tas de trucs que Dieu ne kiffait pas. Elle avait intitulé son blog : *Le journal d'une petite racaille*. Elle se vantait un peu, d'autant qu'avec Frank elle avait dû se ranger. En ouverture de son blog, on trouvait cette déclaration : **J'ai des défauts et des qualités comme tout le monde et ceus que ça leur fait de la peine, je les enmerde bien profond. Je connais mes valeurs et je suis unique comme tout le monde.** L'orthographe de Lou était comme ses jambes : vacillante. Les photos qu'elle avait placées sur son site, où elle apparaissait en jupe ultracourte avec ses copines Sandy et Jessica, lui attiraient parfois des « com's » désagréables des visiteurs :

Sing Sing, posté le 10 avril 2009

Fais toi une chirurgie plastique du genou, t'a trop besoin. Mais t'es super bonne quand même!

Ou encore :

cassetotal, posté le 12 avril 2009 :

ça fait peur comment t'es maigre t'es anorexique ou koi ?

Heureusement, Sandy et Jessica lui apportaient du réconfort moral sous forme de :

Jessie, posté le 16 mai 2009 :

kikou, t'es tro mimi avec ton bustier kiss kiss kan c con se tape un délire à 3 ? lol

Des délires, Lou ne s'en tapait plus. Elle avait l'humeur de plus en plus morose, ce qui se traduisait sur son blog par un regain de poésie. D'une traite, elle écrivit :

Elle se sentais seule et perdu

un ami cé tout ce qu'elle aurait voulu

la vie est dificile a suporter

kan t'as personne à ki parlé.

Quand elle eut terminé son quatrain, elle regarda son bras qui portait une nouvelle marque. Elle allait devoir mettre une chemise à manches longues lundi pour cacher le bleu à Ruth et Bethsabée.

*
* *

Le dimanche n'en finissait plus de s'étirer. Monsieur Lechemin avait espéré le passage de Suzanne, mais elle n'était pas venue, sans doute à cause de sa foutue association. Pourtant, René aurait eu besoin de quelqu'un à qui parler. Il était sur le point de faire une bêtise.

En fin d'après-midi, il s'inscrivit sur perdu-de-vue.com et rédigea plusieurs lettres, débutant toutes de façon assez directe par ordure, salaud ou fumier. Puis il se dit qu'au contraire il lui fallait garder une dignité glacée. **Monsieur, commença-t-il, on m'a signalé que vous cherchiez à reprendre contact avec les anciens élèves de la TC3. Je ne sais pas à quel jeu pervers vous jouez, mais sachez qu'ici, à Saintes, personne n'est dupe. Vous avez eu la chance que ce malheureux Belhomme endosse votre crime...**

Monsieur Lechemin eut une hésitation en se relisant. Une telle accusation pouvait passer pour une calomnie.

... que ce malheureux Belhomme endosse les deux crimes. Mais votre camarade de classe, Alice Meyzieux, a témoigné et pourrait encore témoigner que la cravate qui a servi d'arme du crime était la copie conforme de celle qu'Ève-Marie vous avait offerte, et ce n'était pas une cravate ordinaire, contrairement à celle qui a servi à tuer Francine Jolivet. Quant au mobile du crime, c'est la lettre

de rupture qu'Ève-Marie vous a portée la veille et que, contre toute évidence, vous avez nié avoir reçue.

Les formules les plus délirantes de malédiction et de haine éternelle se bousculèrent dans la tête de René au moment de conclure son mail. Se souvenant que Martin Cassel avait eu un père pasteur, il opta pour une allusion biblique : **Vous êtes père comme je l'ai été. Souvenez-vous qu'il est dit dans la Bible que la faute des parents retombera sur les enfants.**

René Lechemin.

Enfin, cédant à tous ses démons, il ajouta ce postscriptum : **De quoi est morte votre femme ?**

Au moment de cliquer sur « envoyer », il resta l'index posé sur la souris, comme s'il avait le doigt sur la détente. Qui allait-il toucher ? Il eut la brève vision d'une petite fille blonde qui lui souriait. Elle avait les dents du bonheur comme Ève-Marie et c'était la fille de Marie-Ève. Trop tard, le coup était parti. Le téléphone sonna exactement à ce moment-là, lui arrachant un « ah » de regret. C'était sûrement Suzanne Parmentier. Elle aurait appelé une minute plus tôt, elle l'aurait empêché de faire cette stupidité.

— Allô, monsieur Lechemin ? C'est Alice, Alice Meyzieux.

René faillit lui raccrocher au nez.

— Qu'est-ce qui vous arrive encore ?

– Vous vous souvenez de Guy Dampierre? Un ami d'Ève-Marie qui était le mien aussi… Il m'a envoyé un mail! Il vit à Niort, il a pris la succession de ses parents au restaurant La Cagouille.

Elle était tout excitée.

– C'était un grand garçon sportif, je ne sais pas si vous le revoyez, très sympathique, très bavard, très…

Sa phrase s'acheva dans un toussotement.

– Enfin, voilà, il va sûrement s'inscrire à l'association… Vous voyez, à quelque chose malheur est bon.

La main de René se resserra autour du téléphone comme elle aurait aimé se serrer autour du cou d'Alice. Mais quelle imbécile!

Lundi 18 mai

Il arrivait que l'emploi du temps du docteur Cassel concordât avec celui de ses filles. Il en profitait pour les accompagner jusqu'à l'école de Bethsabée.

– Bonjour, monsieur Cassel, le salua la gardienne de l'immeuble qui frottait le trottoir avec un lave-pont.

– Vous faites le trottoir de bonne heure, madame Dupont, remarqua Martin de son ton le plus irréprochable.

– C'est que c'est plein de mégots et de cacas de chiens !

– C'est ce que je dis toujours : les chiens fument trop. Bonne journée, madame Dupont.

La gardienne regarda s'éloigner le docteur Cassel encadré de ses deux filles. Elle se demandait parfois si ce veuf si distingué n'avait pas tendance à se moquer du monde. Bethsabée sautillait à ses côtés tout en lui secouant la main, tandis que Ruth, peinant sous le poids de son sac à dos, n'était pas encore sortie de sa nuit.

— Tu sais quoi, papa, moi, j'aime pas l'école.

Bethsabée était en grande section de maternelle.

— Tu en as pris pour vingt ans, répliqua son père.

— Oui, mais moi, je veux plutôt être un petit mousse sur un bateau.

— Sans moi? s'étonna son papa.

Ils étaient arrivés à la porte de l'école. Comme il se penchait vers elle pour l'embrasser, Bethsabée lui passa les bras autour du cou.

— Toi, tu seras mon capitaine.

Il détacha délicatement les mains de Bethsabée comme si c'était le fermoir d'un collier.

— D'accord.

— Et Ruth aussi, elle viendra, ajouta la petite. Hein, Ruth, tu viendras?

— Non, moi, j'ai le mal de mer.

Son regard croisa celui de son père et celui-ci acquiesça en silence.

Au collège, Déborah attendait la suite de son feuilleton:

— Alors, c'est qui, Lou? La fille de Belhomme?

— Tu sais, j'ai réfléchi, répondit Ruth en posant à terre son sac à dos. Belhomme, c'est très courant comme nom, c'est comme Dupont. Lou n'est pas de la famille de l'assassin. C'est juste une coïncidence.

– Ah bon? Mais tu disais... Et tu as eu d'autres messages sur gmail?

– Non, j'arrête. Je peux pas continuer à me faire passer pour mon père.

– Pour une fois qu'on faisait un truc marrant... En plus, Alice, elle va sûrement te répondre.

Ruth haussa une épaule. Il y a des portes qu'il ne faut pas pousser. Si Barbe-Bleue avait eu une fille, elle aurait été plus maligne que sa femme et elle ne se serait pas servie de la petite clé.

Mais une fois dans sa chambre, une fois l'ordinateur allumé, Ruth comprit que ce serait très dur de résister. Il y avait maintenant cette chose dans sa tête, cette histoire de cravate, et rien ne pourrait l'en déloger. Alice avait la clé. Alice pouvait tout expliquer et elle l'avait peut-être déjà fait. Ruth ouvrit la boîte sur gmail et vit qu'en effet un message était arrivé. Il n'était pas d'Alice Meyzieux. **Monsieur, on m'a signalé que vous cherchiez à reprendre contact... jeu pervers... Belhomme... la cravate... copie conforme...** Ruth ferma les yeux. Éteins, éteins tout de suite! À tâtons, elle chercha le bouton de l'ordinateur. Mais les mots continuaient de se frayer un chemin, car elle avait embrassé presque tout le message d'un seul coup d'œil: **mobile du crime... lettre de rupture...** Il fallait savoir qui avait écrit. Ce n'était pas Guy Dampierre. Ce n'était pas Suzanne Parmentier. Ouvre, ouvre les yeux! Le froid l'avait d'abord envahie, à présent elle était en feu. Les mots prenaient un sens définitif: quelqu'un accusait son père d'avoir étranglé Ève-Marie avec sa cravate parce qu'elle n'avait pas voulu de lui. Et ce quelqu'un, c'était... Mais regarde, regarde! **René Lechemin.** Lechemin, le nom de maman! Mais qui était René? **Vous êtes père comme je l'ai été.** C'était le père de maman... **la faute des parents retombera sur les enfants...** C'était leur grand-père qui les maudissait, elle et Bethsabée, et qui concluait: **De quoi est morte votre femme?** Ruth enfonça les dents dans son poing pour ne pas crier.

— Mais t'entends pas? Ça fait dix fois que j'appelle à table!

Ruth avait fait un bond de frayeur sur sa chaise. Lou avait d'abord frappé, puis n'ayant pas de réponse, elle avait passé la tête par la porte.

— Dépêche, ça refroidit.

— Je... j'arrive. Juste un truc à finir.

Elle avait décidé de détruire le message, mais auparavant elle l'imprima et glissa la feuille dans son cahier d'histoire.

Pendant le repas, Bethsabée monopolisa la parole. Il fut donc question de Robin puis de Marjorie, une petite fille très méchante qui avait dit à Bethsabée qu'elle était adoptée parce qu'elle n'avait pas de maman.

– Hein, je suis pas adoptée ?

– Mais ça n'a rien à voir, mon cœur, lui répondit Lou. Ton papa, c'est ton vrai papa.

Ruth étouffa un soupir d'angoisse. Elle devait protéger le bonheur de Bethsabée et le bonheur de Bethsabée s'appelait Martin Cassel. Le papier que Ruth venait de cacher dans son cahier d'histoire, personne ne le découvrirait. Elle le porterait sur elle, jour et nuit. C'était un secret qui mourrait avec elle. Pourtant, quand elle se retrouva seule dans sa chambre, tandis que Lou lisait une histoire à sa petite sœur, elle eut très envie de se confier à Déborah. Mais elle crut l'entendre s'écrier, tout excitée : «Ah bon, ton père est l'assassin ? Alors, Belhomme est en prison à sa place !...» et elle se boucha les oreilles. Mais c'était à l'intérieur de sa tête qu'elle aurait voulu obtenir le silence.

De son côté, après avoir éteint la lampe de Bethsabée, Lou se préparait à filer et rassemblait ses affaires dispersées dans le salon, clé de voiture, portable, *Cosmo*...

— Bonsoir.

La voix grave de Martin Cassel frappa Lou de dos et lui fit pousser un cri. Elle se retourna :

— Oh là là, c'te peur que vous m'avez fait ! On vous entend pas, vous, quand vous arrivez.

— Désolé. Si j'ai bien compris, ma fille vous libère à neuf heures ?

— C't-à-dire, si ça vous ennuie pas trop…

Martin fit non de la tête. Il arrivait de l'hôpital, il n'était pas encore tout à fait sorti de l'état de concentration, proche du néant, que requérait son métier. Dans l'après-midi, les choses avaient failli mal tourner pour une vieille dame qui avait fait un arrêt cardiaque sur la table d'opération.

— C'est joli, votre minijupe, dit-il distraitement. Ça met en valeur vos jambes.

Lou n'en crut pas ses oreilles. Est-ce que le docteur Martin la draguait ? Elle ignorait qu'il avait cette particularité de dire le contraire de ce qu'il pensait.

— Ah oui, vous… vous trouvez ? bredouilla-t-elle.

Martin se racla la gorge, un peu surpris, lui aussi. Il n'était pas dans ses habitudes de faire ce genre de réflexion, mais il avait remarqué que la jeune femme s'habillait de façon provocante.

— Et autrement… vous vous en sortez bien avec les filles ? reprit-il en s'efforçant de paraître à l'aise.

– Oh oui, oui! Elles sont super sympas, j'ai aucun mal avec Bethsabée, et Ruth, ça se voit qu'elle a été bien élevée.

«Et vas-y que je te passe de la pommade», songea-t-elle, tout en tirant sur sa jupe dans l'espoir de la rallonger.

– Bon, bon, marmonna Martin en desserrant le nœud de sa cravate.

Il s'éloigna en direction du couloir comme pour mettre un terme à la conversation.

– Bonsoir! lui lança Lou.

Il fit volte-face:

– Et vous vous habituez bien à Bordeaux?

– Heu, oui, merci.

– Parce que si jamais vous vous sentiez un peu seule, un peu perdue…

Lou se demanda si elle devait rappeler au docteur Martin qu'elle avait déjà un petit ami. Mais elle n'eut pas le temps de faire allusion à Frank, car Martin conclut:

– La vie est difficile à supporter quand on n'a personne à qui parler.

Il disparut dans le couloir, laissant Lou bouche bée. Est-ce que le docteur Martin lisait dans ses pensées?… Ou dans son blog?

Mardi 19 mai

Alice Meyzieux chantonnait sous sa douche. Elle avait
pris une journée de congé pour s'occuper d'elle, coiffeur, manucure, magasins. Hier, elle avait commencé
le régime, elle avait six ou sept kilos à perdre. Mais
elle était motivée. Comme elle l'avait dit à Suzanne
Parmentier :

— Guy m'a appelée et Martin m'a écrit.

Guy, Martin, quelle délectation de pouvoir faire
passer par sa bouche des prénoms masculins ! Au téléphone, elle avait posé à Guy quelques questions
qu'elle avait crues habiles pour s'informer sur sa situation. Il était divorcé, sans enfants. Quant à Martin, il
était veuf avec deux filles. Alice savait qu'il est délicat
de remplacer une mère, mais Martin cherchait sûrement du secours, le pauvre garçon ! « Cette fois-ci,
pensa-t-elle en se savonnant vigoureusement, je me
décide. Je me mets aux lentilles de contact. » Une nou-

velle Alice allait naître. Guy... Elle avait vraiment été amoureuse de lui. Sans la concurrence d'Ève-Marie, elle l'aurait eu pour petit ami... à l'usure. Il avait promis de s'inscrire à l'association et de faire un saut jusqu'à Saintes pour lui porter le chèque. Il n'avait pas l'air débordé. La faute à la crise, les gens n'allaient plus au restaurant. Quant à Martin, il lui avait envoyé une lettre, une vraie, et en utilisant un ton qui correspondait davantage que son mail au souvenir qu'elle avait de lui : « Chère Alice, bien que le temps ait passé ou peut-être parce que le temps a passé, j'aimerais reparler avec vous des événements qui se sont déroulés en juin 1989. Pourriez-vous m'indiquer quelles seraient vos disponibilités pour que nous nous rencontrions ? Cordialement, Martin Cassel. »

Comme Alice, encore ruisselante, sortait de sa douche, le téléphone se mit à sonner. D'habitude, elle aurait ronchonné. Mais là, elle pensa que c'était peut-être Guy et, hâtivement drapée d'une serviette de bain, elle courut décrocher. C'était Suzanne Parmentier.

– Je ne vous réveille pas ?... Dites, j'ai réussi à convaincre monsieur Lechemin de faire du tri dans les affaires de sa fille, de jeter, de donner. Il faut qu'il cesse de ruminer le passé.

– Bien sûr, dit gaiement Alice, c'est l'avenir qui compte !

— Heu… oui. Je me demandais si vous accepteriez…

Alice, sentant venir la corvée, se raidit, bien décidée à défendre son mardi.

— Je vais mettre les vêtements dans des sacs. Je sais que vous travaillez parfois pour les Restos du Cœur. Vous connaîtriez peut-être une autre association charitable?

— Parfaitement, les Emmaüs. Vous n'aurez qu'à déposer les sacs chez moi ce soir et je regarderai ce qui peut les intéresser.

— Merci, merci, Alice, je sais qu'on peut toujours compter sur vous.

«Oui mais, songea Alice, un temps pour tout», et sa pensée se perdit en images vagues de fête de mariage, de maison familiale, de jardin plein d'enfants. Elle finit par se raisonner: se marier en blanc avec un veuf qui a deux filles, dont une déjà grande, il valait mieux y renoncer dès maintenant.

Le soir, harassée mais enchantée d'elle-même, Alice s'admira dans l'unique glace de son appartement. Bon, elle avait acheté un pantalon taille 42 qui la serrait un peu. Pour tout dire, elle ne pourrait jamais s'asseoir quand elle le porterait, à moins de perdre cinq kilos. Mais le reste, le chemisier, la veste, la nouvelle coupe de cheveux, les ongles manucurés, tout le reste était une réussite à cent pour cent. Même l'arrivée de Suzanne lui fit plaisir.

— Vous êtes superbe, Alice! Vous allez à un mariage?

Alice rougit et se dépêcha de débarrasser madame Parmentier qui avait mis tous les vêtements d'Ève-Marie dans quatre grands sacs des Galeries Lafayette.

— Vous verrez, il y a beaucoup à jeter, la prévint Suzanne. C'est la mode des années 80, les gros pulls voyants, les motifs géométriques, les caleçons moulants... Mais il y a une doudoune argentée pas vilaine et un jean à bretelles qui peut amuser.

— Avec la crise, tout trouve preneur, l'assura Alice qui déballait déjà les affaires. Tiens, ça, c'est très mettable.

Elle faisait danser devant elle une petite robe noire très décolletée. Puis il lui sembla voir Ève-Marie le jour où elle avait arboré cette tenue dans la cour du lycée et elle la reposa doucement sur le dossier d'une chaise. Les deux femmes se regardèrent, un peu troublées.

— C'est la vie, soupira Suzanne. Je voulais que René cesse de venir pleurer dans cette chambre. Il va la faire retapisser.

Sur le pas de la porte, elle ajouta plus pour elle-même que pour Alice:

— Est-ce que j'ai eu raison ? On parle de «faire son deuil». Mais c'est idiot. Comment faire le deuil d'une jeune fille ? La vie a été tellement injuste avec elle.

«Avec moi aussi», songea Alice, se raidissant une fois de plus.

— Monsieur Lechemin pourrait se réconcilier avec son gendre, répondit-elle sèchement. Et voir ses petites-filles.

Elles se séparèrent sur ces mots et Alice referma la porte, assez mécontente que Suzanne lui ait terni le pur bonheur de cette journée. Comme elle ne pouvait pas s'admirer toute la soirée, elle se mit à faire le tri. Suzanne avait tout enfourné n'importe comment, s'en remettant au dévouement de sa trésorière. Alice sortit chaque vêtement, le déplia, le secoua, le replia. À droite, on garde. À gauche, on jette. Elle finit le rangement par les gros pulls dont elle se demandait si elle n'en prendrait pas un ou deux pour elle-même. En souvenir d'Ève-Marie, naturellement. Ce col roulé orange, par exemple. Elle l'attrapa et sentit sous ses doigts quelque chose qui croustillait. Il y avait du papier de soie à l'intérieur. Elle l'extirpa et aperçut son contenu, une sorte d'écharpe bariolée. Elle la sortit de son emballage et resta un moment sans réaction. Puis ce fut le choc et elle se mit à trembler. C'était la cravate : le totem indien sur fond noir avec des animaux empilés qui montraient les dents dans un sourire inquiétant.

Dix minutes et une tasse de thé plus tard, elle s'était remise de son émotion. Voyons, quelle heure était-il? 21 h 40. Elle avait encore largement le temps de passer un coup de fil et d'envoyer un mail. Sa vie devenait palpitante, elle avait quelque chose d'extraordinaire à raconter. Elle venait de retrouver la cravate qu'Ève-Marie avait achetée un jour de mai 1989 aux Nouvelles Galeries. Elle était encore enveloppée dans son papier de soie d'origine! En fait, elle pouvait bien se l'avouer à présent, elle avait TOUJOURS pensé que Martin mentait quand il disait n'avoir jamais reçu la cravate. Mais elle avait entre les mains la preuve qu'il avait dit la vérité.

*
* *

Ruth avait glissé le mail de son grand-père dans la poche revolver de son jean. C'était trop dangereux de le laisser traîner à la maison. Une fois au collège, elle s'aperçut que Déborah évitait désormais toute allusion à perdu-de-vue et revenait à ses sujets de conversation habituels:

— C'est dommage que Gaétan ait un prénom si moche parce que sinon j'aurais eu un CDC pour lui, pas toi?

CDC, c'était pour Coup De Cœur. Ruth aurait eu des tas de choses à dire sur Gaétan, par exemple qu'elle n'aimait pas les cheveux bouclés pour un garçon. Mais elle ne dit rien parce que, provisoirement, les garçons ne l'intéressaient pas. D'ailleurs, rien ne l'intéressait à l'exception d'une seule chose qu'elle devait taire.

— Qu'est-ce t'as? s'informa brusquement Déborah. T'es malade?

Ruth se renfrogna un peu plus. Elle ne voulait pas parler du mail, mais elle savait qu'elle ne pourrait plus jamais parler d'autre chose avec Déborah. Donc elle allait finir mutique.

— C'est Lou?

— Non, fit Ruth du bout des lèvres.

— C'est quoi?

— C'est un truc... C'est... Deb, tu me jures sur la tête de... de...

— De ma mère, lui souffla Déborah.

— Que tu répéteras rien?

— Juré.

La cloche sonnait.

— On en parle à la récré.

Ruth sentit que son cœur s'apaisait. Bien sûr, elle redoutait la réaction de son amie pour qui tout cela n'était qu'un jeu. Mais elle était la seule personne à qui elle pût se confier.

— Alors? la pressa Déborah avec une excitation de mauvais aloi.

Elles s'étaient réfugiées sur un banc, à l'écart de l'agitation de la récré de dix heures. Ruth extirpa le mail de sa poche.

— C'est Alice?

— Non. Lis. Dis rien avant d'avoir fini.

Tandis que Déborah lisait, Ruth se récitait le mail dans sa tête. Elle le savait par cœur. En jetant un regard de côté, elle vit que le papier tremblait dans la main de Déborah.

— C'est un malade, ce type! s'écria-t-elle. Tu sais qui c'est?

— Mon grand-père.

— Ton... c'est le...

Elle n'en trouvait pas ses mots.

— Le père de ma mère, oui. Je le connais pas. Je l'ai jamais vu.

— Il est fou. Il dit que...

— ... que mon père a...

Un sanglot ne lui permit pas d'achever. Déborah lui serra le bras.

— Pleure pas, pleure pas. Les autres vont voir. Cache ce papier. Tu devrais le brûler.

Ruth le reprit et le roula en boule entre ses mains. Un doute effleura Déborah:

— Tu crois pas que c'est vrai, quand même?

— Je sais pas.

— Mais non, mais t'es folle! Ce type, il raconte n'importe quoi.

Déborah, la Déborah pas toujours bien intentionnée, eut une réaction inattendue. Se penchant vers son amie, elle lui chuchota à l'oreille sur un ton passionné :

— C'est faux, c'est faux, c'est faux. Et on va trouver la vérité. Ton père, je l'ai déjà vu avec ta petite sœur. Il est gentil.

Déborah trouvait Martin Cassel un peu plus que gentil. En fait, si ça n'avait pas été un vieux, elle aurait bien eu un CDC pour lui.

— Faut fouiller dans la boîte en carton, décida Ruth qui s'était ressaisie d'un coup. Papa a mis plein de trucs dedans.

Voilà, c'était «papa», papa qui aimait si fort Bethsabée, papa qui n'aurait jamais pu faire ce dont on l'accusait. Elle prit la main de Déborah et la serra :

— Je sais pas ce que je serais devenue sans toi.

Déborah, dont les deux parents travaillaient, était libre de ses mouvements. Elle accompagna donc Ruth à la sortie du collège. Elles n'avaient que quelques minutes pour s'emparer de la boîte en carton avant le retour de Bethsabée. Elles se précipitèrent dans la chambre de monsieur Cassel, ouvrirent l'armoire et cherchèrent derrière les piles de draps, de serviettes, de vêtements. En vain.

– Merde, merde, fut la seule conclusion de Ruth.

Elle n'osa pas dire que son père l'avait planquée, cela aurait fait mauvais effet. Mais c'était la vérité. Au moment de refermer l'armoire, elle vit qu'une cravate manquait sur le présentoir, la cravate aux Bugs Bunny. Une idée déplaisante lui vint à l'esprit : son père l'avait jetée. Déborah suggéra que c'était peut-être Lou qui avait pris la boîte pour faire disparaître certaines photos. Ruth fit la moue, une moue qui se figea en grimace d'effroi quand elle entendit claquer la porte d'entrée.

– Vite, vite, sors, chuchota-t-elle en poussant Déborah devant elle.

Elles jaillirent dans le couloir en se bousculant. Bethsabée les aperçut.

– T'étais dans…

– … la quatrième dimension.

– Ça veut dire : dans la chambre de papa, répliqua Bethsabée d'un ton entendu. Des fois, moi aussi, j'y vais et je dis que le lit de papa, c'est le lit de la Belle au bois dormant.

Le couvre-lit d'un rouge sombre lui évoquait le conte de fées et elle s'y allongeait, les bras en croix, les yeux fermés, attendant le baiser du prince Charmant. Déborah la taquina :

— Quant tu seras grande, t'épouseras ton papa, hein ?

Bethsabée en resta la bouche ouverte, puis s'écria :

— Comment tu sais ?

Les deux filles ricanèrent.

— Betsie, appela Lou, viens te laver les mains !

Le goûter fut interrompu par le chant des grenouilles. Lou se précipita pour prendre le téléphone au fond de son sac. Dans l'après-midi, c'étaient Sandy ou Jessica qui l'appelaient.

— Allô ? Hein ?... Oui, c'est Lou. Lou Bel... C'est toi ?

Sa voix et ses jambes fléchirent. Elle dut s'asseoir. Déborah fit un petit signe de tête à Ruth lui indiquant Lou qui gémissait presque au téléphone.

— Mais non, je peux pas venir. Je t'explique. Je travaille à temps plein... Écoute, je te rappelle plus tard. Là, je suis au travail... C'est moi qui rappelle, d'accord ? Allez, bye... Si, si, c'est promis. Bye.

Elle éteignit son portable et l'enfouit dans son sac. Elle était si perturbée qu'elle accrocha le pied d'une chaise et faillit s'étaler.

— C'est ton plombier ? s'informa Bethsabée qui sirotait son Fanta à la paille.

– Mêle-toi de tes affaires, la rabroua Lou.

– T'as qu'à lui dire que tu l'aimeras plus s'il te tape, ajouta la petite qu'aucune gronderie n'intimidait.

Elle, elle était sûre d'une chose, que papa l'aimerait toujours. Et comme dans l'histoire que Lou lui lisait le soir, « ce fut le bonheur pour eux jusqu'à la fin de leurs jours ».

*
* *

Pourquoi Martin Cassel choisit-il de mettre la cravate Bugs Bunny pour son premier rendez-vous avec Évangélina ? « Cela me donnera un sujet de conversation », pensa-t-il en la détachant du présentoir. Il dirait que Ruth, « vous savez, ma fille aînée », la lui avait offerte pour sa fête des pères, du temps que sa maman était encore en vie. Non, ce n'était pas subtil d'évoquer sa femme d'entrée de jeu s'il voulait plaire à Évangélina. Mais voulait-il lui plaire ? Coucher avec elle, oui, il en avait envie depuis quelques dimanches qu'ils se saluaient au temple. Pour le reste… Il y avait déjà une femme dans sa vie. Elle n'avait que cinq ans et demi, mais elle était passablement tyrannique. L'évocation de Bethsabée amena un sourire sur ses lèvres tandis qu'il nouait sa cravate devant la porte vitrée. Il se rendit compte que son reflet était séduisant quand il se laissait aller à être souriant. Il resterait de marbre avec Évangélina. Il s'attarda encore un instant devant la glace. Il faisait jeune pour ses trente-huit ans. Sa sévère éducation protestante le rappela à l'ordre : «C'est Bugs Bunny qui te rajeunit.»

Il alla ouvrir le placard où il rangeait ses chaussures et aperçut la boîte en carton qu'il avait déplacée. Il s'était tout de suite rendu compte qu'on avait fouillé dans ses affaires. Ce ne pouvait être que Ruth, sans doute encouragée par Déborah. Elle avait prélevé quelques photos puis les avait remises. C'était surtout la photo de classe qui ennuyait Martin. Il fallait absolument qu'il fasse disparaître cette boîte pour que Ruth arrête de fouiner. Mais lui-même, pourquoi avait-il eu la soudaine envie de remuer le passé en contactant Alice Meyzieux ? Il savait la réponse : parce que Grégory Belhomme venait de sortir de prison. Il regarda sa montre. Oui, il était en avance, il avait le temps de vérifier quelque chose sur Internet. Il se connecta sur son ordinateur portable et tapa sur Google le nom d'Alice Meyzieux.

— Yeps !

Il l'aurait parié : **Alice Meyzieux is on Facebook.** En quelques minutes, il s'inscrivit sur Facebook, demanda à Alice si elle voulait être «amie» avec lui et ajouta en message personnel : **Bonjour, je suis en congé ce jeudi de** l'Ascension. **Seriez-vous disponible pour que nous déjeunions ensemble à la brasserie Chez Bébert? Martin Cassel.** C'était un peu sans-gêne, mais ce nouveau mode relationnel l'autorisait.

Évangélina lui avait donné rendez-vous à 12 h 30 au restaurant de son très select club de tennis, Villa Primrose. Il s'installa en terrasse, il faisait beau, il y avait des petits oiseaux, la serveuse l'avait presque déshabillé du regard quand il était entré. Alors, pourquoi avait-il un tel poids sur le cœur? N'avait-il pas le droit de s'octroyer une pause dans sa vie suroccupée? La dernière fois qu'il avait mangé avec une femme en tête à tête au restaurant, c'était... Voilà d'où venait son malaise. C'était le vendredi 13 mai 2005, au Blue Elephant. En quelques images d'une terrifiante netteté, il revécut toute la soirée. Quand Marie-Ève lui avait dit: «Je suis enceinte», puis: «J'ai un peu la nausée», et: «Je n'ai pas envie de garder l'enfant, Martin.» Tout était allé si vite ensuite. Il avait dû l'accompagner aux toilettes, la soutenir pendant qu'elle vomissait, appeler les secours à la sortie du restaurant, la rattraper par le bras tandis qu'elle s'effondrait sur le trottoir.

— Monsieur Cassel?

Il releva la tête et le soleil le fit cligner des yeux. Évangélina venait d'arriver, un peu en retard comme une femme sûre d'elle-même, en petite jupe blanche plissée, la raquette à l'épaule.

— Je ne suis pas présentable, mais j'avais un cours impossible à annuler. Désolée.

— Je vous en prie, répondit Martin en se levant de sa chaise pour la saluer.

En même temps, son cerveau triait les données suivantes : polo Lacoste, trop de fond de teint, ah, OK, c'est pour cacher l'herpès labial, contagieux, pas de bisous.

— Alors, vous avez vu quelque chose sur la carte qui vous ferait plaisir, Martin ? Je vous appelle Martin, non ?

— Je vous en prie.

Il sentit qu'une main se posait sur la sienne.

— Vous avez un souci ? Vous n'avez pas l'air bien…

— Si, si, ça va…

Évangélina chercha ce qu'elle pourrait dire pour détendre l'atmosphère :

— Elle est sympa, votre cravate.

— C'est ma fille qui me l'a donnée pour la fête des Pères… Quand sa maman était en vie.

Évangélina retira sa main. Cassel balbutia :

— Ma fille aînée qui… qui s'appelle Ruth… Excusez-moi, vous êtes charmante… Mais je ne… Le problème… c'est que je n'ai pas accepté… enfin, que je n'ai pas surmonté…

Il se leva, et comme son éducation lui avait appris à toujours essayer de se rendre utile, il énonça sur un ton professionnel :

— Pour votre bouton de fièvre, mettez du Zovirax pendant cinq jours, et évitez le fond de teint.

Il fit un nouveau signe d'excuse et s'en alla, définitivement débarrassé d'un souci : il n'aimerait plus jamais.

Bien qu'il ne fût pas attendu avant 15 heures à l'hôpital Pellegrin pour un double pontage, il se rendit à son travail. Tout en marchant, il dénoua sa cravate, Bugs Bunny lui paraissant peu en rapport avec la gravité de ses fonctions. Il l'enroula sur elle-même et la tassa au fond de la poche gauche de son veston. Quand il sortit de l'ascenseur, au troisième étage de l'hôpital, mâchant un sandwich tout mou, un collègue chirurgien qui courait dans le couloir l'évita de justesse, puis l'attrapa par les bras :

— Ah, Cassel, t'es là ? Je t'aime ! Péritonite aiguë !

— Excellent ! se réjouit Martin qui était décidément monté à l'envers.

La péritonite était une Antillaise de trente-deux ans, mère de deux enfants. Quand il quitta le bloc opératoire, Cassel songea à la blague de Bethsabée : « T'as tué quelqu'un aujourd'hui ? »

— C'était chaud, hein? lui dit son collègue en lui tapant fraternellement sur l'épaule.

Ce soir-là, deux enfants auraient encore leur maman. «Mais pas les miens, pas les miens…»

Mercredi 20 mai

Depuis hier, Déborah avait trouvé un but dans la vie : aider son amie.

– J'ai regardé, lui annonça-t-elle. René Lechemin est sur Facebook !

Ruth, qui ne voyait pas l'intérêt de la nouvelle, haussa un sourcil.

– T'as qu'à demander à être son amie.

Ruth haussa deux sourcils.

– T'as rien fait de mal, ajouta Déborah.

– Mon père non plus, je te rappelle.

Mais à la réflexion, l'idée de contacter son grand-père ne lui déplaisait pas. Monsieur Lechemin ne les connaissait pas, ni elle, ni sa petite sœur, ni son père après tout. Il l'avait soupçonné de meurtre pour une stupide histoire de cravate. Il y avait sans doute des dizaines et des dizaines d'hommes qui avaient porté cette cravate. Cela n'en faisait pas des dizaines et des dizaines d'assassins! Pendant qu'elle ruminait, Déborah s'était connectée sur Facebook.

— Tu lui mets un message?

— Oui, pousse-toi.

Elle écrivit: Bonjour, je suis Ruth Cassel, j'ai 14 ans, je suis en troisième. Pouvons-nous correspondre? Maman me parlait souvent de vous!!!

— C'est vrai?

— Pas une fois, répondit froidement Ruth. Je ne savais même pas son prénom. Et toc, envoyé!

*
* *

Lou venait de déposer Bethsabée au cours de danse Amélie Michalon qui était au bord de l'implosion. On en était aux dernières répétitions du spectacle de fin d'année, dont le thème «Le bonheur est dans le pré» était déjà connu des parents, grands-parents, oncles, tantes, cousins et cousines qui en entendaient parler depuis six mois. Bethsabée était une coccinelle. Elle aurait voulu être un papillon comme Marjorie, parce que les papillons, c'est plus joli que les coccinelles. Bethsabée se consolait avec son chignon retenu par un filet et une centaine d'épingles à cheveux. Lou, qui avait raté de peu son CAP de coiffeuse, était une pro du chignon de danseuse. Ce mercredi, Marjorie avait des couettes, ce qui est assez ridicule quand on est un papillon. Mais elle avait du rouge à ongles que sa maman lui avait mis le matin même.

— Et aussi sur les doigts de pied!

Bethsabée en eut des larmes d'envie dans les yeux, mais les cacha bravement en cherchant ses affaires dans son sac de danse.

— Lou, je trouve pas mon collant!

— Cherche mieux.

La maman de Marjorie habillait sa fille comme si c'était sa poupée Barbie tandis que Bethsabée devait se débrouiller seule. Le cours allait commencer et elle était toujours en petite culotte.

— Mon collant est tout tourné, gémit-elle en constatant qu'elle avait mis le talon sur le cou-de-pied.

— Dépêche-toi, la houspilla Lou sans décroiser les bras.

Bethsabée pensa très fort: «Je t'aime pas», mais n'osa pas le dire. On ne sait jamais, Lou pourrait l'oublier au cours de danse.

— Tu m'attends dans la Clio, hein? s'assura-t-elle avant de courir rejoindre les autres petites filles.

— Mmh, grogna Lou qui avait la tête ailleurs.

La maman de Marjorie lui avait fait un dernier bisou en lui murmurant: «Applique-toi bien, mon petit papillon.» Et elle allait rester pendant toute l'heure à l'admirer derrière la vitre. Mais comme l'avait dit un jour Bethsabée à Marjorie:

— C'est parce qu'elle a pas de travail, ta mère.

Et toc, envoyé.

Lou s'installa au volant, mit la clim' et la radio, alluma une cigarette et essaya de se détendre. Elle avait rappelé son père la veille au soir et elle avait fait la bêtise de lui donner son adresse. Il voulait lui écrire «des choses importantes», sans doute des inepties, car il s'était mis à délirer au téléphone:

— Il faut que je vienne te voir à Saintes.

— Je suis plus à Saintes, papa.

— On ira à Saintes, tous les deux. On va fêter l'anniversaire d'Ève-Marie. Elle a vingt ans, tu te rappelles qu'elle a vingt ans? Ils veulent pas que j'y aille, ils veulent pas que je prouve que j'ai rien fait. Le gars qui me surveille au foyer, il m'a mis du poison dans mon eau, mais tu me connais, je bois que du vin...

Lou avait souvent peur de finir comme son père. Schizophrène, lui avait dit un médecin à la prison. Belhomme avait été mal diagnostiqué au moment du procès. Le spécialiste de l'époque, un imbécile à ce qu'il paraissait, avait dit que l'accusé souffrait des séquelles de son accident de la route.

— Un accident ne vous fait pas entendre des voix, lui avait expliqué le médecin de la prison.

Or, monsieur Belhomme était régulièrement en conversation avec le pape, Mahomet, le président de la République et le chef de la CIA. C'étaient ses voix qui lui avaient ordonné de faire le coup du père François à Francine Jolivet. Mais les policiers ne l'avaient pas cru...

Lou sursauta en entendant toquer à sa vitre.

— Déjà ?

Le cours était fini. Elle ouvrit la portière arrière en se déboîtant presque l'épaule.

— Attache-toi.

Lou savait très bien que la petite n'y arrivait pas. Bethsabée se contenta de mettre la ceinture de sécurité devant elle sans la fixer. Puis elle appuya le front contre la portière, la moue tremblante et des larmes lui piquant les yeux.

— Ta voiture, ça pue la cigarette, dit-elle.

— Ton cours de danse, ça pue la chaussette.

Une larme silencieuse roula le long de la joue de Bethsabée. Elle se répéta : « Papa, papa, papa », pour ne pas crier : « Maman ! »

*
* *

Lou quitta les filles dès 20 h 30. Elle avait devant elle toute une soirée de liberté, Frank jouait au poker avec sa bande. Lou aurait aimé se faire une toile avec Sandy ou Jessica, mais Frank allait sûrement l'appeler sur le fixe pour vérifier qu'elle l'attendait à la maison. Il ne lui restait donc plus qu'une solution : passer la soirée en tête à tête avec son blog. Elle lui trouvait un nouvel intérêt depuis qu'elle pouvait fantasmer que le docteur Martin le lisait par-dessus son épaule. Que pensait-elle de son employeur, à part qu'il était toujours élégant ? Elle n'en savait rien, il appartenait à un autre monde que le sien. Mais comment se rendre intéressante à ses yeux ? Peut-être en lui montrant qu'elle valait autant que lui, même si elle était différente. Elle se souvenait d'un truc qu'elle avait lu dans un skyblog star et qui lui avait paru super. Elle décida de s'en inspirer et écrivit : **Si tu m'aime tant mieux si tu m'aime pas tant pire. Si tu me critique, c'est que tu est jalous de moi. Tu me trouve ridicule, le ridicule ne tu pas mais l'erreur si. Tu me trouves jalouse, soit flatté ! Tu me trouve moche, jalouse pas ce que t'a pas. Tu me trouve inutile, ferme ce blog et retourne a ta médiocrité.** Au moment où elle se relisait, on sonna à la porte du pavillon. Ce ne pouvait être que Sandy ou Jessica.

— C'est moi.

Ce n'était pas une kikoulol qui se trouvait sur le

palier, mais un homme hagard et dépenaillé, les yeux brûlants sous la barre noire des sourcils. L'assassin de Francine Jolivet et Ève-Marie Lechemin.

— Papa ?!

Elle recula d'effroi et il en profita pour entrer. Il referma très vite la porte derrière lui et s'y appuya.

— Ils m'ont pas suivi, t'en fais pas. Je savais bien que t'étais pas morte, ils disaient que tu pouvais pas venir parce que je t'avais tuée, mais t'avais les yeux ouverts quand je t'ai jetée dans l'eau. Tu sais nager, pas vrai ?

— Oui, oui... Mais tu peux pas rester là, papa. J'habite pas chez moi.

Pour mettre un comble à sa panique, le téléphone de la maison sonna.

— Décroche pas, lui interdit son père.

Schizophrène ou pas, il savait parfaitement qu'il était en cavale.

— Mais c'est Frank, gémit Lou. Il va rappliquer si je réponds pas.

— Vas-y, mais fais attention à ce que tu racontes.

Elle décrocha :

— C'est toi, Pouss... Frank ?

— T'attendais un appel de quelqu'un d'autre ? Et pourquoi tu mets trois plombes pour décrocher ? T'es avec qui ?

— Mais personne ! Je me faisais les ongles.

— Toujours des occupations intellectuelles, ricana Frank qui croyait avoir l'air intelligent en faisant passer sa copine pour une crétine. Bon, je finis de ratisser Pépé et j'arrive.

Elle entendit Pépé qui traitait Frank de «pédé» et raccrocha, toute tremblante.

— FBI ou CIA? demanda son père.

— Un peu les deux. Tu peux pas rester ici.

— File-moi du fric, je dois aller à Saintes, là où tu sais. Elle est pas morte, elle est ressortie de l'eau. Il faut que je la voie, tu comprends ça, Francine? Faut que je voie l'autre.

Il mélangeait tout, les mortes, les vivantes, sa fille et celles qu'il avait assassinées.

— Tu prends toujours tes médicaments?

— Oui, c'est obligé.

Il sortit de sa poche une petite boîte qu'il agita.

— Mais… c'est des Tic Tac, papa, balbutia Lou en reconnaissant les bonbons à l'orange.

— Oui, c'est pas mauvais, dit-il en en gobant plusieurs. J'en prends trois le matin, et trois le soir. T'as combien?

Il voulait de l'argent. Après tout, songea Lou, si c'est le moyen de me débarrasser de lui… Elle alla fouiller dans son sac et trouva vingt-deux euros.

— C'est pas assez, ils me réclament cent mille euros

pour me libérer sous caution. Tu te rends compte, ces salauds? Cent mille plaques! Où je les trouve, moi?

Lou lui proposa d'aller jusqu'au bout de la rue retirer cent euros au distributeur du Crédit Agricole.

— Mais on se dépêche, le FBI va rappliquer, ajouta-t-elle, entrant dans le délire de son père.

Elle ne s'en souvenait plus, mais elle en faisait autant quand elle avait cinq ans.

— T'es une maligne, fit-il en clignant de l'œil, car il n'était dupe qu'à moitié.

Une fois qu'il eut les cent euros en billets de vingt, il voulut encore que Lou le conduisît à la gare Saint-Jean. Elle regarda l'heure sur son téléphone. En bombant, c'était encore jouable. Elle le fit courir jusqu'à sa Clio.

— Vite, papa, vite, ils vont sûrement venir te chercher chez moi...

Elle l'entendit marmonner des choses, qu'il savait y faire, qu'y aurait pas de problème, le coup du père François... Il s'assit à côté d'elle dans la voiture.

— Va pas trop vite, tu te feras arrêter.

Il restait lucide au milieu de son délire, il boucla sa ceinture et se mit à fouiller dans le vide-poches.

— Qu'est-ce que tu cherches?

Lou n'avait pas vraiment peur de lui, en fait, elle en avait moins peur que de Frank.

— Cigarettes.

— Dans mon sac.

À la gare, il exigea une bière et un sandwich. Lou devenait folle, Frank avait sans doute fini de plumer ses copains, il allait rentrer à la maison avec un coup dans le nez.

— Papa, faut que j'y aille ou la police va m'interroger. Tiens, ton billet. Regarde bien les horaires.

— T'es gentille, t'as toujours été gentille, fit Belhomme, une lueur de tendresse au fond de ses yeux de brute.

Malgré sa répulsion, malgré l'odeur de sueur et d'alcool qu'il dégageait, Lou l'embrassa.

— Fais pas de bêtises, Louloute, lui recommandat-il comme lorsqu'elle avait cinq ans.

— Toi non plus, papa.

Sa voix se brisa. Elle ne pouvait rien faire de plus. Il fallait qu'elle se sauve, qu'elle sauve sa peau. Elle repartit, courant et chancelant sur ses longues jambes maigres. Quand elle arriva dans sa rue au volant de sa Clio, elle comprit qu'il était trop tard. La Golf était déjà garée, et toutes les lampes de la maison allumées. Toutes. Il devait la chercher. Comme le papillon, attiré par la lumière, va à sa perte, elle courut vers la porte d'entrée. Ses nerfs avaient été si ébranlés qu'elle n'avait pas réfléchi à ce qu'elle dirait à Frank.

— Mais d'où tu arrives?

Il était dans le salon, sous la lumière crue du plafonnier, les yeux cernés de bistre, le teint rougeaud, et malgré son désarroi, Lou pensa qu'il était plus répugnant que son père.

— Hein, tu réponds? T'as pris la voiture pour aller où?

Il parlait calmement, mais avec la volupté de celui qui se maîtrise encore un instant avant de laisser libre cours à ses pulsions. Il allait la tabasser.

— Écoute, Frank, tu vas pas me croire...

— Ah non? T'étais pas en train de te faire les ongles quand j'ai appelé?

Lou regarda stupidement ses ongles dont le vernis s'était écaillé.

— Non, j'ai pas... Écoute, Frank, c'est mon père qui est passé me voir.

— Ton père?

Il ricana, quand même bluffé par l'énormité du mensonge. C'était plus fort qu'un coup de poker:

— T'es plus orpheline? Ou c'est un revenant?

— J'ai jamais dit que j'étais orpheline, Frank. Il m'a abandonnée, mais il est vivant.

— Et il apparaît comme ça, coucou, juste le soir où je suis pas là?

Il s'avança vers elle, les yeux rétrécis par la fureur.

111

Elle connaissait ce regard. Il l'avait eu les deux fois où il lui avait serré si fort le bras, et elle eut ce geste de protection qui déclencha le cataclysme, elle mit les mains devant son visage. Alors, il leva le poing en criant :

— Salope, traînée !

*
* *

Ruth se redressa en sursaut dans son lit. Son contrôle de maths ! Elle n'avait pas révisé. Elle resta quelques secondes à scruter la nuit tandis qu'elle se posait les questions d'usage au sortir d'un rêve : où suis-je, quel jour sommes-nous ? Réponses : dans mon lit, et demain, c'est le jeudi de l'Ascension. Donc il n'y a pas de cours, pas de maths, pas de contrôle. Ses muscles se relâchèrent. Son père lui avait dit qu'il avait encore ce genre de réveil paniqué : je n'ai pas révisé pour les épreuves du bac ! « On fait ce rêve toute la vie », avait-il ajouté. Serait-ce aussi le cas pour le rêve de l'assassin ? Il lui semblait bien qu'il était revenu cette nuit. L'assassin ressemblait à la petite photo d'identité de Belhomme. C'est alors qu'elle entendit, très net dans le silence nocturne, le bruit sec de la porte d'entrée. Elle regarda l'heure à son réveil. 23 h 35. Son père était rarement appelé en urgence.

Mardi, il avait été réquisitionné par un chirurgien pour sauver une jeune femme antillaise, il en avait parlé au dîner. Mais c'était dans la journée. Il leur avait dit qu'il faudrait une catastrophe, un attentat terroriste, un déraillement de train, pour qu'on le fasse sortir du lit la nuit. Donc, si le docteur Cassel n'avait pas quitté l'appartement, c'est que quelqu'un venait d'y entrer. Tout en raisonnant, Ruth avait repoussé du pied la couette, s'était levée, avait ouvert le tiroir de son bureau. Elle avait renoncé à la coupe en argent, trop encombrante. Son arme, désormais, c'était un marteau qu'elle avait prélevé dans la caisse à outils et caché sous ses cahiers. Elle le soupesa, il était lourd, mais elle l'avait bien en main. Oserait-elle s'en servir, l'abattre sur un visage, là, bien entre les deux yeux? Oui, s'il fallait défendre Bethsabée.

Ruth était déjà dans le couloir. Où l'inconnu se trouvait-il? Le rai de lumière sous la porte de son père la renseigna. Elle s'approcha, serrant le marteau contre sa poitrine. «C'est Belhomme. Il tue papa.» Comment faire pour s'arrêter de penser? Elle n'eut pas à coller l'oreille contre la porte pour distinguer deux timbres de voix. L'une était le bourdon grave de papa. L'autre appartenait à une femme. Elle ne parlait pas. Elle riait. Ou elle pleurait? C'est étrange comme les deux peuvent se confondre. Ruth se retira à reculons. Une femme, papa recevait une femme en pleine nuit. Évangélina! C'est le seul nom qui lui vint à l'esprit tandis qu'elle se glissait à nouveau dans son lit. Elle avait bien vu, à la sortie du temple, que cette femme faisait du charme à son père. Quelle horreur, cette Évangélina dans le grand lit rouge! Bethsabée n'accepterait jamais. Ruth devait voir sa psy le vendredi suivant et elle savait d'avance ce que madame Chapiro lui dirait. Que Bethsabée n'était pas la femme de papa, que papa était veuf depuis quatre ans, qu'il avait le droit de refaire sa vie, que ce n'était pas une mauvaise chose pour une jeune fille d'avoir une belle-maman, etc., etc. Mais qu'est-ce qu'elle en savait? Elle n'avait même pas d'enfant! Ce qu'elle racontait à Ruth, c'étaient juste des trucs qu'elle avait lus dans des livres de psychologie. Il se produisit soudain quelque chose d'inattendu qui interrompit le cours rageur de sa réflexion. La porte d'entrée claqua de nouveau. Évangélina était-elle déjà repartie? Quelqu'un d'autre venait-il d'arriver?

— C'est flippant, dit-elle à mi-voix.

23 h 52. Elle ne pourrait jamais se rendormir. Il fallait qu'elle sache ce qui se tramait sous son toit, qu'elle ouvre la porte de son père, elle prétexterait n'importe quoi, un cauchemar ou une douleur au ventre. À tout hasard, elle reprit le marteau.

Quand elle se retrouva derrière la porte, elle constata que la lumière était éteinte et elle eut beau tendre l'oreille, elle ne perçut plus rien, ni murmures, ni mouvements. La femme s'en était allée, laissant Martin Cassel retourner au sommeil. Ruth fit un pas vers sa chambre quand une autre hypothèse la glaça d'effroi. « Il est mort. Elle l'a tué. Avec la coupe en argent. » Si elle ne vérifiait pas, elle passerait la fin de la nuit à se tourmenter. Après tout, il suffisait de jeter un coup d'œil. La chambre n'était jamais plongée dans l'obscurité complète, Martin ne fermant pas ses volets. Ruth pourrait voir son père endormi se reflétant dans les portes vitrées de l'armoire. Elle abaissa doucement, doucement la poignée, le marteau qu'elle tenait encore dans la main gauche gênant un peu la manœuvre. Elle bloqua même sa respiration en entrouvrant la porte comme si elle s'apprêtait à plonger. Mais elle ne vit rien se refléter dans les glaces pour la bonne raison que l'armoire était ouverte à deux battants comme une grande gueule noire. Puis, à une certaine qualité de silence, elle eut l'affreuse sensation que la pièce était vide. Alors, résolument, elle entra. Le couvre-lit cramoisi avait glissé à terre.

— Papa ? chuchota-t-elle.

Et plus fort :

— Papa, t'es là ?

Ne pouvant plus rester dans cette incertitude, elle alluma le plafonnier. Son père n'était plus là. Elle se souvint que les détectives tâtaient les draps pour savoir s'ils avaient gardé la chaleur du corps. Jamais elle ne ferait un tel geste. Ses yeux soudain s'agrandirent d'effroi. Sur l'oreiller, du sang! Et sur les draps, du sang, du sang. Et une serviette de toilette par terre, entièrement trempée de sang. Elle se laissa tomber sur le coin du lit, tout en se disant: «Ne reste pas là.» Des phrases entendues mille fois à la télévision lui traversèrent l'esprit: «Vous n'avez touché à rien? Pourquoi n'avez-vous pas appelé la police?» Elle fit un misérable effort pour croire qu'elle rêvait, que c'était le rêve de l'assassin qui se prolongeait.

— Bethsabée, murmura-t-elle.

C'est ce qui la remit sur pied. En se tenant au mur du couloir, entre vertige et nausée, elle alla jusqu'à la chambre de sa petite sœur. Bethsabée dormait, on entendait son souffle régulier. Ruth eut envie de la réveiller pour ne plus se sentir si seule, abandonnée. Elle s'assit au pied du lit, indécise, cotonneuse. Puis elle songea que son père finirait par rentrer. Elle ne voulait pas prendre le risque de le croiser dans le couloir. S'il avait du sang sur les mains! Elle se dépêcha de rejoindre sa chambre et, frissonnante de fièvre, elle se glissa dans les draps frais. Malgré elle, elle continuait de penser : s'il ne revenait plus jamais, ou s'il entrait dans sa chambre, s'il s'approchait d'elle ? Elle serra les poings machinalement. Le marteau ? Merde ! Elle ne l'avait plus. Merde, merde ! Quand elle s'était affaissée sur le lit, sa main gauche s'était ouverte sans qu'elle en eût conscience. Le marteau était resté dans les plis du couvre-lit cramoisi. «Je compte jusqu'à 20, et je retourne le chercher. 1, 2, 3…» Elle s'enlisa autour de 16, 17, 18, 16, 17,17…

Quand l'assassin entra, Ruth sut tout de suite quelle victime désigner, ni maman, ni papa, ni Bethsabée, ni elle-même. Évangélina !

*
* *

Martin Cassel avait appris dans son enfance qu'il faut implorer l'aide de Dieu pour surmonter les épreuves de la vie, mais là, à 3 heures du matin, il préférait un Martini. Il se servit largement avant d'aller affronter le spectacle de sa chambre. Ce n'était pas le sang qui le dérangeait, mais de devoir refaire son lit. En poussant des soupirs d'épuisement, il ôta les draps, en fit une boule, y ajouta la serviette de toilette et l'oreiller. Il renonça à mettre des draps propres et s'aplatit sur le matelas, le visage enfoncé dans l'oreiller rescapé. Des images lui traversèrent l'esprit tandis que le sommeil le gagnait. Lou sur son palier, la figure tuméfiée, pissant le sang. «Tombée dans l'escalier», articule-t-elle avec difficulté. Lou dans la chambre, pleurant, pendant qu'il l'ausculte. Lèvre fendue, cocard à l'œil gauche, nez qui enfle, grosse bosse à l'arrière du crâne. Elle est tombée, mais on l'a aussi frappée en pleine face. Sûrement ce Frank Tournier. Puis l'arrivée dans la lugubre salle carrelée des urgences, l'attente tandis que Lou dégoutte de sang, l'interne qu'il happe au passage, Lou qui tourne de l'œil et qu'on allonge sur une civière… De plus en plus nerveux à mesure que le temps passait, Martin avait confié Lou à la garde d'une infirmière et s'était éclipsé. Ce n'était pas très élégant de sa part, mais il ne pouvait abandonner plus longtemps Bethsabée. Il lui arrivait encore de se réveiller la nuit à cause d'une douleur imaginaire ou de son doudou qui s'était fait la malle. Mais tout avait l'air tranquille, les filles ne s'étaient aperçues de rien. Ayant soudain froid, Martin tira sur le couvre-lit pour le ramener sur ses jambes. Il entendit alors un bruit sourd, le bruit d'un objet assez lourd qui vient de tomber sur la moquette.

— C'est quoi, encore ? marmonna-t-il en allumant sa lampe de chevet.

Lou avait peut-être oublié son portable ou son portefeuille…

— Un marteau?!

Il le prit, le soupesa, fit une grimace inquiète. Lou était venue avec un marteau. Pour attaquer ou pour se défendre? Tout le comportement de la jeune femme était incohérent. Allait-elle basculer dans la schizophrénie? Elle avait 10 % de risques avec un père atteint de la maladie. La schizophrénie aiguë avec délires et hallucinations se déclarait chez les filles entre 21 et 27 ans et Lou venait d'en avoir 26... Cela devenait dangereux de lui confier Bethsabée. D'un geste las, Martin rejeta le marteau sur le tas de draps. Faire disparaître tout ça. Se débarrasser de Lou.

Jeudi 21 mai

Ce matin-là, Dieu sait pourquoi, Suzanne Parmentier pensait à Alice qu'elle devait voir le samedi suivant pour faire le point sur la trésorerie de l'association. Elle se souvenait de la lycéenne qu'avait été Alice Meyzieux, tellement désireuse de bien faire, lèche-bottes, disait-on à l'époque. Puis elle la revoyait telle qu'elle l'avait aperçue dans son appartement le mardi précédent, toute pomponnée, avec sa petite veste ringarde, ses bouclettes démodées. Elle espérait sans doute envoûter le fringant Guy Dampierre ou, mission encore plus impossible, l'insaisissable Martin Cassel! Suzanne eut-elle un mouvement de pitié? Elle décrocha son téléphone pour inviter Alice à déjeuner. C'était jour férié. Elle tomba sur le répondeur. Elle n'aimait pas ce genre d'interlocuteur, elle avait eu trop souvent la sensation de parler dans le vide en trente années d'enseignement de la philosophie.

— Heu, bonjour, Alice, c'est Suzanne… heu… rappelez-moi?

Alice ne rappela pas, et Suzanne l'oublia. D'ailleurs, René Lechemin l'appela à son tour pour la convier à prendre le thé. Leurs deux maisons n'étaient distantes que de cinq cents mètres. On allait de l'une à l'autre par la rue Gâtefer qui faisait passer le promeneur devant une succession de barrières blanches et de haies bien taillées. Suzanne était presque arrivée quand son regard de rêveuse se trouva attiré par la silhouette d'un homme, un peu trop éloigné pour qu'elle pût discerner ses traits. Il se tenait immobile de l'autre côté de la route et semblait regarder le pavillon de René. Mince, tiré à quatre épingles, des cheveux noirs mi-longs. Elle eut l'impression qu'elle connaissait ce monsieur et, pour ne pas sembler impolie, elle esquissa un geste de salut. Il tourna vivement les talons et s'éloigna. Cette allure à la fois sévère et romanesque, ces cheveux au vent… «Il arriva chez nous un dimanche de novembre.» Non, on était le jeudi de l'Ascension et elle se trompait certainement.

Elle trouva monsieur Lechemin d'humeur nébuleuse. Son journal, *Sud-Ouest*, était ouvert à la page des naissances et des décès.

Il surprit le regard de son amie.

— Eh oui, dit-il en désignant le journal, à mon âge, c'est la rubrique nécrologique qu'on lit en premier…

— Il y a quelqu'un que vous connaissiez?

— Oui, le docteur Guéhenneux. Il fumait beaucoup. Ma femme était amie avec la sienne, c'était sa gynécologue, en fait. Puis ils ont déménagé sur Niort et nous les avons perdus de vue.

Ce que monsieur Lechemin ne disait pas et qui l'avait plongé dans une sombre rêverie, c'était que le docteur Georges Guéhenneux était le médecin légiste qui avait pratiqué l'autopsie d'Ève-Marie. Ainsi emportait-il un secret dans la tombe.

— J'ai pris des tuiles, dit Suzanne en posant le paquet de gâteaux secs.

— Des tuiles?

— Pour le thé, René. Vous aviez oublié?

Il était tellement ailleurs qu'il ne répondit pas. Elle lui toucha le bras.

— René?

Il parut revenir à lui:

— Suzanne, la petite Cassel m'a écrit.

— La petite qui a cinq ans?

— Mais non! L'autre. Ruth. Elle demande à être mon «amie» sur Facebook.

Suzanne accueillit la nouvelle en silence. Mais déjà René se mettait en colère:

– C'est un coup du père, ça. Il la manipule. Qu'est-ce qu'il veut ? L'héritage ?

– Vous dites n'importe quoi ! La petite est orpheline, vous êtes le père de sa maman. Elle essaie de se rapprocher de vous, c'est tout.

– Et vous ne trouvez pas bizarre qu'elle le fasse juste au moment où son père met la photo de classe sur le site ?

La vérité sauta aux yeux de madame Parmentier. Comment n'y avait-elle pas songé plus tôt ?

– René, nous sommes idiots ! C'est Ruth Cassel qui a mis la photo.

– Comment ça ?

– Mais comme je vous le dis. Voyons, réfléchissez, ces tournures naïves, ces fautes d'accord… Les enfants d'aujourd'hui sont des as d'Internet, mais pas des champions d'orthographe. Elle s'est fait passer pour Martin Cassel, mais elle s'est trahie en mettant un adjectif au féminin.

– Alors… alors, c'est à la gamine que j'ai écrit ?

– Parce que vous lui avez écrit ? s'inquiéta Suzanne.

– Pas vraiment à elle ! Je pensais que c'était Martin Cassel.

La jeune fille avait-elle lu ce mail où il accusait son père d'être un assassin ?

Le voyant méditatif, Suzanne Parmentier s'activa à faire le thé, sortit les tasses, disposa les biscuits sur une assiette.

— Qu'est-ce que vous allez faire? lui demanda-t-elle en mettant devant lui une tasse pleine.

Il la regarda comme s'il cherchait la réponse en elle.

— Eh bien... Je vais prendre mon thé avec la meilleure amie que j'aie. Et puis je vais me faire une autre amie. Sur Facebook.

— Dire que j'ai parfois soupçonné Facebook d'être une invention du diable!

Suzanne se réjouissait tant pour son vieux voisin que, tout en riant, elle en avait les larmes aux yeux. Quand elle le quitta, il parlait de Ruth et Bethsabée comme s'il les connaissait.

En rentrant chez elle, Suzanne eut une soudaine pensée pour l'homme en costume sombre et cravate qu'elle avait surpris en train d'examiner la maison de René. Était-elle à ce point obsédée par cette histoire qu'elle avait projeté sur un inconnu l'image lointaine de Martin Cassel? Pour se changer les idées, elle passa la fin de la journée en compagnie de Kant, c'était son chat, et de Kierkegaard, c'était sa lecture du moment. Après le dîner, elle se souvint d'Alice Meyzieux. Elle n'avait même pas regardé si la pauvre fille avait rappelé. Non, le répondeur n'avait enregistré aucun message. Suzanne chercha un prétexte pour la déranger. Ah oui, elle allait lui demander si les Emmaüs avaient été contents des vêtements.

– Bonjour, vous êtes bien chez Alice Meyzieux. Je suis absente mais laissez-moi un message. Je vous rappellerai dès que possible. Merci.

Suzanne regarda sa pendulette. 21 h 15. Bien sûr, Alice avait le droit de sortir matin, midi et soir. Elle était majeure et c'était un jour férié. Mais malgré elle, Suzanne repensa à l'homme sur la route et elle se sentit très mal à l'aise.

*
* *

C'était incroyable, Ruth avait dormi d'une traite jusqu'à 10 heures et elle était en train de s'étirer, presque paisible. À la lumière du jour, ce qui s'était passé cette nuit se résumait à pas grand-chose. Quelqu'un, une femme, avait maculé de sang le lit de son père. Puis elle était repartie, accompagnée par monsieur Cassel. Après tout, il était médecin et la femme était blessée. Ruth s'étonnait d'avoir paniqué. Elle se rembrunit tout de même en apercevant Bethsabée au salon devant ses dessins animés et Nanie, sa nounou d'autrefois, à la cuisine devant ses casseroles.

— Papa n'est pas là?

— Il a eu une urgence, répondit Bethsabée en prenant un air important.

— Et Lou?

— Elle a la gastro. Nanie va la remplacer.

Tout avait l'air normal et tout sonnait faux. À ce compte-là, Ruth préférait le virtuel. Elle passa la journée en tête à tête avec son ordinateur et, en fin d'après-midi, elle eut le plaisir d'apprendre que **Ruth et René Lechemin sont maintenant ami(e)s**. Mais elle fronça tout de suite les sourcils en relisant quelques échanges récents sur Facebook entre Déborah et elle:

Déborah à 20 h 42 le 20 mai

gaetan é tro bogoss jle kiff amor grave

Ruth à 20 h 43 le 20 mai

Put1 t ouf? il é pusso mdrrrr

Son seul espoir était qu'un monsieur de plus de soixante-dix ans n'essaierait pas de décoder.

Après s'être inquiétée de l'image qu'elle donnait d'elle-même, elle eut la curiosité de connaître celle de l'autre. Hélas, son grand-père n'affichait qu'une seule photo, celle de son «profil», où il apparaissait en culottes courtes et brassard de premier communiant. Il ne regardait que des films inconnus, *César et Rosalie* de Claude Sautet, n'écoutait que des chanteurs dont Ruth n'avait jamais entendu parler, Haendel et Purcell (ça ne devait pas être du heavy metal), citait Woody Allen («Non seulement Dieu n'existe pas, mais allez donc trouver un plombier le dimanche!» Ah bon, c'est drôle?) et il avait six amis!!!!!!!!!!!!

Au même moment, dans son pavillon de retraité, René Lechemin examinait avec soin les pages Facebook de sa petite-fille. Tout d'abord, en voyant les redoublements de voyelles et les points d'exclamation, J'adoooooore!!!!!!, ainsi que le langage SMS ésotérique, ri129 pour rien de neuf, René s'était demandé si la gamine n'était pas légèrement débile. Le test du cochon (dessinez un cochon pour en savoir plus sur votre personnalité), les 127 amis et les différents groupes auxquels sa petite-fille appartenait (les adorateurs du coton-tige, je retourne régulièrement mon oreiller pour avoir le côté froid, je m'inscris à plein de groupes mais j'y vais jamais) achevèrent de le déstabiliser. Sur la photo du «profil», Ruth se cachait derrière ses mains. On pouvait juste deviner qu'elle était brune. René finit par se dire que Ruth était sans doute une adolescente «moderne». En somme, rien d'irrémédiable. Elle ne parlait jamais de son père. Mais les parents, une fois qu'on les avait traités de bouléééé!!!!, il n'y avait plus grand-chose à en dire. Une surprise, à la fois terrible et merveilleuse, attendait René dans l'album de photos. Au milieu des copains et des copines de classe de Ruth, se glissait ici et là une petite fille blonde, aux yeux noisette crépitant de malice. L'exact portrait d'Ève-Marie à cinq ans. Une résurrection.

— Bethsabée, bredouilla René.

Que ce nom était beau, soudain! Il l'imagina courant dans son jardin, et lui l'appelant pour qu'elle vienne goûter :

— Bethsabée!

Il plongea son visage entre ses mains pour étouffer un sanglot. Que de bonheurs dont il était privé! Ruth et Bethsabée, mes petites-filles, mes bien-aimées...

À quelques centaines de mètres de là, tandis que la nuit descendait sur Saintes, un homme errait sur la route, parlant fort à un auditoire invisible et faisant aboyer les chiens de l'autre côté des barrières blanches et des haies bien taillées.

*
* *

Lou avait le nez comme une patate, mais il n'était pas cassé. Elle avait un œil au beurre noir, mais il n'était pas crevé. Elle avait des bleus sur tout le corps, mais aucune fracture. L'allumette avait tenu bon. On lui avait conseillé de voir rapidement son dentiste car deux dents bougeaient. L'infirmière avait essayé de lui faire avouer qu'elle avait été frappée, mais Lou s'en était tenue à sa version. Elle était tombée dans l'escalier.

— Comme toutes les femmes battues, lui avait rétorqué l'infirmière.

Dès le jeudi après-midi, Lou avait quitté l'hôpital au volant de sa Clio. Elle avait son plan, s'installer chez Jessie le temps de se rétablir et de trouver un appart. Changer de numéro de portable. Changer de quartier. Acheter un chien. Plus de mec, surtout plus de mec. Jessie poussa un cri en la découvrant sur son palier.

— Je t'avais prévenue, bougonna Lou qui lui avait téléphoné dans la matinée.

— Oui, mais j'imaginais pas... Le bâtard! Tu as porté plainte?

Lou secoua la tête. Ouch, elle grimaça. Le moindre mouvement la faisait souffrir.

— Et pourquoi tu vas pas au commissariat? Avec la tête que t'as, ils te croiront!

— J'aime pas les flics. Cherche pas, c'est comme ça.

Le chant des grenouilles envahit le studio.

— Me dis pas que c'est lui! se récria Jessica.

Lou n'avait pas l'intention de répondre.

— C'est mon patron, dit-elle en jetant un coup d'œil à l'écran.

Elle n'écouta le message qu'une fois sa copine partie faire des courses. Le docteur Martin espérait qu'elle allait mieux et était au regret de devoir se séparer d'elle. Il l'avertissait que la vieille nounou de Ruth reprendrait momentanément du service et qu'il était inutile qu'elle se présentât à son domicile. Il lui enverrait un chèque de dédommagement. Tout ça bien poli, bien sec.

— Salaud, fit Lou entre ses dents. Je m'en fous. Je pouvais pas le piffer.

Ce n'était pas tout à fait vrai. En réalité, elle était triste. Ou déçue. Elle avait beaucoup pleuré cette nuit. Il lui avait semblé qu'elle ne pleurerait plus jamais. Elle se trompait. Une larme roula sur sa joue. Salaud. Tous les mecs, des salauds.

Vendredi 22 mai

Ce matin-là, comme chaque fois que le marché se tenait sur le cours Alsace-Lorraine, Suzanne Parmentier se leva de bonne heure pour éviter la foule. Et comme chaque fois, elle passa, panier au bras, devant l'immeuble où vivait Alice. Machinalement, elle leva les yeux vers le troisième étage. Les stores étaient relevés, Alice était partie au travail. À moins que... Suzanne appuya sur le bouton de l'Interphone. Personne ne lui répondit, ce qui n'avait rien de surprenant. Elle allait reprendre sa route vers le marché quand un détail insolite l'immobilisa. L'immeuble avait un parking réservé aux locataires, parfaitement visible depuis la rue. Et visible aussi la voiture d'Alice Meyzieux. Suzanne ne savait rien des marques, mais elle reconnaissait le véhicule de la trésorière au petit chien qui faisait oui-oui de la tête sur la plage arrière. Alice prenait toujours sa voiture pour aller au travail.

Suzanne la taquinait à ce sujet, car il n'y avait qu'un kilomètre jusqu'au cabinet médical. «Après tout, songea Suzanne, Alice s'est peut-être mise à la marche à pied…» La porte de l'immeuble s'ouvrit alors et la gardienne, madame Caldeira, sortit sur le trottoir. Elle venait reprendre les poubelles après le passage des éboueurs. Elle salua madame Parmentier, qui en profita pour lui demander si elle avait vu Alice ce matin.

— Mazelle Mizié? fit la gardienne. Yé pas vou, ma al part à houit horrr à la démi porrr lo trabarrr à la cabinette da l'orthadentiste.

— Hmm… Elle n'a pas pris sa voiture, répliqua Suzanne qui n'était pas sûre d'avoir tout compris.

— Si, si, la boitourrr, touyour, mazelle Mizié, la Twingo.

— Mais non. Regardez. Elle est sur le parking.

De surprise, la gardienne en laissa retomber la poubelle qu'elle venait de soulever.

— Ala ba brrri la boitourrr.

Elle se lança alors dans un monologue où chaque mot se présentait sous une forme inédite et où il fut question des habitudes de mademoiselle Meyzieux, de sa nouvelle coiffure, d'un monsieur qui l'avait invitée le mercredi soir, des parents d'Alice qui espéraient bien avoir un petit-fils un jour, mais qu'à 38 ans il fallait se dépêcher.

— Oui, oui, c'est bien vrai, au revoir, madame Caldeira.

De retour du marché, Suzanne se mit à chercher dans les Pages Jaunes le numéro de téléphone du cabinet d'orthodontie. C'était bête, mais elle avait besoin d'entendre la voix d'Alice.

— Vous êtes bien au cabinet médical des docteurs Demange et Boitout. Le cabinet est ouvert du lundi…

Le message du répondeur fut brutalement interrompu par une voix masculine :

— Oui, allô, si c'est pour un rendez-vous, rappelez cet après-midi, s'il vous plaît. La secrétaire n'est pas là.

Suzanne n'eut pas le temps de demander si madame Meyzieux était souffrante. On avait déjà raccroché. Elle décida d'appeler chez Alice, mais tomba une fois de plus sur le répondeur.

— C'est bizarre tout de même, fit-elle à mi-voix.

Et si Alice avait eu un malaise dans la nuit ? Si elle était blessée, mourante… Suzanne hocha la tête. Non, elle s'emballait. Mais elle voulait vraiment parler à Alice. Cela tournait à l'idée fixe.

— Je rappellerai ce soir.

Sa journée en fut gâchée. Elle rappela à 20 heures, 21 heures, 22 heures. Cette fois, plus de doute, il se passait quelque chose d'anormal. Elle laissa un message sur le répondeur, priant Alice de la rappeler sur son fixe ou son portable à n'importe quelle heure du jour ou de la nuit. Puis, sachant que René était insomniaque, elle n'hésita pas à lui téléphoner. Il commença par plaisanter:

— Elle s'est mariée et elle est partie en voyage de noces.

N'entendant aucun rire, même complaisant, il rectifia:

— Elle a peut-être été renversée par une voiture.

— J'y ai pensé, René. J'ai appelé l'hôpital. Il n'y avait personne de son signalement aux admissions.

— Les parents?

— Ils ont pris leur retraite à Jarnac, je crois... Je n'ai pas trouvé leur numéro de téléphone.

René comprit que Suzanne avait sérieusement entamé des recherches. Son cœur se serra.

— Elle n'a jamais confié un double de ses clés à quelqu'un?

Suzanne hésita.

— Nnn... Ah si, si! Elle m'en a parlé un jour à propos des gens qui vivent seuls et doivent prendre des précautions. Je crois que c'est sa gardienne, madame Caldeira, qui a un jeu de ses clés.

— Eh bien, voilà.

— Voilà quoi?

— Si vous êtes réellement inquiète, demain, nous

sonnerons chez Alice, et si ça ne répond pas, nous ouvrirons.

— Vous ne croyez pas que nous devrions d'abord avertir la police?

Le mot de police laissa René sans voix. Trop de souvenirs.

— René?

— Oui, oui, peut-être…

Il murmura « la police » et sut à ce moment-là qu'il ne reverrait jamais Alice Meyzieux vivante.

*
*　*

C'était marqué sur l'agenda de Ruth: psy à 17 heures. Une séance par mois, c'était à la fois trop et pas assez. Elle ne voyait pas ce qu'elle pourrait raconter d'intéressant au docteur Chapiro.

— Alors?

Ruth savait que l'entretien commençait ainsi, ni « bonjour », ni « comment tu vas? », juste un « alors? » prononcé par madame Chapiro sur un ton languissant.

— Ben, alors, ça va…

Elle n'allait pas lui dire que son grand-père pensait que son père avait tué sa tante, mais qu'en réalité c'était le père de la baby-sitter qui s'en était chargé. Pourtant, c'était un bon résumé.

– J'ai refait le rêve de l'assassin, vous savez, je le faisais quand j'étais petite.

– Quand tu étais petite…

Le docteur Chapiro était épatante dans le rôle de l'écho. En même temps, elle cherchait des yeux sur la fiche de Ruth à quand remontait la dernière allusion à ce cauchemar. Voilà : juin 2007.

– Mais cette fois, ça se passait pas pareil.

– Ah non ? Qu'est-ce qui n'était pas pareil ?

– Quand j'étais petite, je disais à l'assassin de me tuer.

« Sentiment de culpabilité après la mort de sa mère », c'était noté sur la fiche.

– Mais maintenant, c'est papa qui tue l'assassin. Avec la coupe de natation que maman a gagnée.

Le docteur Chapiro tressaillit :

– Ah oui ?

– Oui, il l'assomme, et en fait, l'assassin, c'est pas un homme, c'est une femme. C'est une assassine.

Ruth émit un curieux gloussement de petite fille.

– Et aussi, comme elle est pas tout à fait morte, papa, il lui tape sur la tête avec un marteau. Il a un trrrrès gros marteau. Il y a du sang sur les draps, sur l'oreiller, sur les murs… Ça a giclé partout.

Ruth parlait avec un entrain enfantin, en balançant les jambes comme aurait fait Bethsabée. C'était du pur délire, Ruth n'avait pas fait ce rêve. Le docteur Chapiro nota fébrilement : « Papa tue une femme, du sang sur le lit, gros marteau = gros phallus. » Sûre de l'impunité puisque la psy était tenue au secret professionnel, Ruth ajouta tranquillement :

— Elle s'appelle Évangélina, l'assassine dans mon rêve.

— L'assassine assassinée ?

Ruth se mit à rire. Madame Chapiro écrivit : « Évangélina = Ève + ange = mère morte. Papa tue maman, réactivation de l'Œdipe ? »

— C'est très intéressant parce que bon…

Madame Chapiro laissa sa phrase en suspens. Elle n'imposait jamais ses interprétations à ses jeunes patients. Quand Ruth la quitta, elle se sentait en pleine forme. La psychothérapie, ça lui faisait vraiment du bien.

Samedi 23 mai

René et Suzanne se présentèrent au commissariat de la place du Bastion vers 15 heures. Le brigadier Dupuis vint prévenir la lieutenant Kim Guéhenneux dans son bureau :

— J'ai monsieur et madame Parmentier à l'accueil. Ils ont l'air de se faire du souci pour une dame qui ne donne plus signe de vie. Je vous laisse voir avec eux ?

Suzanne et René, qui ne se doutaient pas que le brigadier les avait mariés, furent introduits dans un bureau désuet où deux chaises en bois bien raides leur furent proposées.

— Qu'est-ce que je peux faire pour vous ?

Suzanne expliqua en quelques mots que son amie Alice ne répondait ni à l'Interphone ni au téléphone depuis le jeudi de l'Ascension, que sa voiture ne bougeait plus du parking, et qu'elle n'était pas venue à un rendez-vous qu'elles avaient ensemble pour leur association ce matin.

— Il est un peu tôt pour s'affoler, répondit mollement la jeune lieutenant. D'abord, le nom complet de
la personne ?

— Alice Meyzieux.

Kim, pleine de bonne volonté, quoique sachant
qu'elle perdait son temps, avait pris une feuille de
papier et un stylo Bic. Elle suspendit son geste au
moment de coucher par écrit le nom de la « disparue ».

— Madame Meyzieux ? C'est cette dame un peu
forte avec des lunettes rectangulaires à monture rouge,
des cheveux courts bouclés, toujours habillée mémère ?

Le portrait n'était pas flatté mais c'était le plus
détaillé qu'on ait jamais fait d'Alice. Suzanne s'agita
sur sa chaise en approuvant.

— Elle travaille pour les Restos du Cœur, c'est
cela ? Je la connais de vue. Vous êtes de sa famille ?

— Non, non, elle est la trésorière de mon association.

— C'est vous, monsieur Parmentier, qui avez un
lien de parenté…

— Heu, non. Et je ne suis pas monsieur Parmentier.

Kim fronça les sourcils. Elle aimait montrer la politesse la plus scrupuleuse dans l'exercice de ses fonctions, mais elle était en réalité d'un naturel impatient.

— Je ne comprends pas grand-chose à tout ça, dit-elle d'un ton abrupt. Pour avoir accès au FPR ou lancer une RIF, il faut au moins être de la famille.

— Permettez-moi de vous dire que je vous comprends encore moins, riposta René. FPR, RIF!

— Fichier des personnes recherchées, recherche dans l'intérêt des familles, explicita le lieutenant Guéhenneux. On ne mobilise pas la police ou la gendarmerie sans de bonnes raisons. Une personne majeure a parfaitement le droit de ficher le camp si le cœur lui en dit… ou ne lui dit plus. Cela s'appelle la liberté, monsieur…

— Lechemin, se présenta sèchement René.

— Ah, mais oui! s'exclama le lieutenant en rejetant son Bic. Lechemin, André…

— René.

— Oui, c'est ça, René Lechemin. Vous ne devez pas vous souvenir de moi. Kim? Kim Guéhenneux.

L'atmosphère changea en un instant. C'était la petite Kim! Madame Lechemin et madame Guéhenneux avaient été très liées pendant quelques années. Après les déclarations d'usage, «le monde est petit», «le temps passe», René présenta ses condoléances à la jeune femme qui venait de perdre son père. Elle écarta le sujet d'un geste vague.

— Vous vous inquiétez vraiment pour madame Meyzieux? demanda-t-elle, un peu goguenarde.

Suzanne essaya de faire comprendre à la jeune lieutenant à quel point Alice était une personne routinière, ponctuelle, rangée. Cette disparition ne lui ressemblait pas du tout.

— J'ai pensé entrer chez elle avec le jeu de clés de sa concierge.

Kim se crut obligée de prendre un air réprobateur :

— Je ne vous le conseille pas, madame Parmentier.

Mais elle-même s'ennuyait dans l'ambiance assoupie de ce commissariat. Elle s'était engagée dans la police parce qu'elle avait grandi aux côtés de l'inspecteur Columbo et du commissaire Moulin. Les petits trafics de drogue et les bagarres d'ivrogne qui faisaient son quotidien ne correspondaient pas exactement à ses aspirations.

— Je vais vous proposer un truc pas très orthodoxe…

Ils allaient se retrouver tous trois devant l'immeuble d'Alice d'ici une heure, et si celle-ci ne répondait toujours pas, ils se feraient ouvrir la porte par la gardienne.

— Comme ils sont impulsifs, les jeunes d'aujourd'hui ! remarqua Suzanne en s'éloignant du commissariat. Un moment, j'ai cru qu'elle allait nous manger le nez. L'instant d'après, on était copains.

— Ce n'est pas une gamine, lui fit observer René. Au moment des faits…

« Au moment des faits » signifiait pour René : quand Ève-Marie avait disparu.

— Au moment des faits, c'était une gosse de sept, huit ans. Une rouquine, toujours enrhumée.

— Elle a l'air d'avoir recouvré la santé. C'est une belle plante.

Kim, qui aurait bien rigolé en s'entendant qualifier de belle plante, fut exacte au rendez-vous devant l'immeuble. Elle était en civil, c'est-à-dire en jeans et baskets, avec son flingue sous le blouson de cuir. Elle procéda dans l'ordre, sonna à l'Interphone chez Alice, sans succès, puis chez la gardienne.

— Qué cé ?

— Police. Vous pouvez m'ouvrir ?

Kim n'eut pas besoin de brandir sa carte, madame Caldeira, qui enterrait déjà cette pauvre mazelle Mizié, était toute prête à collaborer. Au troisième étage, porte droite, Kim appuya longuement sur la sonnette. La vieille voisine finit par entrebâiller l'autre porte palière et jeta, derrière sa chaîne de sûreté, un regard inquiet vers le couloir.

— Bonjour, madame. Police.

Le lieutenant préféra ne pas se présenter personnellement, car elle agissait sans avoir prévenu son supérieur hiérarchique, le commissaire Bellier.

— Avez-vous croisé récemment madame Mey-zieux?

La vieille dame, rassurée de voir la gardienne parmi tous ces gens, ouvrit grand sa porte.

— Récemment? Eh bien, pas aujourd'hui, ni ce week-end… Elle serait malade?

— Quand l'avez-vous vue pour la dernière fois? insista Kim.

— Attendez… C'était le jour de ma pédicure. Mer-credi.

— Il était quelle heure?

— Oh, là, là, elle vous prend toujours tard, et en plus elle vous fait attendre… Je dirais sept heures, sept heures et quart. J'ai croisé mademoiselle Meyzieux sur le palier, elle était toute belle. Avec du maquillage. Un peu trop. Et parfumée. Un peu trop aussi. Enfin, pour mon goût.

— Vous ne lui avez pas demandé où elle allait?

— Oh non! protesta la vieille dame. J'ai juste dit: «Alors, on est de sortie?» et elle m'a répondu: «Faut bien se changer les idées.»

— «Faut bien se changer les idées», répéta le lieute-nant.

— Enfin… quelque chose dans ce genre.

Jugeant l'entretien terminé, Kim enfonça la clé dans la serrure.

— Elle est rentrée tard, continua pourtant la vieille dame dans son dos.

Kim se retourna :

— Alors, vous l'avez vue au retour ?

— Non, je l'ai entendue. Vous savez, dans ces immeubles modernes, on entend tout. Et puis j'ai le sommeil léger.

— À quelle heure est-elle rentrée ?

— Il était plus d'une heure du matin... Elle a eu du mal à faire entrer la clé dans la serrure, elle devait être un peu pompette ! Après, je l'ai entendue qui prenait sa douche, qui fermait ses volets, et après, plus rien. Elle n'a pas dû faire de vieux os.

— C'est ce qu'on va vérifier, fit Kim, prenant la vieille dame au mot.

Elle entra dans l'appartement, le nez en l'air, cherchant à détecter toute odeur suspecte. Mais le salon dans lequel elle pénétra sentait le renfermé, pas la mort. Suzanne tira René par la manche pour lui désigner les deux tas de vêtements sur le canapé. Alice n'avait pas eu le temps de porter les affaires d'Ève-Marie aux Compagnons d'Emmaüs. À cela près, la maison était en ordre. Kim revint vers la voisine :

— Et le lendemain, le jeudi, vous n'avez pas entendu madame Meyzieux se préparer, claquer la porte ?

— C'est-à-dire, j'étais invitée chez ma fille...

Elle avait l'air de s'excuser.

— Je suis partie à 10 heures. Madame Meyzieux devait encore dormir. C'était un jour de congé.

— C'est dans ses habitudes de faire la grasse matinée?

— Non, pas du tout, intervint Suzanne. Mais elle n'a pas l'habitude de boire non plus.

Quant à la gardienne, elle avait croisé Alice le mercredi soir quand elle partait pour un rendez-vous avec un monsieur, mais elle ne l'avait pas revue le jeudi. Elle expliqua dans son baragouin qu'elle avait quitté sa loge de bonne heure pour accompagner son mari qui pêchait sur les bords de la Charente :

— Et y avait oune spècé dé fol qué il embêtait to lé mondé et qué i dissé qué l'était oune bel hommé, ma l'était affrrroso…

— Merci, madame Caldeira, la fit taire le lieutenant.

Madame Caldeira pinça les lèvres, en songeant que la police pourrait quand même s'intéresser aux vagabonds qui dérangeaient les braves gens leur jour de congé. Le lieutenant Guéhenneux regarda l'heure sur son téléphone portable. Elle n'allait pas pouvoir s'éterniser. Elle avait le sentiment désagréable d'avoir entrepris une démarche risquée pour pas grand-chose. C'est ce qui la poussa à aller plus loin. Elle retourna dans la chambre à coucher et examina les papiers sur le petit bureau. Il y avait une lettre bien en évidence, une lettre écrite à la main qui disait: «Chère Alice, bien que le temps ait passé ou peut-être parce que le temps a passé, j'aimerais reparler avec vous des événements qui se sont déroulés en juin 1989. Pourriez-vous m'indiquer quelles seraient vos disponibilités pour que nous nous rencontrions? Cordialement, Martin Cassel.» Sous la signature, et tracé d'une autre main, il était indiqué: «Confirmé rv jeudi midi.»

— Eh bien, voilà, fit Kim entre ses dents.

Elle revint dans le salon et lança à la cantonade:

— Martin Cassel, c'est un nom qui vous dit quelque chose?

Elle n'aurait pas produit plus d'effet sur Suzanne et René si elle avait tiré un coup de revolver.

— Pourquoi ça? réussit à articuler monsieur Lechemin.

Kim agita la feuille de papier qu'elle tenait à la main:

— Une lettre de Martin Cassel. Donc c'est un nom qui vous dit quelque chose?

Suzanne alla au plus simple:

— C'est un ancien camarade de lycée d'Alice. Mais elle ne l'a pas vu depuis vingt ans.

— Madame Meyzieux devait lui confirmer un rendez-vous pour jeudi midi.

Kim tendit la lettre à Suzanne, qui l'examina.

— Alice n'est pas très… je ne pense pas que ce soit méchant de dire cela, elle n'est pas très intelligente.

Avec un bel ensemble, René, la vieille voisine et la gardienne approuvèrent Suzanne d'un hochement de tête.

— Mais je l'ai eue comme élève en terminale et, pour l'orthographe, elle a été formée à la vieille école. Elle ne fait pas de fautes… enfin, rien à voir avec les jeunes de maintenant.

— Et ?… s'impatienta Kim.

— … et elle sait la différence entre un participe passé et un verbe à l'infinitif. Alors, voyez, elle a écrit : « Confirmé rv pour jeudi midi. » C'est la forme abrégée de « j'ai confirmé ». Ce n'est pas une chose qu'elle doit faire, c'est une chose qu'elle a faite.

— Donc, Alice avait vraiment rendez-vous avec Martin Cassel jeudi midi, conclut Kim. Et c'est la dernière chose qu'on sait d'elle.

La voix solennelle de René Lechemin s'éleva dans le salon :

— J'aurais des choses à vous apprendre sur ce monsieur Cassel.

Place du Bastion, le commissariat s'animait. Une dame était venue reporter un porte-monnaie avec trente-deux euros vingt qu'elle avait trouvé dans des toilettes publiques et demandait à ce qu'on lui certifiât par écrit que l'argent n'irait pas dans la poche d'un fonctionnaire. Un jeune homme racontait comment il s'était fait tirer sa mob à un policier qui faisait semblant d'être intéressé. Un type, mis en cellule de dégrisement, criait sur tous les tons : «Elle est pas morte, monsieur le juge, elle a les yeux ouverts!»

Kim s'isola avec René et Suzanne dans son petit bureau et commença par prendre en note sous leur dictée quelques renseignements concernant Alice.

— Je contacterai les parents et les employeurs lundi, conclut-elle. S'ils n'ont pas eu de nouvelles depuis jeudi, je pourrai ouvrir une procédure pour disparition inquiétante de personne majeure.

Elle laissa sciemment s'installer le silence.

— Et pour monsieur Cassel? intervint René.

— Oui?

— Vous n'allez pas lui demander s'il a vu Alice jeudi midi?

— Tout d'abord, il faudrait que je sache où trouver monsieur Cassel. Vous avez son adresse?

— Il est sur Bordeaux.

— Médecin, ajouta Suzanne.

— Médecin sur Bordeaux, résuma Kim. Quoi d'autre?

René se lança, la voix presque chevrotante :

– Kim, vous étiez petite à l'époque, et vous ne devez pas vous en souvenir. Et d'ailleurs, votre père évitait sûrement de parler de ce genre d'histoire en famille, mais en 1989, en juin 1989, ma fille a été assassinée.

Le front de Kim se plissa tandis qu'elle cherchait dans sa mémoire. Contrairement à ce que croyait monsieur Lechemin, son père parlait souvent à table, et de façon inconsidérée, des autopsies qu'il venait de pratiquer. Sa femme avait beau lui dire : « On mange, Georges », il ne reculait pas devant les détails les plus dégoûtants pour la plus grande joie des deux grands frères de la petite Kim. Elle-même écoutait de toutes ses oreilles. Mais elle n'avait aucun souvenir de cette affaire.

– C'est quoi le rapport avec monsieur Cassel ? demanda-t-elle à sa façon abrupte.

Suzanne savait ce qui allait suivre et elle posa la main sur le bras de René. Le regard de Kim alla de l'un à l'autre puis se fixa sur René :

– Vous pensez que, d'une manière ou d'une autre, monsieur Cassel est impliqué dans le meurtre de votre fille ?

– Voilà !

– Et vous pensez que, d'une manière ou d'une

autre, il a quelque chose à voir avec la disparition d'Alice ?

— Ça, je ne sais pas, fit René prudemment. Mais au moment des faits, Alice a porté témoignage contre Martin Cassel.

— Expliquez-moi ça.

Ce que fit René, stimulé par l'attention grandissante du lieutenant.

— Intéressant, fit-elle en conclusion. Mais pas le début de l'ombre d'une preuve. Et ça s'est passé il y a vingt ans.

Elle resta un moment le menton dans la main, indécise.

— Il faudrait déjà être sûr de deux choses, dit-elle enfin, qu'Alice a bien disparu depuis jeudi, et que Cassel l'a vue jeudi midi.

— En tout cas, moi, j'ai vu monsieur Cassel jeudi après-midi, fit Suzanne comme à regret. Enfin, je crois…

Alors, elle parla de l'homme qu'elle avait aperçu rue Gâtefer tandis qu'il examinait le pavillon de monsieur Lechemin.

— Le fumier, mâchonna René.

— Mais on ne peut rien en conclure, n'est-ce pas, mademoi… lieutenant ?

— Monsieur Cassel est peut-être la dernière personne à avoir vu Alice Meyzieux. Ça vaut la peine de lui poser quelques questions. Je m'en chargerai.

Kim se leva pour mettre fin à l'entretien. Elle savait déjà qu'elle n'attendrait pas le lundi pour contacter les parents d'Alice. Dès que René et Suzanne furent repartis, le brigadier Dupuis frappa à la porte du bureau :

— L'ivrogne qu'on a ramassé sur les quais, il ne sait même plus son nom, et il prétend qu'on lui a volé ses papiers.

— Prenez sa déposition, répondit Kim distraitement.

— Il fait un peu échappé de l'asile.

— Demandez-lui qui on peut joindre de sa famille.

Kim n'en pouvait plus de jouer les sœurs de charité. Elle était de la police, merde !

Une heure plus tard, elle avait en ligne madame Meyzieux, retraitée à Jonzac. Pour ne pas donner l'alarme à son interlocutrice, elle se fit passer pour une amie d'Alice qui cherchait à la joindre. Un frisson d'excitation la parcourut quand elle sentit que madame Meyzieux était inquiète. Alice appelait ses parents deux fois par semaine. Or, elle n'avait pas donné de nouvelles depuis le mardi et elle ne répondait pas au téléphone.

— Je vais vous donner un conseil, madame Meyzieux, dit Kim. Appelez le commissariat de Saintes et
demandez le lieutenant Guéhenneux.

Elle épela son propre nom et ajouta que le lieutenant s'occupait tout particulièrement des personnes
disparues.

— Disparues ! s'écria la pauvre femme.

— Enfin, je veux dire... qui ne donnent pas de
nouvelles.

Elle raccrocha précipitamment. Elle jubilait tellement de se sentir sur la piste d'une vraie affaire qu'elle
en devenait maladroite.

Une fois revenue chez elle le soir, et buvant une
bière en face de *Qui veut gagner des millions ?*, Kim se
demanda si son chef allait trouver qu'elle avait ras-
semblé suffisamment d'éléments pour avoir le droit de
cuisiner Martin Cassel sur son emploi du temps. « Pas
gagné », marmonna-t-elle en face du candidat qui
venait de perdre. Elle sentit alors son portable grésiller
dans sa poche de jean.

— Salut, Kim, c'est Félix ! Je suis en bas de chez toi,
ça te dit d'aller prendre un verre ?

Félix était un des ex de Kim.

Elle hésita entre deux solutions : l'envoyer chier ou
s'envoyer en l'air. Si elle avait eu une pièce de mon-

naie sous la main, elle aurait tiré à pile ou face. Mais elle n'en avait pas.

– Bon, monte, dit-elle.

Dix minutes plus tard, elle s'emmerdait autant qu'au commissariat.

Lundi 25 mai

Un lundi sur deux, Ruth n'avait pas cours l'après-midi. Elle invita Déborah, et toutes deux geekèrent comme des malades tandis que Nanie briquait l'appartement avant d'aller chercher Bethsabée à l'école. Vers 17 heures, le téléphone sonna dans le salon : un appel en masqué qui fit soupirer Ruth. On allait encore la prendre pour la femme de son père.

— Bonjour, lieutenant Guéhenneux, fit une voix féminine, commissariat de Saintes. Je voudrais parler à monsieur Martin Cassel.

Le ton était extrêmement courtois, mais le sang se glaça dans les veines de Ruth.

— L'est pas là, fit-elle, le souffle court.

— Vous êtes sa fille ?

— Oui.

— Savez-vous comment je pourrais joindre monsieur Cassel ?

— Non.

Ruth sentait bien qu'elle devrait répondre autrement, donner des explications, faire l'aimable, dire : « Je suis désolée. »

— Monsieur Cassel n'a pas un numéro de portable sur lequel…

— Non.

— Savez-vous à quelle heure il doit rentrer ? fit la voix qui s'impatientait.

Ruth comprit qu'elle devait lâcher quelque chose :

— Après dîner, vers dix heures.

— Je rappellerai demain matin. Merci beaucoup pour toutes ces informations, mademoiselle Cassel.

Il y avait comme de l'ironie dans cette dernière phrase. Ruth raccrocha et resta quelques secondes, les mâchoires convulsivement serrées, regardant droit devant elle. Elle avait menti. Elle avait le numéro de portable de son père. Il lui avait dit qu'elle pouvait le joindre à tout moment, y compris quand il était en salle d'opération. Mais elle ne voulait pas qu'il fût pris au dépourvu. Elle protégeait son père, de qui, de quoi, elle ne le savait pas.

— C'est nous ! cria Bethsabée, les joues toutes fraîches d'avoir couru au jardin.

Nanie entra dans le salon d'un pas lourd. Elle avait le teint gris et les yeux las. Elle ne tiendrait pas longtemps au rythme d'un enfant.

— Je vais faire du pain perdu, annonça-t-elle courageusement.

Ruth retourna dans sa chambre et surprit Déborah en train de consulter la boîte de m.cassel.

— Qu'est-ce que tu fais? rugit-elle en bondissant vers son ordinateur.

— Non, rien. Juste…

Elle ferma gmail et revint sur Facebook. Ruth la foudroya du regard:

— Tu arrêtes de te mêler de mes affaires, oui?

— Mais c'est bon, grommela Déborah. En plus, y avait rien de nouveau.

Elle mentait. Quand elle quitta la maison des Cassel, une heure plus tard, gavée de pain perdu, elle avait dans sa poche un mail qu'elle avait tiré sur l'imprimante de Ruth pendant qu'elle était au téléphone. Un mail d'Alice Meyzieux, le dernier.

Martin Cassel rentra chez lui à 20 h 30. Dès qu'elle l'entendit, Ruth sortit de sa chambre sur la pointe des pieds. Elle l'observa un instant sans qu'il s'en doutât. Il était dans le salon, prenant connaissance du courrier du matin, les yeux baissés, l'air concentré, puis il releva la tête en passant la main dans ses cheveux d'un geste qui lui était familier. Il aperçut Ruth et réprima un mouvement de surprise:

— Tiens… Internet est en panne?

Ruth eut la sensation de se dédoubler. Une petite fille se détacha d'elle et courut se jeter dans les bras de papa.

— J'ai couché Bethsabée, dit-elle sans bouger.

Il approuva d'un signe de tête. Il comptait sur sa fille aînée. Trop, sans doute.

— Y a eu un appel pour toi, reprit-elle. Le commissariat de Saintes… Le lieutenant je sais plus quoi va rappeler demain matin.

Le visage de Martin resta indéchiffrable. Il se contenta de jeter machinalement un regard à sa montre. Puis il s'aperçut que Ruth prenait racine dans l'encadrement de la porte.

— Un problème?

Ruth eut envie de hurler: «Mais tu fais quoi, la nuit?» Au même moment, le nom lui revint:

— C'était Guéhenneux.

Martin haussa un sourcil. Il avait déjà entendu ce nom.

— Lieutenant Guéhenneux. C'est une femme.

Martin lâcha un long soupir, comme quelqu'un qui cherche à garder le contrôle de soi. Les connexions s'étaient faites dans son cerveau: Guéhenneux, médecin légiste, affaire Lechemin.

Mardi 26 mai

Le téléphone sonna quand Martin finissait de préparer Bethsabée pour l'école.

— Monsieur Cassel? Lieutenant Guéhenneux.

Kim avait décidé de limiter les frais de politesse. Martin aussi:

— Excusez-moi, je suis en retard. Si vous pouviez me dire rapidement…

— C'est mon intention. Je recherche toutes les informations concernant l'emploi du temps de mademoiselle Alice Meyzieux disparue de son domicile de Saintes depuis jeudi dernier. Vous avez déjeuné avec elle ce jour-là, je crois?

— Absolument pas, répondit Martin.

— Pourtant, vous lui avez demandé par écrit un rendez-vous pour parler de juin 1989 et Alice Meyzieux vous a confirmé ce rendez-vous pour jeudi midi.

— Elle n'a pas répondu à ma lettre.

— Elle a écrit dans son agenda : jeudi midi Cassel, bluffa le lieutenant Guéhenneux.

Silence interloqué de l'autre côté.

— Monsieur Cassel, vous êtes là ?

— Oui… mais je ne comprends pas.

— Vous n'étiez pas à Saintes jeudi ?

Martin commençait à se sentir nerveux. Ruth venait d'entrer dans le salon et Bethsabée l'appelait depuis sa chambre :

— Papaaa, je retrouve pas mon autre chaussure !

— Écoutez, fit-il en baissant la voix, je ne peux pas vous parler maintenant. J'ai deux enfants, ils partent à l'école et…

— Mais nous pouvons prendre rendez-vous, votre heure sera la mienne.

Martin feuilleta son agenda :

— Pas avant…

— Je peux me déplacer. Exceptionnellement.

La tension montait.

— Aujourd'hui. Vous avez bien un créneau d'une demi-heure ?

— 15 h 30. Hôpital Pellegrin. À l'accueil.

Tous deux raccrochèrent, en se saluant à peine.

— C'était qui ? demanda Ruth, tout en faisant semblant de chercher quelque chose au fond de son sac à dos.

— Un double pontage pour cet après-midi.

Ruth eut envie de protester : « Papaaa, c'était la police ! »

*
* *

L'opinion du lieutenant était faite. Maintenant qu'elle connaissait le caractère et les habitudes d'Alice Meyzieux, Kim était certaine que sa disparition n'était pas volontaire. Elle avait donc donné un dernier signe de vie le mercredi soir quand la vieille voisine l'avait entendue rentrer. Par un malheureux concours de circonstances, personne ne l'avait vue quitter son domicile le lendemain matin. Elle était partie à pied. Peut-être un commerçant s'en souviendrait-il ? Il faudrait faire une enquête de voisinage. Kim nota dans son carnet : *Interroger les bistroquets du coin avec photos Alice et Cassel.*

S'ils avaient déjeuné ensemble en centre-ville, quelqu'un, une serveuse, un patron de restaurant, les aurait sûrement remarqués. Mais Martin Cassel était venu en voiture depuis Bordeaux. Il avait pu embarquer Alice. Kim écrivit :

— Marque de la voiture ? Couleur ?

Cassel était au centre de l'énigme, aujourd'hui comme vingt ans auparavant. Était-ce une de ces personnalités doubles, apparemment intégrées, Doctor Cassel and Mister Martin ? Elle écrivit : *Téléphoner Fred.*

C'était le greffier du tribunal de Saintes. Il lui trouverait les archives de l'affaire Lechemin.

À 15 h 25, Kim se promenait de long en large dans le hall de l'hôpital Pellegrin. Elle regardait chaque homme qui le traversait en se demandant : « Le barbu ? Non, trop vieux. Le blond… trop jeune. » Soudain, elle s'immobilisa : « Ah, ah, le brun ? Putain, la classe, il s'habille pas chez H&M. Est-ce que c'est lui ?… C'est lui ! Il cherche quelqu'un Il doit croire que je suis en uniforme. Allez, c'est mon jour de bonté, je vais te faire un signe, baby. » Elle leva discrètement la main droite et Martin se dirigea vers elle.

— Je vous avais dit de m'attendre à l'accueil.

— Je n'y suis pas ? fit semblant de s'étonner Kim.

— Je dois être au bloc dans vingt minutes. Que puis-je pour vous ?

— Me dire où se rendait Alice Meyzieux après avoir déjeuné avec vous.

— Je n'ai pas déjeuné avec Alice Meyzieux.

Kim fixa le carrelage tout en se mordillant l'intérieur des lèvres.

— Bon, on va prendre les choses autrement. Étiez-vous à Saintes jeudi ?

— Oui.

— Qu'y faisiez-vous ?

— Du tourisme. Les arènes, l'arc de Germanicus, l'abbaye aux Dames…

— Je ne vous trouve pas très coopératif, monsieur Cassel. Vous ne vous faites pas de souci pour Alice ? Ce n'est pas une amie ?

— Je ne l'ai pas revue depuis vingt ans.

— Et vous l'invitez au restaurant, comme ça, boum, pour parler du passé. C'est curieux, non ?

— Elle a dû penser comme vous puisqu'elle ne m'a pas répondu.

« OK, mon bonhomme, songea Kim, t'as l'intention de me mettre le disque en boucle. »

— Je ne vais pas faire comme vous, docteur Cassel. Je vais jouer franc jeu. Madame Suzanne Parmentier, vous la connaissez ? Elle vous a vu rue Gâtefer vers 16 heures le jeudi 21. Vous étiez en train de regarder la maison de monsieur René Lechemin. Pourquoi n'êtes-vous pas entré chez votre beau-père ?

— Vous n'avez pas besoin que je vous raconte ce que vous savez.

— Je connais la version des faits de monsieur Lechemin. C'est de cela dont vous souhaitiez vous entretenir avec Alice ? Alice qui avait reconnu votre cravate au cou de la victime.

— Ève-Marie ne m'avait pas donné cette cravate.

— Et vous n'avez pas déjeuné avec Alice.

— Exactement.

« Toi, tu commences à me chauffer, songea Kim. T'es bien le type que j'imaginais, Monsieur Parfait. Mais je vais pas te lâcher. »

— Je vous demanderai, monsieur Par... Cassel, de bien vouloir me communiquer par mail, par fax, comme vous voudrez, l'emploi du temps détaillé de votre journée à Saintes, où vous êtes allé, qui vous avez vu, qui vous a vu, etc. Il me faut aussi la marque et la couleur de votre voiture...

— Laguna bleu marine, l'interrompit Cassel.

— Et le numéro d'immatriculation. Tout ça, très vite, au commissariat central de Saintes, place du Bastion. Tâchez d'y mettre un peu de bonne volonté. Il y va de la vie d'Alice.

— Yeps.

— Pardon ?

— J'acquiesçais... Il faut que j'y aille, lieutenant. Il y a un vieux monsieur qui a aussi besoin de ma bonne volonté. Quand je ne tue pas les gens, je les soigne.

— Si vous prenez les choses comme ça...

— Au revoir, lieutenant, s'esquiva Martin.

De retour à Saintes, Kim passa au commissariat pour voir si son copain au greffe lui avait fait parvenir le dossier Lechemin.

Dans le couloir, elle croisa le brigadier Dupuis.

— Au fait, lieutenant, on a relâché le type.

— Quel type ?

— Celui qu'on a ramassé bourré l'autre jour. Il nous a donné un numéro de portable, sa fille Francine, à ce qu'il disait. J'ai appelé. Mais le numéro n'était plus attribué.

Kim fit un petit signe de tête qui ne signifiait rien de précis, à part qu'elle s'en foutait. Le seul type qui l'intéressait n'avait rien d'un SDF. C'était un médecin friqué qui se croyait au-dessus des lois.

— Ah, le dossier est arrivé, murmura-t-elle, satisfaite.

À nous deux, docteur Cassel !

Mercredi 27 mai

Ce mercredi, avant de retourner chez elle, Nanie demanda à Ruth de rappeler à son papa qu'il devait engager quelqu'un d'autre. De Lou, il n'était plus question. Elle n'avait pas eu la gastro, elle avait disparu de la circulation. Ruth dirait à son père qu'elles pouvaient très bien se débrouiller seules, elle et Bethsabée. Ou elle lui ferait croire que Nanie venait toujours. Elle ne voulait pas d'une autre jeune femme dans la maison.

À 19 heures, elle alla chercher Bethsabée dans sa chambre.

— Tu viens m'aider à mettre la table?

Sa petite sœur tourna vers elle son visage barbouillé de larmes et le cœur de Ruth bondit:

— Qu'est-ce que tu as?

— C'est comment d'être mort?

— Hein?

— Marjorie, elle dit qu'on est de la poussière quand on est mort, c'est vrai?

— Heu… le corps, oui. Mais pas l'âme, tu sais bien, l'âme… elle va au paradis.

— T'es sûre?

Ruth ne croyait plus en Dieu, sauf lorsqu'elle était en face de Bethsabée:

— Oui, je suis sûre.

— Et maman?

— Quoi maman?

— Elle est de la poussière maintenant?

— Son corps.

— Ça lui a fait mal?

— Mais non, non! On ne sent rien quand on est mort. Enfin, le corps… Bon, viens te laver les mains.

Elle entraîna la petite vers la salle de bains.

— Et puis, tu ne parles pas de ça à papa, ça lui ferait de la peine. D'accord?

— D'accord. Mais tu sais, Ruth, je voudrais pas être de la poussière, moi.

Elles venaient de s'attabler devant les radis quand une voix, semblant tomber du ciel, leur dit:

— Vous vous êtes lavé les mains?

— Papaaa!

Martin entrait parfois chez lui aussi silencieusement qu'un voleur.

— Tu es enrhumée? demanda-t-il à Bethsabée.

Elle renifla, jeta un regard vers Ruth et répondit:

— Non, ça va.

Martin piqua un radis dans son assiette.

— Va te laver les mains, le gronda la petite.

Un sourire détendit le visage de Martin et en fit soudain un autre homme. C'était le pouvoir de Bethsabée.

Après le dîner, Ruth s'enferma dans sa chambre comme d'habitude. Martin s'installa sur le canapé, hésitant à allumer la télé, quand Bethsabée vint se lover contre lui, la tête dans le creux de son épaule.

— Tu sens bon, lui murmura-t-elle.

Puis, oubliant la promesse faite à Ruth, elle revint à son chagrin :

— Papa, tu sais si maman est au paradis ?

— Elle est au paradis.

— Elle me voit tout de suite ?

— Oui.

— Elle est contente ?

— Elle le sera encore plus quand tu te seras lavé les dents.

— Et toi ?

— Moi ?

— Tu es triste parce qu'elle n'est plus là…

Ce n'était pas une question. Martin resserra le bras autour de la petite.

— Mais je t'ai.

— Tu m'as, dit Bethsabée en s'abandonnant tout à fait contre son papa.

Quand Ruth revint au salon pour faire signer un mot dans son carnet de correspondance, elle les trouva tous deux enlacés, les yeux clos. Sa sœur lui parut si mignonne qu'elle songea à la mettre en photo sur Facebook. Tout doucement, elle sortit son téléphone portable de sa poche et juste comme elle appuyait sur le bouton, son père ouvrit les yeux.

— Qu'est-ce que tu fais? murmura-t-il, encore ensommeillé.

Elle lui mit le carnet de correspondance sous le nez.

— Signe, lui dit-elle, imitant sans le savoir le ton de l'officier de police qui tend au coupable ses aveux.

Jeudi 28 mai

À Saintes, les recherches étaient lancées. Les anciens élèves de Guez-de-Balzac, les bénévoles des Restos du Cœur, les employeurs d'Alice s'étaient mobilisés. Tous ces gens qui l'avaient côtoyée pendant des années sans jamais avoir une vraie pensée pour elle, voilà qu'ils se démenaient pour la retrouver, et qu'ils partageaient l'angoisse de ses parents. Ils envoyaient la photo d'Alice à tous leurs amis sur Internet, ils l'affichaient sur les arbres de la ville, dans les vitrines, à la gare. *Sud-Ouest* avait relayé l'information en publiant aussi une photo. Alice existait depuis qu'elle avait disparu.

De son côté, Kim n'avait pas chômé. D'abord, l'enquête de voisinage. Elle n'avait rien donné. Aucun commerçant, aucun restaurateur ne semblait avoir vu Alice, seule ou accompagnée. Mais, à vrai dire, la plupart des boutiques étaient fermées le jeudi de l'Ascension. Ensuite, l'emploi du temps de Cassel. D'après lui, il avait fait une sorte de pèlerinage le long de la Charente jusqu'au lieu-dit La Planche noire, puis il s'était arrêté un moment rue Jean-Moulin devant sa maison d'enfance et rue Gâtefer devant le pavillon des Lechemin. Il avait déjeuné d'un sandwich acheté dans il ne savait plus quelle boulangerie du centre-ville et était reparti vers 16 h 30, après avoir été aperçu par Suzanne Parmentier. En somme, Martin ne disposait d'aucun alibi pour cette journée du 21. Un détail avait intrigué le lieutenant Guéhenneux : Cassel prétendait avoir envoyé un mail à Alice, en plus de sa lettre, pour lui fixer un rendez-vous à la brasserie Chez Bébert. Mail auquel elle n'avait pas davantage répondu qu'à sa lettre.

— Problème, dit Kim à Suzanne Parmentier, je n'ai pas trouvé d'ordinateur chez Alice.

Suzanne était passée au commissariat prendre les dernières nouvelles.

— Alice a un ordinateur portable, se souvint-elle. Elle le met parfois dans sa voiture.

— Rien trouvé dans la Twingo, répondit le lieutenant qui en avait forcé la portière.

Alice avait donc quitté son domicile à pied, en emportant son ordinateur. Était-elle montée un peu plus loin dans une voiture qui l'attendait ? Une Laguna bleu marine, par exemple ? Mais pour quelle raison le docteur Cassel aurait-il tué Alice Meyzieux? La vengeance est certes un plat qui se mange froid, mais vingt ans plus tard, c'était carrément du surgelé. Du chantage? Alice avait-elle découvert une preuve de la culpabilité de Martin? Un peu difficile de l'imaginer en maître chanteur. «Elle est peut-être dans un fin fond d'hôpital, accidentée, sans papiers, et... heu... amnésique.» Kim avait peur de voir son beau meurtre lui glisser entre les doigts. Mais un coup de fil de Suzanne en fin d'après-midi lui redonna la niaque.

— Lieutenant? Oui, c'est encore moi. Je me suis aperçue en rentrant à la maison que mon téléphone portable était déchargé. En fait, je m'en sers très peu et je l'oublie souvent dans un sac...

— Et? s'impatienta Kim.

— Je l'ai remis en charge tout à l'heure et il a sonné, vous savez, pour annoncer qu'un message est arrivé. Eh bien, c'était un SMS d'Alice.

— Non?!

— Il est du jeudi 21 au matin.

— L'heure?

— Heu... 10 h 20.

— Il dit quoi?

— Voilà, je vous lis, il y a des petites fautes, mais c'est le clavier qui n'est pas pratique: «diner guy hier voit martin tout a lheure la vie est belle alice»

— Génial ! Apportez-moi votre portable. Avec ça, je colle Cassel en garde à vue.

*
* *

C'était dans *Sud-Ouest*. Déborah aimait y lire les faits divers. Celui-ci se trouvait en page 3.

Sur les traces d'Alice

Saintes — Suzanne et son vieil ami René n'arrêtent plus. Ils affichent partout dans la ville la photo d'Alice Mézieux, 38 ans, célibataire, résidant à Saintes, et qui a disparu de son domicile depuis le jeudi 21 mai. Ils font partie de cette chaîne de solidarité qui s'est spontanément mise en place autour des parents, monsieur et madame Meyzieux, retraités à Jonzac. Alice ne s'est pas présentée à son travail depuis vendredi dernier, elle n'a plus donné de nouvelles à ses parents avec lesquels elle est régulièrement en contact. Des éléments suffisants pour que le commissaire Bellier décide de l'ouverture d'une procédure pour disparition inquiétante de personne majeure.

Abasourdie, Ruth lut et relut l'article que Déborah avait découpé. Il était accompagné d'une photo, d'un signalement et d'un numéro de téléphone pour recevoir les témoignages.

— Hein, elle a grossi depuis la terminale, commenta Déborah. Mais elle a toujours l'air cruche…

Un remords lui fit ajouter : «La pauvre.» Elle avait autre chose à montrer à son amie, mais elle ne savait pas comment s'y prendre. Plutôt que de fournir explications et justifications, elle préféra mettre le papier sous les yeux de Ruth.

— C'est quoi?

Déborah ne répondit pas. C'était le dernier mail d'Alice en date du mardi 19 mai, 22 h 16.

Mon cher Martin, cela me fera très plaisir de déjeuner avec vous Chez Bébert jeudi. Je vous laisse mon numéro de portable : 06********. J'aurai une surprise formidable pour vous, pour toi (on se tutoie, non?). See you soon! Alice (ta nouvelle amie sur Facebook!!!)

Ruth froissa le mail dans son poing et jeta un regard enflammé à Déborah.

— Mais je dirai rien, je te jure!

— T'as intérêt ou je te tue.

Puis elle lissa le papier du plat de la main. Si papa avait déjeuné avec Alice, il l'avait sûrement dit au lieutenant Guéhenneux. Et si on ne l'avait pas arrêté, c'est qu'il n'y avait rien à lui reprocher.

Vendredi 29 mai

Kim ne pourrait pas placer Cassel en garde à vue. Le commissaire Bellier s'y était opposé. Il fallait de plus solides soupçons pour embarquer entre deux agents un médecin bien connu de la bourgeoisie bordelaise. Kim enrageait. C'était ce genre de préjugé qui avait déjà permis à Martin d'échapper à la justice. Le lieutenant Guéhenneux s'était donc résignée à prendre un nouveau rendez-vous avec le docteur Cassel à Pellegrin pour lui montrer le SMS sur le portable de Suzanne Parmentier. Elle ne lui avait rien dit pour profiter de l'effet de surprise. En traversant le parking réservé au personnel de l'hôpital, Kim aperçut la Laguna bleu marine dans laquelle Alice était peut-être montée le jeudi 21. Elle s'en approcha et se pencha sans intention précise au-dessus de la vitre avant. Elle eut une émotion : le siège passager était taché. La tache était peu visible sur le tissu bleu sombre, mais elle était de bonne dimension. Kim se redressa, regarda aux alentours. Personne. Elle avait appris à l'école de police comment les voleurs à la roulotte s'y prennent pour forcer les serrures. C'était le moment de passer aux travaux pratiques. Deux minutes plus tard, Kim était accroupie pour examiner la tache de plus près. Assez probablement du sang. Et si Cassel avait transporté le corps dans le coffre pour aller l'enterrer? Elle trouva le bouton qui en actionnait l'ouverture puis, surveillant toujours les alentours, elle alla soulever le hayon.

— Non! fit-elle, incrédule.

Elle venait de voir des linges pleins de sang, hâtivement roulés en boule. Elle enfila des gants et déplia ce qui s'avéra être un drap. Il contenait un autre drap, une serviette de toilette et un oreiller. Quelque chose s'échappa du tas et tomba lourdement sur le sol.

— Un marteau!?

Elle le ramassa, replia le tout, et aperçut dans le fond du coffre une boîte en carton de la taille d'une boîte à chaussures. Elle décida qu'elle en examinerait le contenu en présence du docteur Cassel et referma le coffre. Son cœur battait à toute volée, elle avait la bouche sèche. Un assassin. Elle avait bien mis la main sur un assassin. Jusqu'à présent, elle avait eu peur de se faire des films. Maintenant, elle avait des preuves. «Putain, le bruit que ça va faire. Monsieur Parfait est un parfait salaud!»

À 17 h 15, à la cafétéria, tandis qu'il prenait un thé pour sortir de l'épuisement mental qui était toujours le sien après plusieurs heures passées au bloc opératoire, Martin vit s'avancer vers lui une rouquine au teint farineux, aux joues grêlées de son, balèze dans son blouson de cuir. Le lieutenant Guéhenneux.

— Vous permettez? fit-elle en s'asseyant en face de lui.

Un assassin rien qu'à elle. Son premier. Elle essuya ses mains moites en les frottant sur son jean.

— J'ai jeté un œil à votre voiture. C'est bien la Laguna bleu marine?

Il se contenta de ciller. Le «yeps» dont il se servait pour acquiescer lui était resté en travers de la gorge: il venait de repenser à ce qu'il avait oublié d'enlever de son coffre.

— Votre siège avant est taché de sang, non?

— Je n'ai pas eu le temps de nettoyer, répondit Martin comme si c'était la chose qu'elle allait lui reprocher.

Kim, n'aimant pas les interrogatoires linéaires, fit une embardée:

— Vous maintenez que vous n'avez pas vu Alice jeudi?

— J'ai sonné en bas de chez elle et elle n'a pas répondu.

– Ah tiens ? C'est une nouvelle version.

– C'est une précision.

Kim bifurqua de nouveau :

– Qu'est-ce qu'il y a dans votre coffre ?

– Vous avez fouillé ma voiture ?... C'est légal ?

Il parlait sur un ton hésitant, sans arrogance. Il ignorait tout des droits d'un flic, il s'informait. Mais Kim continuait de foncer :

– C'est le sang de qui ?

– D'une personne qui est venue chez moi et que j'ai dû conduire aux urgences de Pellegrin.

– Qui ?

– La baby-sitter de mes enfants.

– Quand ?

– C'était...

Martin se passa la main sur le front puis se massa les tempes.

– Dans la nuit de mercredi à jeudi.

– Et vous pouvez me dire ce qui est arrivé à la baby-sitter de vos enfants ?

– Elle est tombée dans l'escalier de sa maison.

– Et elle est venue répandre son sang sur vos draps en pleine nuit ?

– Oui...

Cela n'avait aucun sens, Martin le savait bien, mais c'était ce que Lou avait raconté à l'infirmière des urgences. Kim avait sorti son carnet de notes et son Bic.

— Le nom de cette personne?

— Lou.

— Nom de famille?

Il fallait vraiment lui arracher les choses mot à mot.

— Belhomme.

— Belhomme? Comme l'assassin d'Ève-Marie Lechemin?

— C'est sa fille.

— Que vous avez engagée comme baby-sitter?

Il fit signe que oui et ajouta d'une voix lasse qu'il allait se commander un autre thé.

— Vous prenez quelque chose?

Il s'était levé. Elle eut presque peur qu'il s'enfuie en courant.

— Non, heu, si, un café.

Elle le suivit des yeux, prête à bondir, tandis qu'il se dirigeait vers le bar. Il revint bientôt avec un thé et un café dans deux gobelets en carton.

— Voilà, dit-il.

En quelques phrases, dont il semblait contrôler chaque mot, il expliqua qu'au moment du procès de Belhomme, le révérend Cassel, son père, avait eu connaissance de l'existence d'une petite Lou de six ans, fille du meurtrier. Comme elle n'avait plus de foyer, il avait fait en sorte de lui trouver une famille d'accueil, les Charrière, résidant à Saintes. Après le décès de son père, dix ans plus tard, Martin avait continué de prendre des nouvelles de l'adolescente. Un jour, la jeune fille s'était fâchée avec sa famille d'accueil et était partie s'installer à Bordeaux. Martin avait retrouvé sa trace grâce à son blog qu'elle tenait sous le nom de Lou Charrière. Comme elle y plaçait beaucoup de photos, il avait même réussi à identifier la rue dans laquelle elle vivait. Elle disait qu'elle était à la recherche d'un job, ménage, repassage ou garde d'enfants, et qu'elle avait mis des annonces chez les commerçants de son quartier.

— J'ai trouvé une de ses annonces dans une boulangerie, vous savez, avec le petit morceau de papier à découper sur lequel il y a un numéro de portable. J'ai appelé, et voilà.

— Tout ça par… charité chrétienne? se moqua le lieutenant Guéhenneux.

Martin vida son verre de thé sans répondre. «C'est Monsieur Parfait ou Monsieur Tordu?» se demandait Kim.

— Vous avez le numéro de portable de Lou?

— Oui, mais je n'arrive plus à la joindre, elle a dû en changer.

— C'est la première chose qu'on fait quand on tombe dans un escalier… Et son adresse, c'est?

— 4, rue Mozart. Elle habite chez un certain Frank Tournier.

— Si je comprends bien, depuis que vous l'avez conduite aux urgences, vous n'avez plus de nouvelles d'elle ?

— Non.

Kim n'en croyait pas ses oreilles. Monsieur Tordu était-il Monsieur Serial Killer, un psychopathe qui plaît aux dames, un vrai cas d'école ? Elle se rappela elle-même à l'ordre : « Calme ta joie. »

— Vous avez une photo, même petite, genre photo d'identité ?

— De Lou ? se méprit Martin.

— Non, de vous. Mais si vous en avez une de Lou, je veux bien aussi.

Cassel fit non de la tête, sortit son portefeuille et le fouilla. Une photo lui échappa des mains, celle de Ruth et Bethsabée à la plage. Kim eut une vague pensée pour elles, ça ne les aiderait pas à grandir d'avoir un père en prison, d'autant qu'elles n'avaient plus de mère. Au fait…

— De quoi est morte votre femme, monsieur Cassel ?

Le tremblement qui le parcourut fut tel que la petite table ronde de la cafétéria en fut, elle aussi, secouée.

— Rupture d'anévrisme.

Puis, s'étant déjà ressaisi, il tendit au lieutenant une photo d'identité qu'elle glissa dans son carnet sans la regarder.

— Où en êtes-vous de vos recherches pour Alice? voulut-il savoir.

Kim hésita. Devait-elle lui montrer le SMS maintenant ou attendre la garde à vue pour le déstabiliser?

— Nous savons avec qui Alice a dîné la veille de sa disparition.

Kim avait contacté Guy Dampierre par téléphone et il avait confirmé avoir emmené Alice dîner au Moulin de la Baine, un restaurant chic de la proche campagne saintaise, avant de la reconduire chez elle à plus d'une heure du matin.

— Qui ça? insista Martin.

— Un ancien élève de Guez-de-Balzac comme vous.

— Guy Dampierre?

— Je vois qu'Alice vous en a parlé le lendemain...

— Oui, au déjeuner.

Martin posa la main sur sa bouche comme un enfant pris en faute:

— Oups, je m'ai trahi.

Kim se leva et conclut aussi platement que la fois précédente:

— Si c'est comme ça que vous le prenez.

Elle était vexée. Martin lui tendit sa clé de voiture :

— Ne défoncez pas mon coffre.

Elle lui arracha la clé des mains.

— Qu'est-ce qu'il y a dans la boîte en carton ?

— Des photos de famille. Servez-vous.

— Le marteau dans votre coffre, c'est pour quoi ?

— Pour assommer mes victimes.

Quand il lui disait ce qu'elle espérait entendre, cela devenait grotesque.

— Vous êtes un type tordu, mais je vous coincerai, lâcha-t-elle, excédée.

Et sur sa lancée, sans le moindre souci de la procédure, elle entassa dans son propre coffre les linges tachés de sang, le marteau, la boîte en carton, puis elle passa au service des urgences. Une des infirmières qu'elle interrogea se souvint très bien de Lou Belhomme que le docteur Cassel lui avait confiée.

— Elle prétendait qu'elle était tombée dans un escalier. Mais c'était clair que son petit copain l'avait tapée.

— Elle était amochée ?

— Oh, mais carrément.

L'infirmière ajouta, de façon un peu contradictoire, que Lou était repartie dès le lendemain après-midi. De retour dans sa voiture, Kim décida de faire un saut rue

Mozart. Le 4 était une maison individuelle un peu prétentieuse avec jardinet.

— Pavillon Sam'Suffit, le baptisa Kim à mi-voix.

Elle se gara derrière la Golf customisée de Frank.

— Et une bagnole de Jacky. Je sens que ça va être mon type d'homme.

Mais quand la porte d'entrée s'ouvrit, elle cessa de frimer. Le propriétaire devait faire de la muscu. Elle sortit sa carte :

— Police.

Le gros costaud lui parut être aussi un gros trouillard. Il s'effaça immédiatement pour la laisser passer.

— Vous êtes monsieur Frank Tournier ? Je souhaiterais parler à votre amie, Lou Belhomme.

— Ah bon ? Qu'est-ce qu'elle a fait ?

— Est-elle là ?

— Mais non, justement, je sais pas où elle est. Son téléphone ne répond même plus.

— Si vous l'avez frappée, c'est normal qu'elle ne souhaite pas être recontactée par vous.

— Moi ? Je l'ai frappée, moi ? Qui vous a dit ça ?

— Elle a été conduite aux urgences de Pellegrin le mercredi 19 dans la nuit par le docteur Cassel.

— Et elle a raconté que je l'avais tapée ?

— Non, reconnut à contrecœur le lieutenant Guéhenneux. Mais elle portait des marques de coups.

— Écoutez, mercredi, moi, je faisais mon poker avec des copains, vous pourrez leur demander, j'ai un alibi. Quand je suis rentré, Lou s'était barrée avec sa Clio. Et depuis rien, pas un signe de vie. Je sais pas où elle est.

Il répéta en martelant chaque mot :

— Je-sais-pas-où-elle-est.

Avant d'ajouter, l'air mystérieux :

— Mais il y a peut-être quelqu'un qui sait. Le docteur Cassel, justement. C'est son employeur. Moi, j'aimerais bien savoir à quoi il emploie Lou après 21 heures. Quand on est veuf, on prend pas des filles jeunes et bien roulées soi-disant comme baby-sitters.

Croyait-il ce qu'il disait ? Kim en doutait. Ce type la dégoûtait. Un sûr instinct féminin. Mais si un jour prochain on retrouvait Lou Belhomme flottant au fil de l'eau ou découpée en morceaux dans une valise, la balle serait plutôt dans le camp de Cassel. Dans l'immédiat, Kim devait s'assurer que le sang sur les draps était bien celui de Lou :

— Pouvez-vous me confier un objet appartenant à Lou, sa brosse à cheveux par exemple ?

— Pour les analyses ADN ? supposa Frank qui ne manquait jamais un épisode des *Experts* à la télé.

Ne pouvant pousser plus loin ses investigations, Kim revint chez elle et, couchée sur son lit, sans même avoir ôté ses baskets, elle se laissa aller à rêvasser. Qui était Martin Cassel? Monsieur Parfait, Monsieur Tordu, monsieur Tueur en série? Elle s'assit brusquement sur le bord du lit, attrapa le carnet dans son blouson et en fit tomber la photo d'identité. Beau mec. Pas plus son genre que Frank Tournier. Mais beau mec. Surtout les yeux. Des tas de filles se feraient tuer pour ces yeux-là. Le téléphone portable se mit alors à vibrer dans sa poche.

— Oh non, fit-elle en voyant le nom s'afficher sur l'écran.

Lionel. Encore un ex. Elle referma le clapet d'un geste sec. Y avait-il un mec au monde qui ne fût pas chiant?

Saturday May 30

Samedi 30 mai

Kim rendait visite à ses parents une fois par mois et se demandait, à présent que sa mère était veuve, si elle devait venir la voir plus souvent. Elle n'avait pas eu de chagrin pendant la maladie de son père, mort d'un cancer du fumeur, ni pendant son enterrement. Elle était désolée pour lui qui aimait la vie, le vin, les jolies femmes, les bagnoles, et toutes ces conneries. Mais elle n'était pas affectée par sa perte. Elle n'avait rien perdu. Ce samedi, au lieu de s'étonner une fois de plus de son insensibilité, Kim se posa la question inverse : son père, qu'elle avait pris l'habitude d'appeler « Georges », l'avait-il aimée ? Georges n'avait eu au cours de son existence qu'une seule phrase positive à l'égard de sa fille. Elle avait treize ans, elle revenait du sport en short, et il lui avait dit : « Tu as de belles jambes. » Ce qui lui avait intensément déplu.

Quant à madame Guéhenneux, mère de Kim, elle était universellement considérée comme une gynécologue réfrigérante. Elle brusquait les jeunes filles quand elle les questionnait sur leur vie sexuelle et traitait les futures mères comme du bétail qui va mettre bas. Ce que personne ne savait, et surtout pas sa fille, c'est que madame Guéhenneux avait eu deux césariennes, deux fausses couches, un enfant mort-né, une hystérectomie, un cancer du sein avec récidive et ablation, ce qui lui faisait considérer tous les ennuis de ses patientes comme des broutilles sans intérêt.

— Tu aurais pu prévenir que tu venais, dit-elle en voyant Kim dans l'entrée.

Kim posa son sac à dos, se demanda si elle allait embrasser sa mère et ne le fit pas.

— Ça va?

— Depuis que Georges est mort? Oui, ça va. Levée six heures, couchée onze heures.

Kim, qui faisait ses débuts dans l'art douloureux de l'introspection, réalisa que ses parents ne s'étaient jamais aimés et que c'était peut-être le seul problème qu'elle avait.

— Pourquoi vous êtes restés ensemble, Georges et toi? questionna-t-elle à sa manière abrupte.

— Pardon?

Madame Guéhenneux avait tout de suite pris l'air de la reine-mère offensée.

— Rien, laisse tomber.

En fait, Kim était venue avec une arrière-pensée professionnelle :

— Tu te rappelles l'affaire Lechemin ?

— De quoi tu parles ? Quel chemin ?

— Lechemin, vos amis de Saintes. Une de leurs jumelles est morte étranglée.

— Tu en as des sujets de conversation !

— Avec Georges, tu as été habituée.

— Justement, on pourrait profiter de ce qu'il n'est plus là pour parler d'autre chose.

— C'est lui qui avait fait l'autopsie.

— Mais je le sais ! s'écria madame Guéhenneux avec une véhémence soudaine. Et il a menti, il a menti dans son rapport !

— Un faux rapport d'autopsie ? Mais pourquoi ?

— Devine. Tu n'es pas inspecteur ?

— Lieutenant.

Son amour-propre était piqué au vif. Il fallait qu'elle comprenne pourquoi et en quoi son père, ami des Lechemin, avait menti.

— Elle avait été violée ?

— Tu brûles.

— Elle était enceinte !

Madame Guéhenneux ricana :

— René ne voulait pas que sa femme l'apprenne. Étranglée, passe encore. Mais en cloque, ça, non.

— Enceinte de combien ?

— Six semaines à peu près.

— Tu crois qu'elle le savait ?

— C'était peut-être une gourde.

— On a su de qui elle était enceinte ?

— Il n'y avait pas d'étiquette de provenance sur l'embryon.

— Elle n'avait pas un petit copain ?

— En quoi ça te regarde ?

— Je suis flic.

— Et tu veux salir la mémoire de ton père ?

Toujours ce ton offensé.

— Il y a prescription, maman.

Les deux femmes se regardèrent. Kim avait dit «maman» en se forçant.

— Laisse les morts enterrer les morts. Je fais du thé, tu en veux ? conclut madame Guéhenneux.

Kim rentra chez elle, songeuse. Est-ce que l'enfant était de Martin Cassel ? N'était-ce pas pour le fils du pasteur une motivation plus sérieuse de faire disparaître Ève-Marie qu'une lettre de rupture ? «Question subsidiaire, se demanda Kim, pourquoi est-ce que je continue de voir ma mère ?»

Alors qu'elle garait sa voiture devant son immeuble, son portable vibra dans sa poche. Elle soupira. Encore un ex ? Le numéro du commissariat s'afficha.

— Brigadier Dupuis. Désolé de vous déranger un jour de congé. Les gendarmes viennent de nous prévenir qu'ils ont repêché le corps d'une femme dans la Charente.

— Morte par noyade ?

— Étranglée d'abord.

Dimanche 31 mai

9 h 45

Martin attrapa dans l'armoire le veston du dimanche, celui qu'il avait mis pour faire bonne impression sur Évangélina. Ce souvenir lui tira un froncement de sourcils tandis qu'il resserrait le nœud de sa cravate.

— Papaaa, je trouve pas mon autre chaussette !

Il entra dans la chambre de Bethsabée :

— Un jour, tu ne trouveras pas ton autre pied.

Elle rit, mais il était agacé :

— Il faut que tu prennes soin de tes affaires, je ne serai pas toujours là.

— Mais siii, répondit-elle, avec une assurance exaspérante.

Dans la rue, en route pour le temple, ils marchèrent tous les trois de front, Martin entre ses deux filles, et tenant Bethsabée par la main. Comme il avançait épaule contre épaule avec sa fille aînée, il remarqua qu'elle avait beaucoup grandi et finirait peut-être par le dépasser. Il ne faisait lui-même qu'un mètre soixante-douze, mais son père était très grand et Ruth lui ressemblait. Elle se tenait si près de lui que le dos de leurs mains se frôlait.

Au temple, Ruth, qui ne croyait plus en Dieu, pria très fort pour qu'on retrouve Alice Meyzieux. La voix du pasteur s'éleva :

— Dans le recueillement de la prière, reconnaissons notre péché, reconnaissons tout ce qui nous tient éloigné de Dieu, des autres et de nous-mêmes.

Un silence, puis l'assemblée se mit à chanter : « Du fond de ma souffrance, mon Dieu, je crie vers toi. Je n'ai qu'une espérance, ne m'abandonne pas. » La voix très grave de Martin Cassel empruntait subtilement une autre ligne mélodique. D'habitude, Ruth en éprouvait une gêne, elle n'aimait pas que son père se fît remarquer, même en chantant mieux que tout le monde : « Regarde ma misère, ma faute, mon malheur. » Elle en frissonna jusqu'au cœur. Il lui semblait comprendre enfin quelque chose. Elle aurait voulu prendre son père par la main, l'embrasser comme faisait Bethsabée, lui dire : « Je t'aime, papa. » Pourquoi en était-elle incapable ? Était-ce à cause de son caractère ou bien de ses quatorze ans ?

Sur le chemin du retour, dans la dernière ligne droite, Ruth aperçut deux personnes au bas de leur immeuble et elle sut qu'elles étaient là pour son père. L'une d'elles était en uniforme.

— Oh, un soldat ! s'étonna Bethsabée.

— Un policier, rectifia calmement Martin.

Il sentit la main de Ruth qui se glissait dans la sienne et qui se refermait.

— Monsieur Cassel ? Police.

C'était le lieutenant Guéhenneux, accompagnée du brigadier Dupuis.

— Avez-vous une solution pour faire garder vos enfants ?

Martin comprit qu'on l'embarquait. Il fallait à tout prix éviter un traumatisme à Bethsabée. Il se tourna vers Ruth :

— Je dois aller au commissariat de Saintes répondre à des questions sur Alice Meyzieux, une personne que j'ai connue et...

— Je sais, papa.

La scène qui se préparait n'était pas du goût du lieutenant. La petite était en train de s'agiter, de demander « qui c'est, lui ? » en montrant le brigadier du doigt.

— Monsieur Cassel, avez-vous une solution de garde ? le pressa-t-elle.

Il ravala sa rage :

— Vous me laissez deux minutes pour m'organiser ?

Ruth craignit que les policiers se fâchent :

— Je vais téléphoner à Nanie, papa, ça va aller. On a du poulet pour midi.

Elle eut peur que les policiers croient à une tentative d'humour, mais personne ne broncha. Martin poussa Bethsabée vers sa sœur.

— Vous avez vos papiers sur vous ? le questionna le brigadier Dupuis.

Bethsabée se blottit contre Ruth. Elle ne ferait ni caprice ni colère, mais elle était effrayée.

— J'ai mes papiers. Est-ce que je serai rentré pour le dîner ?

— Non, monsieur Cassel. Si vous voulez, on peut appeler une assistante sociale pour vos enfants.

Martin interrogea Ruth du regard. Il devina que ses lèvres articulaient : « Je me débrouille. »

— Ça ira, fit-il sans lâcher Ruth des yeux. Ma fille appelle la nounou. Elle sera là dans dix minutes.

— Dans ce cas, allons-y, dit froidement Kim. Nous sommes garés en face.

Cassel traversa la rue entre le lieutenant Guéhenneux et le brigadier Dupuis, puis monta dans la voiture de police dont le gyrophare tournait. Cela ressemblait à une arrestation. Derrière la fenêtre de sa loge, madame Dupond ne perdait pas une miette du spectacle.

— Où il va, papa?

— Il l'a dit : au commissariat. Il va aider les policiers à retrouver la dame.

— Quelle dame?

Ruth intercepta le regard de madame Dupond derrière sa fenêtre.

— Viens, on rentre. Tu n'as pas faim?

— Siii! Mais tu me diras qui c'est, la dame, hein?

Tout en mettant la table avec elle, Ruth expliqua à sa sœur que papa connaissait Alice parce qu'il était allé à l'école avec elle. Depuis plusieurs jours, Alice avait disparu.

— Peut-être elle s'est cachée? suggéra Bethsabée.

— Peut-être.

— Ou c'est des méchants qui l'ont enlevée et ils vont demander une rançon?

— Peut-être.

Ruth aurait bien voulu y croire.

— Tu veux de la mayo avec ton poulet?

— Bien sûr!

La petite avait déjà retrouvé son entrain.

— Tu vas appeler Nanie? Moi, j'en ai un peu marre d'elle. Elle me gronde parce que je cours trop vite et je fais trop de bruit!

— Mange.

Vers qui se tourner? À qui demander de l'aide? «Du fond de ma souffrance, mon Dieu, je crie vers toi.»

— Tu fais ta prière?

Ruth avait fermé les yeux et dissimulé son visage derrière ses mains.

— J'ai mal à la tête.

Elle sourit: elle avait trouvé.

— On va aller voir notre grand-père.

— On a un grand-père?

— Oui, il s'appelle René, papy René. C'est le papa de maman.

— Marjorie aussi, elle a un papy. Et une mamie. On en a une de mamie?

— Non. Et arrête avec tes questions. Fais juste ce que je te dis. D'accord?

— D'accord.

Après le déjeuner, Ruth rassembla des affaires dans deux sacs à dos, un grand et un petit. Elle glissa dans sa poche le mail d'Alice, le dernier. Elle avait trente-deux euros d'économie, qu'elle prit aussi.

— Moi, j'ai un billet de cinq euros! s'écria Bethsa-bée, toute fière.

— Donne. On va prendre le train pour Saintes.

Bethsabée se mit à danser comme on le lui avait appris au cours de danse Amélie Michalon, et tout en dansant, elle chantait :

— Oui, oui, oui, on va voir papy !

13 h 30

La voiture remonta le cours National où flânaient de rares touristes en ce dimanche ensoleillé et se gara devant le commissariat à un emplacement réservé aux officiers de police. Le trajet Bordeaux-Saintes s'était effectué en un temps record, le lieutenant Guéhenneux ayant usé et abusé du gyrophare. Martin n'avait appris qu'une chose : il était placé en garde à vue.

— Par ici, dans mon bureau, dans mon bureau, dit Kim dès qu'ils furent entrés dans la salle d'attente du commissariat.

Elle avait attrapé Cassel au-dessus du coude et le poussait devant elle. Martin n'avait jamais été convoqué dans les locaux de la police. Vingt ans auparavant, un inspecteur était venu à son domicile et lui avait posé quelques questions en présence de son père, le révérend Cassel. C'était tout. Aussi regarda-t-il autour de lui avec curiosité. Mais le bureau du lieutenant n'avait rien de pittoresque, une carte de France et les photos d'enfants disparus affichées aux murs, quelques armoires métalliques, deux chaises et une table sur laquelle Kim avait posé son ordinateur portable, des enveloppes kraft et un plateau en bois.

— Asseyez-vous, dit-elle tout en allumant l'ordinateur. Vos papiers.

Elle tendit la main et Martin, assez interloqué par la brutalité des manières, lui tendit sa carte d'identité. Tout en tapant sur son clavier, Kim énuméra :

— Nom : Cassel. Prénoms : Martin, Paul, Pierre. Date de naissance : 5 juin 1971. Veuf ?

— Oui.

— Profession ?

— Médecin anesthésiste.

Kim se dicta à elle-même :

— Motif d'interpellation : Pour les besoins d'une enquête en cours.

Elle cessa de taper pour dire sur le ton de la psalmodie :

— Monsieur Cassel, je vous informe de votre placement en garde à vue de vingt-quatre heures, renouvelable une fois. Vous avez été interpellé aujourd'hui à midi…

— 11 h 45, rectifia Martin.

— 11 h 45, lui accorda Kim. La loi nous autorise à vous garder jusqu'à demain même heure, avec possibilité de prolonger de vingt-quatre heures après accord préalable du procureur. Vous me suivez ?

— Mais j'ai toujours répondu à toutes vos questions, je ne vois pas l'intérêt...

— Je n'ai pas fini, monsieur Cassel. Vous avez le droit de garder le silence, vous pouvez demander à être examiné par un médecin.

Martin fit un geste pour se désigner lui-même.

— Dès la première heure de votre garde à vue, vous pouvez demander à vous entretenir avec un avocat, vous avez droit à un coup de téléphone pour faire prévenir une personne avec laquelle vous habitez régulièrement, l'un de vos parents en ligne directe, l'un de vos frères ou...

— Mes enfants ?

— Vos enfants, oui. Vous voulez passer l'appel maintenant ?

— Non.

— Avez-vous une déclaration à faire au préalable ?

— Au préalable de quoi ?

— Heu...

Kim avait enchaîné les formules d'usage sans y réfléchir :

— Avant que nous commencions l'interrogatoire.

Martin, qui n'avait pas pris de petit déjeuner, décida de parer au plus pressé :

— Je déclare que j'ai faim.

— Moi aussi.

Il était habituel de faire monter des sandwichs aux heures des repas, mais la lieutenant Guéhenneux ne voulut pas rassurer trop vite Martin sur son sort. Un peu d'inconfort déliait les langues.

— Je vais vous demander de signer votre procès-verbal de garde à vue... Voilà. De vider vos poches.

Martin haussa un sourcil, mais obtempéra en déposant sur le plateau prévu à cet effet son porte-feuille, puis son téléphone et ses clés. Kim notait chaque objet sur son ordinateur. Martin plongea la main dans la poche gauche de son veston et palpa ce qui lui parut être un mouchoir en tissu ou... Il ressortit la main sans avoir rien retiré.

— Toutes vos poches, intervint la lieutenant qui l'avait vu faire.

Martin posa sur le plateau la cravate avec des Bugs Bunny. Kim eut du mal à déglutir.

— Vous vous promenez toujours avec une cravate de rechange ?

— Non.

Elle attendit quelques secondes, espérant une explication qui ne vint pas.

— Je vais vous demander d'ôter la cravate que vous portez, votre ceinture, vos lacets de chaussures.

Martin se leva pour tirer sur sa ceinture.

— Je n'ai pas de lacets, je les défais quand même ?

Martin avait un goût pour l'absurde que peu de gens partageaient.

— Votre montre, réclama Kim.

On frappa alors à la porte et, sans attendre de permission, le brigadier Dupuis entra avec une chaise supplémentaire.

— On y va ? fit-il en s'asseyant à califourchon.

Kim prit une enveloppe kraft et en sortit plusieurs photos qu'elle disposa sur le bureau de façon à ce que Martin puisse les voir. C'étaient des clichés d'Alice Meyzieux qui avaient été pris à la morgue de Saintes. Bien que le travail de décomposition eût commencé, elle était aisément reconnaissable. Martin, qui passait de nombreuses heures au bloc devant des viscères étalés, avait le cœur bien accroché. Il pâlit cependant en comprenant ce que ses photos signifiaient : on ne recherchait plus Alice, on recherchait son assassin.

— Vous reconnaissez cette personne ?

Il acquiesça.

— Alice Meyzieux, poursuivit Kim, disparue le jeudi 21 mai, retrouvée hier dans la Charente. Elle a été étranglée, puis jetée à l'eau. L'état de son corps et de ses vêtements laisse penser qu'elle y a séjourné entre huit et dix jours. Pas de trace de violence en dehors d'un sillon de strangulation horizontal, circulaire, fait par un lien du type foulard ou, plus vraisemblablement…

D'un mouvement de menton, Kim montra Bugs Bunny :

— ... cravate. La dernière personne qui a reconnu avoir vu Alice Meyzieux en vie est monsieur Guy Dampierre. Il est venu de Niort le mercredi 20 pour l'inviter au restaurant. C'est d'ailleurs vous qui avez favorisé ces retrouvailles.

— Moi ?

— Oui. Je cite monsieur Dampierre : «J'ai renoué avec Alice grâce à Martin Cassel qui a posté une photo de notre classe de terminale sur le site perdu-de-vue. »

L'incompréhension la plus totale se lisait dans les yeux écarquillés de Martin. «Il a une carrière d'acteur devant lui», l'admira Kim.

— Je ne savais même pas que ce site existait...

— La photo est bien sur ce site, confirma le brigadier Dupuis, et en plus, vous avez demandé à ceux qui se reconnaissent de vous envoyer un mail. Dampierre vous a écrit et vous lui avez répondu.

— Non.

— Mais c'est votre seule tactique : nier des évidences ?! s'exclama Kim, exaspéré.

Elle aurait voulu qu'il se défende, qu'il avance des arguments.

— Tu n'as pas déjeuné avec Alice jeudi ?

Le tutoiement du brigadier fit tressaillir Martin.

– Non.

– Alors, comment tu expliques ce SMS?

Il avait sorti d'une autre enveloppe kraft le portable de Suzanne Parmentier et il le lui mit sous le nez: «diner guy hier voit martin tout a lheure la vie est belle alice».

– Envoyé du portable d'Alice jeudi à 10 h 20.

– J'ai demandé à voir Alice, mais elle ne m'a pas répondu. J'ai sonné chez elle, elle ne m'a pas ouvert.

Il avait beau essayer de garder la maîtrise de ses émotions, une tension devenait perceptible dans sa voix. «Il va craquer», se dit Kim. Le téléphone sonna, interrompant brièvement l'interrogatoire.

– Le médecin légiste vient de déposer un rapport plus détaillé, dit Kim en raccrochant.

Dupuis se leva pour aller le chercher. Martin espéra quelques instants de répit pour mettre de l'ordre dans ses idées, mais le lieutenant Guéhenneux, qui ne l'entendait pas ainsi, partit dans une nouvelle direction:

– Le sang sur les draps est celui de Lou Belhomme, le labo a confirmé.

Martin se doutait bien que les tests ADN n'avaient pas encore donné de résultats, mais il ne broncha pas.

– Vous savez où Lou se trouve actuellement?

– Non, fit Martin sur le ton de celui qui pense qu'on va le lui apprendre.

– Elle n'est pas rentrée chez elle, et son ami, monsieur Tournier, n'a plus de nouvelles.

– Pas très étonnant.

– Pourquoi?

– Parce que… Enfin, vous avez bien dû deviner!

Mais Kim se refusait à dire les choses à la place de Martin.

– Elle a été battue par son petit copain, ses blessures au visage n'étaient pas de celles qu'on se fait en tombant dans un escalier.

Martin paraissait contrarié d'avoir révélé ce qui appartenait à la vie privée de la jeune fille.

– OK, admettons, fit Kim. Mais comment se fait-il qu'elle ne soit pas revenue travailler chez vous? Si elle n'était pas en état, elle aurait pu au moins vous prévenir?

De plus en plus contrarié, Martin dut avouer qu'il l'avait licenciée en laissant un message sur son répondeur.

– Pas très charitable, ça, ironisa Kim.

Cassel baissa les paupières et ferma son visage d'une moue hostile, semblable au jeune Martin qui intriguait son professeur de philosophie. Le brigadier revint à ce moment-là, tenant quelques feuillets à la main:

– Faudrait prendre deux minutes pour lire…

Mais le lieutenant ne voulait pas lâcher son suspect qui risquait de se recroqueviller dans le mutisme le plus complet.

— Pourquoi vous n'admettez pas que vous avez déjeuné avec Alice ? Ça ne signifie pas que vous l'avez tuée... et au moins vous diriez la vérité.

Elle avait pris le ton de l'amie qui vous veut du bien. Il leur était déjà arrivé de se répartir ainsi les rôles pour faire avouer un dealer, Dupuis brutalisant le prévenu et elle faisant semblant de l'aider. Il avait fini par «s'allonger», comme disait le brigadier en termes de métier.

— Si vous arrêtiez de me balader dans tous les sens ? répliqua brusquement Martin.

— Dis donc, tu nous parles sur un autre ton !

— Je ne vous ai pas autorisé à me tutoyer, brigadier.

— Ta gueule !

Martin se leva dans un mouvement spontané d'indignation.

— Assis ! Restez assis ! beuglèrent en même temps Kim et Dupuis.

Le brigadier fit même mine de porter la main à son arme. Martin obéit. «Il va craquer», se répéta Kim.

— Et si tu nous disais pourquoi tu as une cravate dans ta poche et un marteau dans ton coffre ? lui demanda Dupuis.

— Pas vous ? répondit Martin, l'air poliment étonné.

En voyant la tête de son subordonné, Kim se retint de rire. En fait, c'était peut-être lui qui allait craquer.

15 h 10

Quand on sonna à la porte du pavillon, René, qui se sentait d'humeur sauvage, regarda distraitement par la fenêtre du salon qui venait l'importuner. Des gamines. Encore une histoire de ballon perdu dans son jardin. Il faillit ne pas leur ouvrir, mais elles carillonnaient à tout-va.

— C'est des façons, ça, maugréa-t-il, en tirant le verrou. Qu'est-ce que c'est ?

— Ben, c'est nous.

Bethsabée leva vers lui son visage et il porta une main à son cœur.

— On a beaucoup marché. On trouvait pas ta maison.

Ruth fit sobrement les présentations :

— Nous sommes vos petites-filles.

Il s'effaça pour les laisser entrer.

— Posez vos sacs, asseyez-vous, je vais vous chercher à boire.

— Et à manger aussi, on a faim, dit Bethsabée.

Sa sœur la secoua par la main pour la faire taire.

— Mais quoi ? C'est vrai.

— Bien sûr, elle… elle a raison, bredouilla René. J'ai des yaourts, et des cerises, et du cake. Asseyez-vous, asseyez-vous.

Sa voix, ses mains, son cœur tremblaient. Il avait envie de pleurer, il s'activait de façon désordonnée, filait à la cuisine, revenait avec un verre, repartait en chercher un autre, se cognait dans un meuble, pestait, s'essuyait les yeux avec un torchon. Enfin, il parvint à se calmer et s'assit sur un bord de canapé pour les regarder boire et manger.

— Vous êtes venues toutes seules?

— Oui, c'était bien, le train, répondit Bethsabée. Il y a une dame, elle est gentille, elle m'a donné une pastille de menthe. Mais j'ai recraché parce que c'est trop fort.

— Tais-toi, lui souffla sa sœur.

— Je parle trop, expliqua la petite à René en prenant l'air coupable.

Elle avait déjà compris que c'était un vrai papy, encore plus gâteux que son père, et qui ponctuait tout ce qu'elle racontait de «Ah oui? Eh bien, dis donc!» Mais son babil ne tarda pas à se tarir et elle s'endormit, la tête sur un coussin, les pieds sur sa grande sœur.

— Maintenant, explique-moi, lui demanda René.

— Papa a été emmené par la police. Le lieutenant

Guéhenneux veut l'interroger au sujet de cette dame qui a disparu…

— Alice Meyzieux? Elle est morte, Ruth. On l'a tuée.

René avait étouffé sa voix pour ne pas troubler le sommeil de Bethsabée. Mais il fut très peiné de voir la stupeur et l'effroi passer sur le visage de Ruth.

— Ce n'est pas papa, dit-elle. Il n'a rien fait. Il ne pourrait jamais faire ça. Je sais ce que vous pensez. Mais vous vous trompez.

Pour la première fois depuis vingt ans, René souhaita en effet se tromper et s'être toujours trompé sur le compte de Martin Cassel.

15 h 20

— Je peux appeler mes enfants?

Kim tendit le téléphone à Cassel. Depuis quelques instants, l'interrogatoire portait sur des faits qui remontaient à vingt ans. Dès que le nom d'Ève-Marie avait été prononcé, Martin avait paru plus inquiet, agité. Kim cherchait le mot exact. «À fleur de peau», se dit-elle, et l'expression la troubla.

— Ça ne répond pas.

— Elles sont sorties se promener, supposa Kim.

Martin secoua la tête. Sa geek de fille aînée aurait dû passer son dimanche accrochée à son ordinateur comme la moule à son rocher. Il ne savait pas par cœur le numéro du portable de Ruth, mais il connaissait celui de Nanie:

— Je vais appeler la nounou.

— Heps! C'est pas ta famille, c'est pas ton employeur, intervint Dupuis en se soulevant de sa chaise pour récupérer le téléphone.

— Mais je dois savoir où sont mes filles, protesta Martin.

— Tu nous dis où tu as déjeuné avec Alice et tu as droit à ton coup de fil, marchanda le brigadier.

Martin chercha Kim du regard, il espérait naïvement qu'elle allait prendre son parti. «Il a peur pour ses gosses, songea-t-elle, c'est un bon levier pour le manœuvrer.» Le brigadier lui arracha le téléphone des mains avec autant de brutalité que s'il le désarmait. Il revint alors à l'esprit de Kim que Dupuis supportait mal d'être sous les ordres d'une femme et qu'il voulait souvent lui démontrer que les méthodes musclées, les siennes, étaient les plus efficaces. S'il avait pu frapper le suspect devant elle, il l'aurait fait. Kim se sentit soudain à fleur de peau, elle aussi.

16 h 00

Être ami sur Facebook ne signifie pas être ami dans la vie:

— Si vous pensez que papa est coupable, dit Ruth à son grand-père, je préfère rentrer chez moi.

René considéra les deux petites sur son canapé, deux naufragées, l'une écrasant l'autre dans son sommeil. Mais il y avait dans la façon dont Ruth prononçait chaque mot une sorte d'énergie aveugle. Elle ne lâcherait jamais son père. Plus les faits l'accuseraient, plus elle le défendrait. Et lui, s'il ne voulait pas perdre à jamais ses petites-filles, il devait se placer à ses côtés et sauver Martin Cassel, qu'il le crût coupable ou innocent.

— Tu sais, ton père, je ne le connais pas beaucoup. Dans mon souvenir, c'est un gamin fermé comme une huître.

Il regretta aussitôt ces paroles que Ruth risquait de prendre mal.

— En fait, je n'aimais pas le voir tourner autour d'Ève-Marie. Tu comprends, c'était ma petite fille... ma préférée... J'étais jaloux... comme beaucoup de pères.

Il avait d'abord donné ces explications pour faire plaisir à Ruth ; à présent il s'apercevait qu'il venait de dire la vérité, et il en était déconcerté. Mais il fut récompensé de son effort de sincérité par le sourire de Ruth.

— Tu as les dents du bonheur. Comme elle.

Ruth fit un signe d'assentiment, c'était son seul

héritage du côté maternel. Elle souleva doucement les jambes de sa petite sœur pour sortir de sa poche le mail dans lequel Alice donnait rendez-vous à son père à la brasserie Chez Bébert. Elle le tendit à son grand-père qui le lut, puis garda un silence embarrassé. C'était une preuve supplémentaire de la culpabilité de Cassel.

— D'où tu sors ce papier ? demanda-t-il enfin.

— De mon ordi. Papa ne l'a pas reçu. Alice a écrit à une adresse mail que j'ai inventée avec une copine.

— Alors Suzanne avait raison ! s'écria René. Tu nous as piégés !

Il se dépêcha de rire pour montrer qu'il n'était pas fâché. Puis, toujours en faisant attention à ne pas accuser ouvertement Martin, il parla du SMS que Suzanne avait reçu. Ruth haussa une épaule avec dédain :

— N'importe qui peut envoyer un SMS.

René s'abstint de se faire l'avocat du diable en lui faisant remarquer que le SMS était parti du portable d'Alice. Mais Ruth sentait bien que son grand-père n'était pas le collaborateur dont elle aurait eu besoin. Déborah, avec son sans-gêne et son goût de l'action, lui manquait. Qu'aurait-elle fait à sa place ? Tadam, une idée !

— Vous savez où ça se trouve, la brasserie Chez Bébert ? demanda-t-elle.

— Oh oui! Je la connaissais déjà dans ma jeunesse.

— Vous avez une photo d'Alice, celle du journal par exemple?

René regarda Ruth avec une surprise grandissante. Voulait-elle mener l'enquête à la place de la police?

— J'ai mieux, dit-il. J'ai une des affichettes qu'on a mises un peu partout. Tu veux savoir si Alice a déjeuné à la brasserie jeudi? Elle n'avait pas un physique très marquant...

— Mais mon père, si.

En soulevant de nouveau les jambes de sa sœur, elle sortit d'une poche arrière de son jean son petit téléphone. Elle le tripota un moment avant de tomber sur la photo qu'elle avait prise de Martin tenant contre lui Bethsabée endormie. C'était un gros plan et l'appareil était de bonne qualité. Elle tendit l'image à son grand-père. Il se sentit mal à l'aise en affrontant le regard de cet homme, arraché au sommeil, et qui semblait l'interroger.

Une heure plus tard, ils étaient tous trois à la brasserie Chez Bébert, Bethsabée un peu grognonne, attablée devant un Fanta orange, et Ruth buvant distraitement un Coca tandis que leur grand-père cherchait à attirer l'attention d'une serveuse qui bayait aux corneilles:

— Mademoiselle, s'il vous plaît, mademoiselle!

Avec une évidente mauvaise volonté, la jeune fille finit par s'approcher :

— Y vous manque quèque chose ? fit-elle dans un style qui ne sortait pas de l'école hôtelière.

René eut assez envie de lui remonter les bretelles, mais sa petite-fille attendait de lui autre chose.

— Vous pourriez me dire si cette personne est déjà venue dans votre établissement ?

— C'est celle qu'a disparu ?

La serveuse prit en main l'affichette tout en secouant la tête.

— Elle serait venue jeudi 21, c'était le jeudi de l'Ascension, lui précisa René.

— Vous pensez, on avait plein de monde ce jour-là, un baptême, des anciens combattants et tout...

Ruth lui tendit son portable :

— Et lui, vous l'avez vu ?

Le visage de la serveuse s'illumina. Elle le reconnaissait. Le cœur de Ruth s'accéléra douloureusement.

— C'est çui qui joue dans la saison 2 de *Docteur House* ?

Bethsabée pouffa dans son Fanta.

— Ce n'est pas un acteur, fit René, agacé.

— Ah non, c'est pas ça, c'est dans *Nip Tuck*, rectifia la jeune fille.

— Je vous dis que ce n'est pas un acteur !

— Vous êtes sûr?

— Sûr.

— En tout cas, il a jamais mangé ici.

Avec un rire de bécasse, la serveuse ajouta:

— Je me serais souvenue. On n'a pas souvent des acteurs!

17h15

Depuis deux heures, Kim et le brigadier cuisinaient Martin sur l'affaire Lechemin. Pour les deux policiers, l'assassin d'Ève-Marie n'était pas Belhomme. C'était quelqu'un qui était au courant des habitudes de la jeune fille et qui l'avait attendue dans un bosquet au bord de la Charente, à cet endroit auquel un pont de planches enduites de goudron avait donné son nom: La Planche noire. Ève-Marie y faisait toujours une halte après douze kilomètres à vélo pour souffler en regardant couler l'eau. C'était là qu'on avait retrouvé son vélo couché dans les taillis, c'était sans doute là qu'elle avait été étranglée et jetée dans le fleuve. Elle ne s'était pas débattue, soit parce qu'elle connaissait son agresseur et ne s'en était pas méfiée, soit parce qu'elle avait été attaquée par l'arrière, la cravate lui étant passée par-dessus la tête avant d'être resserrée. Pour le lieutenant comme pour le brigadier, cet agresseur, familier de la jeune fille, c'était Martin Cassel.

Martin les avait laissés s'acharner sur lui sans protester, l'air absent. «Il joue la montre», se dit Kim. Il lui suffisait de tenir sans rien avouer le temps de la garde à vue. Comment l'atteindre, où le frapper pour le faire réagir? Soudain, Kim se décida, et tant pis pour la mémoire de Georges:

— Il y a une information qui n'a pas été mentionnée dans le rapport d'autopsie de l'époque, mais dont vous avez sûrement eu connaissance.

Martin releva lentement les paupières. Quelque chose se tenait embusqué au fond de ses yeux. Il attendait ce qui allait suivre.

— Ève-Marie était enceinte.

Un geignement s'échappa de lui malgré ses lèvres closes.

— Enceinte de vous. Elle vous l'avait dit, n'est-ce pas? C'était la raison de votre rupture?

À présent, ses lèvres tremblaient, mais ne se desserraient pas. C'était un mur. Un mur.

— Je vais lui éclater la gueule, fit Dupuis entre ses dents.

Puis hurlant:

— Tu réponds quand on te parle?

Kim esquissa un geste en direction de son subordonné pour le calmer.

— Moi, pendant que tu te fous de nous, reprit

Dupuis, j'ai eu le temps de lire le rapport d'autopsie d'Alice Meyzieux.

Il attrapa les feuillets qu'il avait en effet compulsés à plusieurs reprises.

— D'après le médecin légiste, l'estomac de la victime ne comportait que très peu de résidus alimentaires, mais il y avait des traces d'un vomitif à base d'ipéca. Un produit qu'on n'a pas de peine à se procurer quand on est médecin.

Il se tourna vers Kim :

— Vous voyez le topo ? Ils déjeunent ensemble, il lui met sa saloperie dans la bouffe, ça n'agit pas tout de suite. Ils remontent en voiture, elle est malade et elle demande à s'arrêter. Et là, dans un coin désert, en bordure de la Charente, pendant qu'elle finit de vomir, à demi pliée, il s'approche par-derrière avec la cravate. Et crac.

Il fit un geste suggestif. Diverses émotions étaient passées sur le visage de Martin tandis que le brigadier décrivait les étapes du meurtre, mais elles étaient si fugaces que Kim n'avait pu les analyser. Dupuis l'apostropha de nouveau :

— Et qu'est-ce qui s'est passé avec ta femme il y a quatre ans ? Elle a vomi au restaurant et elle est morte en arrivant aux urgences. C'était une rupture d'anévrisme ou un empoisonnement ?

Dupuis s'était levé et, attrapant Cassel par le bras, il le secoua :

— Mais t'avoues, connard ? T'en as tué combien comme ça ?

18 h 00

Suzanne était enfin de retour chez elle après avoir reconduit monsieur et madame Meyzieux dans leur maison de Jonzac. La veille, elle les avait accompagnés à la morgue pour l'identification du corps. L'image d'Alice morte ne la quittait plus. Elle avait mis pour aller à la rencontre de son assassin sa veste et son chemisier neufs, elle s'était faite belle avec cette application un peu sotte qu'elle mettait en toutes choses. «J'espère que le monstre qui a fait ça finira sa vie en prison», se dit Suzanne en s'essuyant le coin des yeux. Ce monstre, hélas, était un de ses anciens élèves. Que deviendraient les petites Ruth et Bethsabée quand leur père serait écroué ? «Est-ce que René les acceptera sous son toit ?» se demanda Suzanne qui ignorait que c'était déjà le cas. L'horloge comtoise du salon sonna six heures et Suzanne, bien que fatiguée, eut envie de faire un saut chez son vieux voisin. Elle reprit son sac et ses clés, ouvrit sa porte et se retrouva nez à nez avec un grand gaillard, un sac de sport à l'épaule, qui s'apprêtait à appuyer sur la sonnette. Elle en poussa un léger cri de surprise.

— Oh, je vous ai fait peur?... Madame Parmentier, je crois?

— Oui.

Elle dévisagea l'homme qui semblait hésiter à sourire.

— Guy? fit-elle, la voix incertaine. Guy Dampierre!

Il n'avait pas tellement changé depuis la terminale, un peu forci, comme beaucoup de sportifs que leur travail rend peu à peu sédentaires. Ils se serrèrent la main chaleureusement.

— J'aurais vraiment préféré d'autres... d'autres circonstances, bredouilla Guy. Mais ça me fait plaisir quand même.

— Vous savez pour Alice?

— Ils en ont parlé à la radio en début d'après-midi, mais ils ne confirmaient pas encore l'identité. Donc...

Sa voix trembla:

— C'était bien elle?

Suzanne acquiesça et ses yeux s'emplirent de larmes.

— C'est affreux, Guy, c'est affreux. Cette pauvre fille... Vous l'aviez vue mercredi, c'est ça?

— Oui, je lui ai apporté mon chèque d'adhésion à l'association et puis nous sommes allés nous raconter nos vies au restaurant.

Tout en parlant, Guy était entré et regardait avec

une curiosité inconsciente l'antre de son ancien professeur de philosophie.

— Mais vous sortiez, remarqua-t-il soudain. Je ne veux pas vous déranger.

Tous deux firent assaut de politesse, «Vous ne me dérangez pas», «C'est bien vrai?» Guy avait gardé, en vieillissant, le charme d'un garçon de bonne famille, sûr de lui mais attentionné.

— Alice était amoureuse de vous autrefois, se souvint Suzanne.

— Un peu… Les profs étaient au courant de nos amourettes?

— Mais c'est un de leurs sujets de conversation favoris: «Le petit Untel a quitté la petite Unetelle, elle va pouvoir se remettre à travailler…»

Elle rit puis secoua la tête, se désapprouvant d'avoir oublié un instant le drame qu'ils traversaient.

— Alice devait voir Martin Cassel le lendemain, elle vous en avait parlé?

— Elle s'en faisait une fête. Elle avait aussi été un peu amoureuse de lui.

Guy pouvait devenir un témoin à charge. S'en rendait-il compte?

— Au fait, je ne vous ai pas dit la raison de ma présence: le lieutenant Guéhenneux m'a convoqué demain au commissariat à 9 heures. Je vais dormir à l'hôtel.

Le téléphone sonna alors et Suzanne eut au bout du fil René Lechemin qui lui apprit d'une seule traite que son gendre était en garde à vue et ses petites-filles sous son toit.

— J'arrive, lui dit-elle.

Elle se tourna vers Guy :

— Ce pauvre René… Je dois y aller. Il a l'air complètement perdu.

— Ça va mal pour Martin ? supposa Guy qui avait entendu des bribes de conversation.

— Le plus terrible, c'est qu'il a deux enfants, répondit Suzanne indirectement.

— Et si je ne disais pas qu'Alice comptait le voir ? Ou même si je disais qu'elle avait l'intention de se rendre à Jonzac chez ses parents ?

— Cela ne servirait à rien, Guy. J'ai reçu un SMS d'Alice le jeudi matin me disant qu'elle allait voir Martin le jeudi midi.

— Et vous l'avez montré à la police ?

— Oui… De toute façon, Cassel ne peut pas échapper encore à la justice.

— Encore ? releva Guy, sans demander d'éclaircissement.

18 h 30

Le commissaire Bellier n'avait approuvé la garde à vue

du docteur Cassel que du bout des lèvres. Il savait que, dès que les journalistes connaîtraient l'identité du suspect, ils se déchaîneraient. On aimait les faits divers impliquant des personnalités estimées. Si Cassel n'était pas rapidement mis hors de cause, sa réputation en serait ternie à jamais. «Pas de fumée sans feu», diraient les braves gens dans son dos. Aussi le commissaire fut-il satisfait de pouvoir suspendre l'interrogatoire :

— Allô, lieutenant ? C'est Bellier. Je viens d'avoir le SRPJ de Bordeaux. J'aimerais vous en dire deux mots.

Martin fut momentanément placé en cellule tandis que Kim se hâtait de rejoindre le commissaire. Que celui-ci fût revenu à son bureau un dimanche soir n'était pas bon signe. Depuis le début, Kim craignait d'être dessaisie de l'affaire au profit d'enquêteurs plus expérimentés.

— Qu'est-ce que ça donne, votre garde à vue ? l'interrogea Bellier.

— Il est coriace, mais nous avons de plus en plus d'éléments à charge et je compte le confronter à Guy Dampierre demain matin.

— Ne vous emballez pas, ils ont une autre piste.

«Ils», c'étaient les flics de Bordeaux. Les experts, comme on disait à la télé.

— Ils ont fait le rapprochement avec une autre affaire vieille de vingt ans…

— L'affaire Lechemin-Jolivet.

— Ah, vous êtes au courant ? L'assassin avait été sur-nommé…

— … le tueur à la cravate.

Le commissaire commençait à s'agacer.

— Et vous savez aussi que Belhomme est en liberté conditionnelle et qu'il s'est fait la malle ? Les gars du SRPJ ont suivi sa trace jusqu'à Bordeaux où il a dû aller voir sa fille. Et comme par hasard, elle a disparu depuis.

Kim en resta sans voix. Comme vingt ans aupara-vant, les deux pistes se croisaient.

— Ils ont peur d'avoir affaire à un psychopathe, reprit Bellier. Donc, allez-y mollo sur Cassel, c'est pas le bon client. Vu ?

Mais Kim avait déjà repris ses esprits. Les experts se fourraient le doigt dans l'œil :

— Ce n'est pas Belhomme qui a pu faire avaler de l'ipéca à Alice Meyzieux.

— IPK ?!

— Lisez le rapport d'autopsie. Vous verrez que l'hypothèse Belhomme ne tient pas la route.

« Et pendant ce temps, mon client refroidit », se dit Kim, furieuse.

Quelques instants plus tard, quand elle rapporta les

propos du commissaire au brigadier Dupuis, elle vit sa figure qui s'allongeait.

— Qu'est-ce qui vous arrive ?

— Le type complètement délirant qu'on a ramassé dans la rue, vous vous souvenez ? Il disait que sa fille s'appelait Francine. J'ai essayé de la joindre, mais le numéro n'était plus attribué…

Les deux policiers se regardèrent consternés. C'était peut-être Belhomme qu'ils avaient relâché dans la nature. Kim fit mine avec l'index de se coudre les lèvres.

— Allez chercher Cassel, dit-elle. On le remet sur le gril.

Quand il s'assit en face du lieutenant, Martin ne baissa pas assez vite les paupières pour lui dissimuler ses yeux rougis. «Larmes ou fatigue ?» se demanda Kim.

— Est-ce que je peux appeler mes enfants ?

Kim lui tendit le téléphone.

— Ça ne répond pas, marmonna Martin après plusieurs sonneries.

— Elles sont chez un voisin ou la concierge ou leur nounou…

Tandis que Kim énumérait les possibilités, Martin secouait la tête.

— Rendez-moi mon téléphone portable, supplia-t-il. Le numéro de Ruth est enregistré dedans.

Kim fut tentée de céder, mais le brigadier intervint à sa place :

— Ton téléphone est confisqué.

Martin enfouit soudain la tête entre ses mains dans un bref mouvement d'abattement.

— Tu fais moins de sentiment quand tu empoisonnes les gens, commenta Dupuis.

Mais Kim était certaine qu'il ne jouait pas la comédie, il avait peur pour ses gosses :

— Dites-nous où vous avez déjeuné avec Alice jeudi et je demande aux collègues de Bordeaux de vérifier où sont les gamines.

Martin leva les yeux au ciel puis redescendit sur terre :

— OK, j'ai mangé avec Alice à la brasserie Chez Bébert.

— Eh bien, voilà, c'était pas compliqué ! s'exclama Dupuis, narquois.

L'intention première de Martin était bien d'échanger ses aveux contre des nouvelles de ses deux filles. Mais devant l'empressement du lieutenant à taper ce qu'il disait, son goût tordu pour la mystification reprit le dessus :

— J'ai mis la moitié d'une bouteille de sirop d'ipéca dans son café, je l'ai étranglée avec Bugs Bunny pendant qu'elle vomissait sur une aire de pique-nique...

Kim avait cessé de taper et, sidérée, elle l'écouta conclure :

— Je l'ai achevée à coups de marteau avant de l'enrouler dans mes draps de lit.

Dupuis bondit de sa chaise et la jeta à terre dans un mouvement de colère :

— Tu vas t'en prendre plein la gueule ! hurla-t-il. Et pour commencer, mets-toi à poil.

La fouille au corps était une méthode à laquelle Dupuis recourait dans les gardes à vue de petits dealers pour s'assurer qu'ils n'avaient sur eux ni armes ni drogue. Dans le cas présent, c'était pure manœuvre d'humiliation.

— Je ne reste pas, dit Kim.

Il fallait être du même sexe que la personne mise à nu. Kim sortit de son bureau en se demandant si le brigadier ne cherchait pas à l'éloigner pour s'occuper de Cassel à sa manière. Elle en profita pour aller se passer la tête sous l'eau dans les toilettes et faire quelques mouvements de gym. La sonnerie d'un portable inconnu l'interrompit dans un étirement. Elle constata, en le sortant de sa poche, qu'elle avait embarqué par erreur le téléphone que Cassel avait posé sur le plateau en bois.

— Oui, allô ?

— Heu, j'ai dû me tromper, fit une voix gamine.

— Non, non, c'est le numéro du docteur Cassel. Vous êtes…

— Lou.

Kim faillit en lâcher le portable dans l'évier.

— Et vous, vous êtes qui?

— Lieutenant de police Guéhenneux. Nous cherchons votre père. Vous l'avez vu récemment?

— Il a encore tué quelqu'un?

La conversation fut de courte durée. Kim en avait appris assez : Lou était en vie et son père était à Saintes. Kim se dépêcha de revenir à son bureau. Quand elle y entra, elle mit quelques secondes à se persuader que ce qu'elle voyait était bien la réalité. Dupuis était assis par terre, l'air hébété, et la chaise de Cassel était vide. Lou s'accroupit près de son collègue :

— Qu'est-ce qui s'est passé?

— Il… m'a assommé… quand je me suis baissé pour redresser la chaise.

Il semblait encore mal remis du coup de plateau que l'autre lui avait assené sur le crâne.

— Il est fou, murmura Kim.

Martin allait être traqué sans pitié. S'évader d'une garde à vue, c'était pire que passer aux aveux.

18 h 40

Papy René n'avait pas hésité : la chambre d'Ève-Marie

revenait à Bethsabée. Bien sûr, il eut le cœur gros quand il la vit sauter sur le lit où il s'était si souvent assis pour rêver et pleurer, mais il partagea son ravissement lorsqu'elle ouvrit le toit du chalet à musique, et il rit aux éclats quand, découvrant des Barbie démodées, la petite s'écria :

— Oh, des Barbie préhistoriques !

Mais c'était Ruth qui impressionnait monsieur Lechemin. Elle surveillait sa sœur, elle la reprenait quand elle se tenait mal. Elle avait pensé à emporter le pyjama, la brosse à dents, le doudou. Elle était grave et soucieuse comme une maman, celle qu'elle était devenue, par la force des choses, à l'âge de dix ans. Il l'installa dans son propre bureau, pensant que l'ordinateur lui tiendrait compagnie. Mais ce ne fut pas ce que Ruth remarqua en premier :

— Il y a plein de coupes !

Ève-Marie avait gagné beaucoup plus de compétitions de natation que maman. Ruth souleva l'une des coupes et eut un sourire de pitié en pensant à son rêve de l'assassin. Comme ces gamineries lui paraissaient loin !

Elle se tourna vers son grand-père :

— Vous croyez toujours que papa a déjeuné avec Alice à la brasserie ?

— Non, mais la lieutenant Guéhenneux te répondrait qu'ils ont pu changer d'avis et aller déjeuner ailleurs.

René ne voulait pas prendre cette objection à son compte.

— Papa dit qu'il n'a pas déjeuné avec Alice et je crois papa.

Dès qu'il était question de son père, le ton de Ruth se durcissait. Ne cherchait-elle pas tout simplement à se convaincre elle-même ?

— Je sais que vous pensez au SMS... Mais ce n'est pas Alice qui l'a écrit.

— La lieutenant te dirait...

— ... que ça venait de son portable, le coupa sèchement Ruth. C'est parce que l'assassin lui a pris son portable après l'avoir tuée.

— À 10 h 20, quand le SMS est parti, Alice était chez elle, en vie.

— Qu'est-ce que vous en savez ?

René commençait à s'échauffer. Il ne voulait pas se fâcher avec sa petite-fille, mais elle avait une façon de tenir tête à un adulte qui l'irritait.

— Je le sais parce que la voisine, qui est partie à 10 heures, n'a pas entendu la porte d'Alice claquer, et c'est manifestement le genre de vieille dame qui épie les faits et gestes des voisins. Alice a quitté son appartement après 10 heures.

— Ça laisse le temps de lui prendre son portable entre 10 heures et 10 h 20.

René haussa une épaule. Leur échange qui allait tourner à l'aigre fut heureusement interrompu par l'arrivée de Suzanne et Guy. Ruth regarda avec curiosité ce monsieur Dampierre qui ne se doutait pas avoir été son correspondant sur Internet. Il ressemblait bien à la photo, mais en plus épais, le menton et le cou un peu soufflés. Lui-même ne s'intéressait pas à Ruth, mais il dévorait Bethsabée des yeux. Papy René le remarqua :

— Elle ressemble à Ève-Marie, n'est-ce pas ?

— C'est elle... en modèle réduit.

«C'est l'enfant que j'aurais dû avoir», songea-t-il, et l'injustice du sort lui fit saigner le cœur. Ce salaud de Cassel. Allait-il finalement payer pour tout le mal qu'il lui avait fait ?

— Pourquoi ne resteriez-vous pas dîner, monsieur Dampierre ? lui proposa René.

— C'est très aimable de votre part. Mais dans ce cas, appelez-moi Guy, comme autrefois.

Ces simagrées d'adultes ennuyaient Ruth, et le repas lui parut interminable. On ne parlait que de choses vagues pour épargner les enfants tout en buvant du vin, trop de vin. Guy Dampierre en avait le cou et les joues enflammés.

Pendant ce temps-là, papa était en garde à vue, peut-être sans rien à manger. Au dessert, Bethsabée dormait sur son assiette.

– Je peux aller la coucher? dit Ruth, déjà debout.

Dès qu'elle fut dans sa chambre, la petite retrouva tout son entrain à la vue des Barbie:

– Je joue un peu, après je dors?

– D'accord, je suis à côté.

Ruth allait profiter de l'ordinateur de René. Il était déjà 21 heures. Le plus urgent: contacter Déborah sur MSN.

De son côté, Guy avait accepté la chambre d'amis pour y passer la nuit. Il posa son sac de sport sur le lit puis, la porte soigneusement tirée, il aligna sur la couette son pyjama, sa trousse de toilette, un roman policier, une chemise propre pour le lendemain. Comme l'alcool le faisait toujours transpirer, il s'essuya le front et les mains sur une serviette d'emprunt. Enfin, il sortit de son sac une cravate, la regarda un moment à bout de bras avant de la poser près de son oreiller. La porte s'ouvrit brusquement.

– Oh, pardon!

C'était Bethsabée qui avait cru entrer dans le bureau où se trouvait Ruth.

– Je m'ai trompée de bonne porte.

— Ce n'est pas grave, dit-il. Bonne nuit… ma chérie.

Elle lui fit un sourire étonné et se sauva. «Ma chérie», répéta Guy. Ces mots qu'il n'avait jamais pu dire à Ève-Marie.

21h30

Déborah était seule. Comme un soir sur deux, ses parents étaient sortis. C'étaient des gens très pris. Déborah venait enfin de terminer son devoir de français. Son rendement était limité par le fait que, toutes les deux phrases, elle regardait quelques scans de *Naruto* sur Internet et faisait un aller-retour jusqu'au frigo. Récompense du devoir accompli, elle se connecta sur MSN pour voir si Ruth s'y trouvait déjà. Elles étaient un peu en froid, et Déborah en était plus malheureuse qu'elle ne l'aurait supposé. «Je vais lui demander si elle a fini son DM de français», se dit-elle. C'était une prudente entrée en matière. Mais elle n'en eut pas le temps car on sonna à l'Interphone. Déborah avait reçu, comme toutes les jeunes filles, la consigne parentale de ne jamais ouvrir au grand méchant loup, surtout après 20 heures. Mais rien n'interdisait de lui parler:

— C'est qui?

— Monsieur Cassel.

— Hein?

— Martin Cassel, le père de Ruth. Je cherche ma fille. Elle a fugué.

— Quoi?

— Elle a fugué!

Dans l'émoi du moment, Déborah oublia la consigne et ouvrit la porte de l'immeuble. Puis, le cœur battant, elle écouta les pas de l'homme qui grimpait les marches quatre à quatre.

— Elle a fait une fugue! s'écria-t-elle tout en reculant pour laisser entrer Martin.

— Oui. Non. Tes parents sont là?

— Cinéma.

Martin poussa un curieux soupir, un peu comme s'il préférait être seul avec Déborah. La jeune fille, qui hésitait entre appeler au secours et se jeter dans les bras de Martin pour lui révéler qu'il était l'homme de sa vie, restait plantée devant lui, la bouche ouverte.

— Déborah, j'ai besoin que tu m'aides.

Elle referma la bouche, ce qui lui donna tout de suite l'air plus intelligent.

— Alors, voilà, dans l'ordre, il me faut : une ceinture. Je perds mon pantalon. Quelque chose à manger. Je vais tomber dans les pommes. Un téléphone. Je dois absolument contacter Ruth.

Il récapitula comme s'il s'agissait d'une demande bien naturelle :

— Une ceinture, à manger, un téléphone.

Que Déborah fût sensible au charme de l'homme ou à l'autorité du médecin, toujours est-il qu'elle s'exécuta, et Martin put, dans un premier temps, se reculotter convenablement. Ils étaient à présent tous les deux dans la cuisine et Déborah osait à peine regarder son hôte incongru qui dévorait les dernières provisions du réfrigérateur.

— Bien, fit-il en reposant son couteau, sa faim de loup étant un peu calmée. Je crois que tu es une personne assez éveillée, Déborah. Alors, tu vas m'écouter sans t'affoler.

La malheureuse était aux abois.

— Je me suis évadé du commissariat de Saintes où deux imbéciles voulaient faire de moi un vilain psychopathe. J'ai fait la route jusqu'ici grâce à un gentil chauffeur routier, mais je n'ai pas pu rentrer chez moi parce qu'une voiture de police garnie m'attendait devant la porte.

Il sourit amicalement à la jeune fille :

— Tu tiens le coup jusque-là ?

Comme il ne souriait jamais, elle y vit une tentative de séduction.

— Qu'est-ce que vous avez manigancé, Ruth et toi, sur Internet ?

— Vous voulez dire avec la photo et tout ça ?

Il fit signe qu'il s'agissait bien de la photo et tout ça.

— Ben, on l'a mise sur perdu-de-vue et on a eu des réponses. Je peux vous les montrer si ça vous intéresse ?

Déborah n'avait pas avoué à Ruth qu'elle avait imprimé à son insu tous les mails reçus sur m.cassel@gmail.com, à l'exception de celui de René Lechemin que Ruth avait supprimé.

— Ça m'intéresse, confirma Martin. Et as-tu le numéro de portable de Ruth ?

— Il est enregistré dans le mien. Je vous l'apporte.

Déborah redevenait la Déborah active et maligne avec ses bons et ses moins bons côtés. Martin plia et empocha les mails qu'elle lui tendait, puis il tenta d'appeler Ruth.

— Elle oublie souvent de recharger son portable, commenta Déborah en voyant l'air tourmenté de monsieur Cassel.

— Je peux te l'emprunter ? demanda-t-il de façon purement rhétorique en empochant aussi le téléphone. J'y vais. Déborah, tu m'as sauvé la vie.

Il parlait sur un ton négligent, comme s'il ne disait rien d'important, mais c'était ce qu'il pensait, exactement.

21 h 50

Rien n'allait plus entre le lieutenant et le brigadier.

Deux heures plus tôt, ils s'étaient rendus ensemble dans le bureau du commissaire Bellier, et Dupuis, encore sonné, avait livré sa version des faits :

— Cassel venait de craquer et il était en train d'avouer le meurtre d'Alice Meyzieux...

Il en voulait pour preuve le début de la déclaration que Kim avait tapé sur son ordinateur : «J'ai mangé avec Alice à la brasserie Chez Bébert, j'ai mis la moitié d'une bouteille de sirop d'ipéca dans son café, je l'ai étranglée...»

— La lieutenant est allée aux toilettes, je me suis retrouvé seul avec Cassel, il en a profité pour m'assommer pendant que je lui tournais le dos.

Il y avait une telle disproportion de taille entre Martin et Dupuis que le commissaire avait tiqué :

— Ce n'est pourtant pas un fort des Halles, le docteur Cassel...

Kim avait alors donné une version plus exacte des faits, en omettant le chantage sur les enfants qui avait sans doute mis Cassel hors de lui. Le brigadier, lui lançant des coups d'œil furieux, avait tenté de l'interrompre.

Le commissaire avait conclu :

— Cassel est dans un fichu pétrin.

Ce n'était plus «le docteur Cassel», c'était un fugitif qui avait mis K.-O. un fonctionnaire de police.

Kim était à présent de retour chez elle et se rongeait les sangs. Sous des dehors impassibles, Martin était un type complètement allumé. S'il refusait de se rendre, il aurait droit à une arrestation musclée. Or, depuis le coup de fil de Lou Belhomme, Kim doutait fortement de la culpabilité de Martin. Elle avait pris le temps de rappeler la baby-sitter et de l'interroger. Elle avait bien été tabassée par son petit copain et elle regrettait de ne pas l'avoir admis. Elle pensait que c'était la raison pour laquelle le docteur Martin l'avait licenciée. Si la disparition de Lou était désormais expliquée, d'autres choses demeuraient obscures : le marteau dans le coffre, la cravate dans la poche, ce rendez-vous avec Alice que Martin niait en dépit des évidences, cette photo de classe dont il ne voulait pas admettre qu'il l'avait mise sur perdu-de-vue.com. Kim réfléchissait, allongée sur son lit, et cherchait des explications rationnelles à un comportement qui ne l'était guère. Pourquoi Martin ne s'était-il pas défendu durant la garde à vue, du style «le marteau, c'est parce que je suis bricoleur, la cravate, je devais la porter au nettoyage»? Un téléphone sonna qui ne fit pas entendre le grelottement habituel du sien. D'un coup de reins, elle se redressa sur son lit. C'était le portable de Cassel qu'elle avait gardé dans la poche arrière de son jean.

— Oui, allô?

— C'est vous, lieutenant?

— Cassel! Mais bordel, qu'est-ce que vous foutez? Où êtes-vous?

Un bref ricanement lui répondit. Martin était dans une ruelle déserte, assis à même le trottoir et adossé au mur d'une maison qui avait toute l'apparence d'un squat. Il se servait du portable qu'il avait emprunté à Déborah.

— Il faut vous rendre, lui dit-elle sur un ton presque suppliant. Les flics, quand on attaque un de leurs collègues, ils deviennent nerveux. Je peux venir vous chercher en voiture. Où êtes-vous?

— Laissez tomber, lui répondit Martin dans un chuchotement. Où sont mes gamines?

— Mais chez vous, voyons.

Elle savait que les policiers de Bordeaux avaient trouvé l'appartement vide. Elle entendit le soupir de soulagement de Martin et elle eut un peu honte de lui mentir.

— Si vous vous étiez conduits correctement avec moi, je ne me serais pas enfui, lui reprocha-t-il.

— On faisait juste notre boulot. Vous pouvez penser que c'est un sale boulot. Mais en face de nous, le plus souvent, c'est des salauds…

Dans un élan de son jeune cœur, elle reconnut tout de même sa faute:

— Et j'étais trop contente d'être tombée sur un serial killer !

Un nouveau ricanement de l'autre côté.

— Qui vous dit que je n'en suis pas un ?

— Non, je ne le crois plus. Mais vous avez flanqué un coup de plateau sur la tête d'un brigadier. Vous êtes recherché, Martin.

Elle mettait dans sa voix toute la chaleur humaine dont elle était capable, elle l'appelait par son prénom. Bien sûr, elle cherchait encore à le manipuler, mais elle voulait aussi sincèrement le tirer d'affaire.

— J'ai bien commis deux crimes, dit Martin.

Il parlait si bas qu'elle crut avoir mal entendu.

— Vous m'écoutez, Kim ?

— Oui.

— Le premier crime, c'est quand Ève-Marie m'a appris qu'elle était enceinte. Elle ne voulait pas garder l'enfant. Je lui ai dit que je romprais avec elle si elle avortait. Je n'ai rien voulu savoir de ce qu'elle vivait, de ce qu'elle ressentait. J'étais buté. Je suis buté, c'est dans ma nature…

Il se tut quelques longues secondes. Kim se demanda s'il n'était pas en train de pleurer. Elle ne voulait pas perdre le contact :

— C'est pour ça que vous vous êtes fâchés et qu'elle ne vous a pas donné la cravate ?

— Mais je m'en fous de vos histoires de cravate !
Elle était désespérée et moi, je lui ai débité des phrases
toutes faites sur le droit à la vie du fœtus. J'aurais dû
lui demander pardon, m'agenouiller devant elle... et
je l'ai quittée en croyant avoir parlé comme il fallait.
Comme Dieu ou plutôt comme mon père l'aurait
voulu. Pourtant, je l'aimais... je l'aimais... Le lendemain, elle était morte.

Il écrasait ses larmes avec la paume de la main.
Il entendait le brigadier lui crier : « Mais t'avoues,
connard ? » Voilà, il avouait.

— Et... l'autre crime ? lui demanda Kim presque
timidement.

— J'ai laissé accuser Belhomme d'un meurtre qu'il
ne pouvait pas avoir commis. Cela arrangeait mon
père que l'enquête tourne court. Il ne voulait pas voir
notre nom mêlé à cette histoire. J'aurais dû...

Le portable de Déborah émit alors un signal indiquant que la batterie était en train de se décharger et,
d'un mouvement réflexe, Martin l'éteignit.

— Martin ? Allô, allô ? Mais quel con ! enragea Kim.

Elle n'était pas une grande psychologue, mais elle
commençait à soupçonner quelque chose de suicidaire
dans le comportement de Cassel. Elle rappela le
numéro qui s'était affiché, mais tomba sur le répondeur.
Cassel avait coupé les ponts. À cette heure de la nuit,

elle ne pouvait plus rien pour lui. Or, elle avait entendu Dupuis au téléphone parler de Cassel à ses collègues de Bordeaux comme de l'assassin d'Alice Meyzieux. Elle eut un pressentiment : « Ils vont le descendre. »

— Putain, non, non ! gueula-t-elle dans le vide.

Elle se mit à marcher de long en large pour se calmer tout en réfléchissant. Cassel n'avait pas tué Lou, bon, mais cela ne signifiait pas automatiquement qu'il n'avait pas tué Alice. Quelles étaient les preuves qui l'accusaient ?

— Le SMS, se répondit-elle.

Elle s'assit à son bureau et écrivit de mémoire : « diner guy hier voit martin tout a lheure la vie est belle alice ». Pourquoi pensait-elle à Suzanne Parmentier ? Suzanne avait dit quelque chose à propos d'Alice et de sa sottise. Ah oui, qu'elle avait malgré tout une bonne orthographe. Il y avait des fautes dans ce SMS. Cela ne choquait guère au premier abord. Les SMS sont souvent écrits « à l'arrache ».

— Voit Martin, murmura Kim.

Elle n'était pas une championne d'orthographe, mais elle faisait la différence entre « je vois » et « elle voit », et Alice l'aurait faite aussi.

— Supposons qu'Alice n'a pas écrit ce SMS, se dit Kim à voix haute. Ça signifierait que quelqu'un d'autre avait son portable en main jeudi à 10 h 20.

Le lui avait-on volé ? Ou bien Alice était-elle sortie se faire tuer de très bon matin sans que la voisine l'ait entendue claquer la porte ? Ou bien ?... Kim ferma les yeux et se pressa les tempes entre les mains comme dans un étau. Ou bien... elle était morte la veille.

— C'est son assassin qui est entré chez elle, marmonna Kim. Avec ses clés.

Kim se souvint alors des paroles de la vieille voisine. Elle avait raconté qu'Alice avait eu du mal à ouvrir sa porte, qu'elle avait pris une douche et fermé ses volets. L'assassin n'avait-il pas fait exprès d'être bruyant ? Avait-il fermé les volets ou, au contraire, les avait-il rouverts pour qu'on crût Alice encore vivante le lendemain matin ? Le SMS aurait été envoyé dans le même but, mais l'assassin, ne s'identifiant pas totalement à sa victime, l'aurait écrit par mégarde à la troisième personne. Et qui avait donc tellement intérêt à faire croire qu'Alice était vivante le jeudi matin ?

— Dampierre.

Guy Dampierre qui avait dîné avec Alice le mercredi soir au Moulin de la Baine. Kim, pas encore consciente que le charme du docteur Cassel agissait sur elle, se cherchait un nouveau serial killer. Elle pianota sur son ordinateur et n'eut aucune difficulté à collecter quelques renseignements sur le propriétaire du restaurant La Cagouille à Niort, menu dégustation à 22 euros avec huîtres d'Oléron et moules à la charentaise. Le gars s'était fait photographier dans l'entrée de son resto, il avait une bonne tête, une carrure solide et effectivement l'air d'un propriétaire. «Qu'est-ce que j'espérais d'autre? Le capitaine Crochet?» Et d'ailleurs, pour quelle raison Dampierre aurait-il tué quelqu'un qu'il n'avait pas revu depuis vingt ans?

— L'ipéca...

Autre preuve qui accusait Cassel. Il fallait être médecin pour songer à utiliser ce produit interdit à la vente en France qui devenait un vomitif en cas de surdosage. D'après le brigadier Dupuis, Cassel s'en était servi pour se simplifier la tâche au moment d'étrangler sa victime. Ou bien?... Kim se broya de nouveau les tempes pour en faire sortir de nouvelles hypothèses. Ou bien le vomitif avait eu pour but de vider l'estomac d'Alice, car si son corps était repêché, il serait autopsié. Le médecin légiste retrouverait dans son estomac les restes d'un repas dont la digestion serait à peine commencée et il serait capable d'identifier les aliments, de recomposer le menu...

— Le menu gastronomique du Moulin de la Baine!

Kim se réjouit en songeant qu'elle avait convoqué Dampierre au commissariat pour le lendemain matin. «Je vais le coller en garde à vue!» Mais où était-il en ce moment? Dans son lit, et dormant du sommeil des innocents?

22 h 00

Guy s'était allongé, mais il ne dormait pas. C'était trop déroutant de se retrouver sous le toit des Lechemin, tout à côté de la chambre d'Ève-Marie. Il rejeta le drap d'un coup de pied, il était couvert d'une sueur d'angoisse. Il avait trop bu, il en perdait la maîtrise de lui-même. Pourtant, jusqu'à présent, il avait fait un sans-faute. Dès qu'Alice l'avait appelé pour lui dire l'incroyable nouvelle, il l'avait fait jurer au téléphone sur la tête de sa mère de n'en rien dire à personne, et surtout pas à Martin Cassel:

— Il ne faut pas lui faire une fausse joie. Je veux d'abord vérifier que tu ne te trompes pas. Je l'ai vue, moi aussi, je la reconnaîtrai.

— Oh, c'est sûr que tu la reconnaîtras. Tu l'avais tellement dévorée des yeux!

Cette idiote avait ri, oui, elle avait osé rire, et elle avait ajouté:

— J'avais même cru que tu allais l'arracher des mains d'Ève-Marie.

Avait-elle compris ce jour-là à quel point il haïssait Martin? Non, ce n'était pas ça. À quel point il aurait voulu ÊTRE Martin, ce pervers, ce salaud qui,

243

sans tenir le moindre compte de ses sentiments, lui avait pris Ève-Marie. Guy l'aimait pourtant depuis deux ans. Le gamin chétif qu'il était à l'entrée au lycée s'était métamorphosé en athlète par amour pour elle, il avait fait semblant d'être amoureux d'Alice pour la rendre jalouse, et il avait cru avoir gagné la partie. Puis Martin avait surgi avec son petit cartable à la main et son air de rien! Quand Guy était retourné aux Nouvelles Galeries pour acheter, honteusement, furtivement, la cravate au totem indien, c'était juste pour avoir la même que Martin, parce qu'il voulait ÊTRE Martin.

À tâtons dans la nuit, il chercha la serviette pour s'essuyer. Il ruisselait, il sentait la sueur comme le jour où Ève-Marie l'avait repoussé.

— Mais me colle pas, tu sens mauvais!

Il avait fait très vite tout le trajet à vélo pour l'attendre à La Planche noire. Elle l'avait repoussé d'un air de dégoût. Peut-être y avait-il eu autre chose dans ses yeux? De la peur. Oui, elle avait eu peur. Alice aussi avait eu peur. Pas longtemps, le temps qu'elles comprennent ce qui allait se passer. Ni l'une ni l'autre n'avaient lutté. Ces imbéciles de journalistes avec leur «coup du père François»! Ah non, il ne les avait pas attaquées par-derrière, ils les avaient tuées en face, en les dominant de toute sa puissance d'homme. Il s'en faisait une gloire, omettant de s'avouer que, lorsqu'ils les avaient étranglées, l'une était à bout de souffle et l'autre épuisée par les vomissements. Au moment de jeter leur corps à la rivière, il n'avait pas agi de la même façon. Il avait noué la cravate autour du cou d'Ève-Marie comme on apposerait une signature. Mais il avait repris au cou d'Alice la cravate qui, pendant vingt années, était restée dans une armoire, doublement protégée par un pull-over et une enveloppe en papier de soie. Guy avait dû faire un violent effort sur lui-même pour ne pas l'arracher des mains d'Alice au moment où elle l'avait sortie de son sac pour l'exhiber avec un gloussement d'excitation. Cette cravate qu'il avait ardemment désirée, qui avait été pour lui le symbole de cet amour qui lui échappait, voilà qu'elle ressurgissait, neuve, intacte, inviolée dans son papier d'emballage. Il la lui fallait. Il l'avait eue. Il l'avait. Depuis qu'il la possédait, il dormait avec elle. Il alla la chercher sous son oreiller et, dans un mouvement convulsif, il la serra entre ses mains. Elle lui donnait une envie irrépressible d'étrangler quelqu'un.

22 h 10

Martin était toujours assis à même le trottoir, une jambe allongée, l'autre pliée, indifférent au monde entier. Puisque depuis vingt ans il cherchait la clé de l'énigme, il pouvait bien prendre encore vingt minutes. Ils en avaient souvent parlé ensemble, sa femme et lui. Quand ils s'étaient retrouvés par hasard sur les bancs de la faculté de médecine à Bordeaux, trois ans après le drame, Marie-Ève avait d'abord eu à l'égard de Martin un comportement méfiant. Comme ses parents, elle pensait qu'il avait menti lors de l'enquête. Puis elle était tombée sous son charme, elle l'avait cru et elle avait cherché des explications. Par exemple que, le 6 juin 1989, Ève-Marie était partie à La Planche noire en emportant avec elle la cravate pour l'offrir à Martin à son retour de promenade et se réconcilier avec lui. Cela faisait de Belhomme un coupable plus crédible. Il n'avait pas acheté, par un hasard peu vraisemblable, la même cravate insolite qu'Ève-Marie, il avait utilisé comme arme du crime la cravate qu'elle avait sur elle.

À la chiche lumière de l'éclairage municipal, Martin venait de parcourir les mails imprimés par Déborah. Dans l'un d'eux, Alice avait écrit à propos de Guy qu'Ève-Marie lui avait montré la cravate en sortant du magasin. C'était étrange. Pourquoi ne l'avait-il pas dit à la police ? Uniquement pour protéger Martin, alors qu'il était son rival amoureux ? Cassel eut envie d'en parler avec le lieutenant Guéhenneux, car c'était désormais la seule personne qui pouvait l'aider. Il ralluma donc le portable de Déborah et s'aperçut qu'un message venait d'arriver sur le répondeur. «Monsieur Cassel, c'est Déborah. J'ai eu Ruth sur MSN. Elle est pas chez elle, elle est chez son grand-père à Saintes, et c'est marrant parce qu'il y a aussi…» Martin releva brusquement la tête. Il n'avait pas entendu arriver l'homme et il n'eut pas le temps de parer le coup de pied qui fit valser le téléphone à dix pas.

— Tu fais quoi, là? dit l'inconnu.

Au ton, à l'allure, aux vêtements, Martin comprit qu'il avait affaire à un des squatteurs de la maison délabrée à laquelle il s'adossait, et qu'il n'en ferait pas facilement son copain.

— Je me cache, répondit Martin.

— De qui?

Et pour activer la réponse, il shoota dans la jambe de Martin.

— De la police.

— T'as braqué la Banque de France? fit l'autre dans un ricanement.

— Je me suis évadé d'un commissariat où j'étais gardé à vue.

— T'es mal.

— Plutôt.

Martin avait entrepris de se redresser en s'appuyant au mur. Il n'avait pas bronché quand l'autre l'avait frappé à la main puis à la jambe, mais il n'était pas sûr de n'avoir rien de cassé.

— File ton fric.

— Il faudra le réclamer au brigadier Dupuis.

L'homme le souleva par la chemise et le plaqua contre le mur.

— T'as pas peur que je te latte la gueule?

— Ce serait dommage, répondit Martin avec son sérieux imperturbable, j'ai braqué la Banque de France et je suis prêt à partager.

22 h 12

Ruth venait d'avoir Déborah sur MSN. Elle ne comprenait plus rien à rien. D'après Déborah, son père croyait qu'elle avait fugué, mais n'était-ce pas plutôt lui qui s'était enfui? Soudain, elle tendit l'oreille. La maison assoupie semblait s'être brusquement éveillée. Des voix inconnues et sonores lui parvenaient du salon. Que se passait-il encore? René parut contrarié quand il l'aperçut en pyjama dans l'encadrement de la porte.

— C'est ma petite-fille, dit-il aux deux policiers en uniforme qu'il avait dû laisser entrer.

— La fille de Cassel? demanda le brigadier Dupuis sur un ton hargneux. Il nous en a fait un cinéma parce qu'elle ne répondait pas au téléphone!

Il toisa Ruth comme s'il l'ajoutait à son fichier de repris de justice puis il revint à René :

— Si Cassel vous appelle, essayez de savoir où il est, dites-lui de venir chez vous et prévenez-nous immédiatement. Il est d'autant plus dangereux qu'il est traqué.

René fronça les sourcils en direction de Ruth pour lui intimer le silence puis il reconduisit les policiers jusqu'à l'entrée :

— Et je ferme à double tour derrière vous, brigadier, je n'ai pas envie que cet assassin force ma porte !

Il en faisait juste un peu trop pour que sa petite-fille devinât qu'il jouait la comédie. Il revint précipitamment au salon pour lui dire :

— Il s'est échappé du commissariat.

— J'avais compris, répondit-elle, glaciale.

Elle avait noté que son père n'avait pas de nom dans la bouche de René. Il s'empressa d'ajouter :

— Mais je ne préviendrai pas la police s'il appelle ou s'il vient ici.

Il ne voulait pas s'aliéner ses petites-filles, d'autant qu'il sentait que bientôt elles n'auraient plus de père.

— Il ne viendra pas, répliqua Ruth en tournant les talons.

Elle allait mettre en garde papa par l'intermédiaire de Déborah.

La venue des policiers avait aussi tiré Guy Dampierre de son lit. Il lui avait suffi d'ouvrir la porte de sa chambre pour entendre ce qui se disait au salon. Ainsi Cassel s'était enfui comme un criminel et il était traqué. Allait-il enfin expier ce qu'il lui avait fait ? La première fois, Belhomme avait payé à sa place, alors que la cravate au cou d'Ève-Marie aurait dû le désigner comme son assassin. Guy était la seule personne au monde à savoir que Martin ne l'avait pas reçue en cadeau d'anniversaire parce que Ève-Marie lui avait porté, la veille de sa mort, une lettre dans laquelle elle avait écrit ceci : « Guy, c'est la première et la dernière lettre que tu reçois de moi. Je ne t'ai rien promis, je ne t'ai rien fait croire comme tu le prétends. Je ne peux même pas dire que c'est fini entre nous parce qu'il n'y a jamais rien eu. Et ne me fatigue pas avec cette histoire de cadeau d'anniversaire, une cravate n'est pas une alliance ! D'ailleurs, je l'ai mal choisie, elle fait peur, je l'ai jetée. Laisse-moi en paix. Ève-Marie. » Elle avait menti, elle l'avait simplement rangée, presque cachée, comme si elle lui faisait peur en effet. Alice, en la retrouvant, avait signé son arrêt de mort. C'était une autre victime de Cassel, car ce salaud, avec sa tournure d'esprit perverse, allait déduire qu'il y avait eu non pas une, mais deux cravates, et que la seconde avait été achetée par quelqu'un qui avait vu la première entre les mains d'Ève-Marie.

Dans la nuit qui le protégeait, Guy sourit cruellement. Il pouvait bien s'avouer qu'il avait aimé tuer Alice. L'ipéca, surtout, était un trait de génie. Il lui en restait une boîte inutilisée dans sa pharmacie, il avait ouvert chaque gélule et en avait mis la poudre dans un emballage d'Alka-Seltzer. Au restaurant, il avait fait boire Alice plus que de raison, puis il lui avait proposé l'Alka-Seltzer comme remède à la gueule de bois du lendemain. Radical, lui avait-il promis. Il étouffa un rire. Il ne se souvenait pas de s'être autant diverti en étranglant Ève-Marie. Il l'avait tuée parce qu'il le fallait. Il n'aurait jamais pu vivre en la sachant dans le lit de Martin Cassel. Mais pourrait-il vivre maintenant qu'il avait vu Bethsabée ? Rien que de penser à elle dormant dans le lit d'à côté, c'était insupportable. Bethsabée, c'était Ève-Marie enfant, une mauvaise herbe qui repoussait et qu'il devait arracher.

22 h 20

La ruelle étant déserte, l'homme pouvait faire ce que bon lui semblait de Cassel qu'il avait plaqué au mur. Mais il hésitait entre rire de l'attitude déconcertante de Martin et lui éclater la rate d'un coup de poing. Le vaillant petit téléphone portable sonna alors à l'autre bout de la ruelle.

— Je crois que c'est pour moi, dit Martin.

L'homme le relâcha pour aller lui-même ramasser l'appareil.

— Oui ?

— Monsieur Cassel ? C'est encore Déborah. C'est pour vous avertir. Monsieur Lechemin va prévenir la police si vous téléphonez chez lui ou si vous y allez.

L'homme coupa la communication et revint vers Martin qui était en train d'examiner l'état de sa main droite.

— Lechemin va te trahir.

— C'est gentil de me prévenir. Je m'appelle Martin Cassel.

— Joss, se présenta l'autre, définitivement désarmé. Ça va ?

Martin ouvrait et fermait son poing pour vérifier le fonctionnement des articulations.

— Moi, ça va. Mais vous, vous avez le blanc de l'œil jaune.

— Et alors ?

— Toutes les hépatites n'étant pas mortelles, à votre place, je me ferais soigner.

— Ça gave, ta façon de parler !

— Désolé. Je suis médecin. Je peux vous adresser à un confrère, le docteur Chaussegros. Excellent gastro-entérologue.

Tout en parlant, il s'éloignait prudemment de la ruelle déserte côte à côte avec Joss. «Finalement, je m'en suis fait facilement un copain», songea Martin. Joss, qui etait d'un tempérament bavard, se raconta dans les grandes lignes, toxico, dealer, squatteur, il alternait les petits boulots, les délits, les cures de désintox et la prison. C'était une grande baraque d'un mètre quatre-vingt-dix, passablement délabrée.

— Faut pas croire, j'aime la vie, dit-il pour finir. Mais toi, pourquoi tu veux quand même aller chez Lechemin?

C'était le souhait que Martin avait émis.

— Je dois récupérer mes filles chez lui.

— *Why?*

— *Because* il me prend pour un assassin.

— Et t'en es pas un? s'informa Joss, pas autrement ému.

— Je préfère éviter. Dans les dix commandements, «Tu ne tueras pas», c'est quand même avant «Tu ne commettras pas d'adultère».

Joss ricana:

— Attends-moi là. Je reviens dans dix minutes et je te conduis à Saintes.

Douze minutes plus tard, Joss, chevauchant une moto, s'arrêta pour prendre Martin en croupe.

— Ça te pose un problème que je l'ai volée?

— Pas trop, répondit Martin. «Tu ne voleras pas», c'est après «Tu ne commettras pas d'adultère.»

— T'es carrément un déconneur. Moi aussi, dans mon genre. Accroche-toi.

Et la moto s'arracha dans un bruit d'enfer.

23 h 00

Le brigadier Dupuis avait la haine. C'était l'expression un peu passée de mode qui lui était venue à l'esprit tandis qu'il tâtait sa bosse. Il aurait dû vérifier qu'il n'avait pas de fracture du crâne, car il avait tout de même perdu connaissance quelques secondes, mais il estimait avoir plus urgent à régler : le compte de Cassel. Il avait fait croire à ses collègues de Bordeaux que Cassel avait avoué le meurtre d'Alice Meyzieux. Au fond de lui-même, il savait que Cassel n'avait rien avoué du tout. Mais dès le début de la garde à vue, ce type l'avait exaspéré avec sa manie de tourner les choses sérieuses en dérision, puis il l'avait ridiculisé en lui fracassant la tête avec ce plateau. Pour ne pas devenir la risée de ses collègues, il devait faire passer Martin pour un psychopathe.

Toute la question était désormais de savoir si Cassel allait se terrer, prendre vraiment la fuite ou chercher à retrouver ses gamines. Sans le dire aux autres, Dupuis penchait pour la troisième option. C'est pourquoi il avait demandé à ce que deux policiers restent en planque rue Turenne et lui-même avait laissé le gardien de la paix Grandjean rue Gâtefer, non loin du pavillon de Lechemin.

Tout comme le lieutenant Guéhenneux, Dupuis était rentré chez lui, mais s'était dit joignable à tout moment. Son portable lui signala un appel du commissariat :

— Dupuis ? C'est Bellier. Ça y est, on l'a arrêté.

— Déjà ?

Le brigadier était tout à la fois satisfait et déçu. Il aurait aimé quelque chose de plus sportif. Une chasse à l'homme.

— Où était-il ?

— À Saintes, sur les quais. J'ai déjà prévenu le SRPJ. Pour eux, ça ne fait pas de doute que c'est l'assassin d'Alice Meyzieux.

— Ah ?

Une fois encore, le brigadier se sentit à la fois satisfait et déçu. Le SRPJ se rangeait à son avis, mais comme on allait certainement interroger Cassel à Bordeaux, il lui échappait.

— Ce serait bien qu'on mette la main sur sa fille, poursuivit le commissaire.

— Je sais où elle est.

— Parfait. Parce qu'il est un peu délirant et il dit

qu'il ne veut parler qu'à sa fille. Si elle était là, ça pourrait l'aider à passer aux aveux.

Le brigadier éprouva un vague malaise : Cassel délirant ?

— Vous savez, c'est un tordu, ce type. Il fait sûrement semblant.

— Non. D'après le SRPJ, c'est un authentique schizophrène.

Le brigadier eut un instant le souffle coupé en comprenant le quiproquo. C'était Belhomme qu'on venait d'arrêter. Mais il parvint à enchaîner :

— Et pour Cassel, qu'est-ce qu'on fait ?

— Trouvez-le-moi. Il n'est pour rien dans l'affaire Meyzieux. Mais il devra rendre compte de coups et blessures sur un agent de la force publique dans l'exercice de ses fonctions.

Dupuis ne jugea pas nécessaire d'avertir ses collègues du changement de chef d'accusation. «Ça les démotiverait», se justifia-t-il. Il espérait toujours une arrestation virile avec quelques bons pains dans la gueule. «Ça lui apprendra la vie à ce petit con», pensa-t-il en mettant une vessie de glace sur son crâne.

Une demi-heure plus tard, alors qu'il commençait à somnoler, la sonnerie de son portable le fit sursauter. C'était le gardien de la paix Grandjean au rapport :

— Brigadier, y a une moto qui vient de passer au

ralenti dans la rue. Il y a deux hommes dessus, un grand, un petit. Le petit a montré le pavillon de Lechemin de la main. Ils… ils se garent au bout de la rue… Je fais quoi ?

— Je demande du renfort et j'arrive. Prévenez Lechemin que Cassel rôde près de chez lui.

René Lechemin, tourmenté par l'arthrose et redoutant la nuit blanche, s'était imprudemment abruti d'antidouleur et de somnifère. Il n'entendit pas la sonnerie du téléphone dans le salon. Ce fut Dampierre qui décrocha. De retour dans sa chambre et allongé sur le lit, il garda les yeux ouverts sans rien voir qu'une nuit épaisse. Ainsi il était là, tout proche, lui, l'éternel ennemi, celui qui lui avait fait rater sa vie en lui prenant Ève-Marie. Et Dampierre remâcha pour la millième fois l'amère litanie : il avait échoué au baccalauréat, il avait divorcé deux ans après s'être marié, il n'avait pas d'enfants, il venait de mener à la faillite le restaurant La Cagouille qu'il avait hérité de ses parents, il était devenu alcoolique, il était en train de perdre sa silhouette athlétique. Les seules choses qu'il avait réussies, c'étaient ses assassinats, non pas deux, mais trois. Et bientôt quatre. Car dans son cerveau malade venait de germer un plan qu'il jugea machiavélique et qui n'était que monstrueux.

23 h 50

Joss avait garé la moto au bout de la rue Gâtefer, et à présent Martin et lui se dirigeaient vers le pavillon.

— Attends, arrête! dit soudain Joss en agrippant Cassel par le bras. Ça sent le poulet.

— Où?

— J'ai vu une ombre là-bas. J'ai un sixième sens avec les flics. Recule, recule.

Il le tirait vers l'arrière et Martin n'était pas de taille à résister.

— On se casse.

Il enfourcha la moto.

— Mais grimpe, bordel. Je te dis que c'est un flic.

— Je veux mes filles, s'entêta Martin.

— Putain, t'as quoi dans le citron? T'as vraiment envie de te faire dézinguer?

Martin se referma derrière sa moue obstinée. Il voulait ses filles. Point.

— On va te les récupérer, tes gamines, mais grimpe, le supplia Joss. T'entends pas qu'il est en train de rappliquer?

On n'entendait rien mais Martin se décida à sauter en selle et donna une bourrade à Joss:

— *Let's go.*

Ils n'allèrent que quelques rues plus loin et stoppèrent de nouveau.

— Tu peux pas attendre demain matin ? suggéra Joss. Elles vont sortir dans le jardin, tu leur feras signe.

— Le flic sera toujours là et je serai encore plus visible.

— OK. Alors, je fais signe à la grande, je lui donne un mot de ta part qui lui dit où te rejoindre.

— Dès que Ruth te voit, elle appelle police secours.

— Pas faux, ricana Joss qui était sans illusion sur son pouvoir de séduction.

À un arrêt en bordure de route, Martin lui avait raconté son histoire et Joss n'avait pas mis en doute un seul mot. C'était la première fois depuis la mort de sa femme que Martin s'était senti écouté.

— Je suis pas du genre à faire dans mon froc parce qu'il y a des flics dans le quartier, mais quand même…

— Quand même quoi ? bougonna Martin.

— Tu ferais mieux de te rendre.

— À l'autre abruti qui voulait me dépoiler ?

— Non, à la lieutenant.

Martin y avait pensé. Kim avait l'air de pencher de son côté à présent, mais c'était peut-être encore pour le piéger.

— En plus, qu'est-ce qu'elles risquent, tes gamines ? Elles sont chez leur grand-père.

Comme Martin ne répondait pas, Joss insista :

– Il va pas leur faire de mal?

Ce que taisait Martin depuis si longtemps se répandit brusquement:

– Mais j'angoisse, j'angoisse. Ça fait des années que ça dure. J'ai l'impression qu'on m'en veut ou que j'ai fait quelque chose de mal, que… je sais pas, moi, que Dieu me punit! J'aime une première fois, elle meurt, j'aime une deuxième fois, elle meurt. Et c'est la même femme. Comment je peux te faire comprendre?

– C'est pas compliqué: c'étaient des jumelles. Allez, calme-toi.

– Mais je ne peux plus!

Ses airs détachés, son ironie, son prétendu contrôle de soi, tout volait en éclats.

– J'ai peur pour ma fille.

– T'en as pas deux?

– Si, mais Ruth, c'est comme moi. Elle prend des coups, elle a mal, elle repart. Bethsabée…

– Elle est plus sensible?

– Non… Enfin, je ne sais pas. Mais elle leur ressemble.

Joss, qui avait le cuir dur, en eut pourtant un frisson.

– Tu veux dire qu'elle ressemble aux jumelles?

– C'est leur clone. Et ça me fait peur.

Il ravala un sanglot avant d'ajouter :

— Parce que je l'aime.

— Mais faut pas déconner, tu portes pas la poisse aux gens que tu aimes. Y en a une qui s'est fait buter et l'autre, elle est morte d'un machin d'anévrisme.

Chaque fois qu'il pensait à ce qui s'était passé au restaurant, Martin éprouvait un malaise qui pouvait aller jusqu'à l'épouvante. Comme Ève-Marie, Marie-Ève venait de lui apprendre qu'elle était enceinte. Comme Ève-Marie, elle ne voulait pas garder l'enfant. Et elles étaient mortes toutes deux comme si la foudre du ciel tombait sur elles.

— Tu as raison, dit-il en prenant une profonde inspiration, je déconne. Je vais me rendre.

Il sentit une lourde main lui serrer l'épaule.

— Je te promets qu'il arrivera rien à tes filles. J'ai l'air d'un paumé comme ça, mais je tiens toujours ma parole.

— Tu n'es pas un paumé, tu es mon frère.

Les phrases du révérend Cassel qui lui avaient paru parfois si creuses, « Nous sommes tous frères » et « Nous sommes tous enfants du même Père », prenaient tout à coup une consistance.

— Eh bien, mon frère, quand tu seras tiré d'affaire, tu me feras soigner pour mon machin d'hépatite. Comme je t'ai dit, j'aime la vie.

— Moi aussi, décida Martin en rallumant le portable de Déborah.

Il allait demander à Kim de venir le chercher en voiture puisqu'elle l'avait proposé. Mais lorsque le portable fit entendre son petit jingle d'installation, Martin se souvint qu'il n'avait pas écouté attentivement le message de Déborah, et il se le repassa : « Monsieur Cassel, c'est Déborah. J'ai eu Ruth sur MSN. Elle est pas chez elle, elle est chez son grand-père à Saintes, et c'est marrant parce qu'il y a aussi Guy Dampierre qu'est là… »

— Dampierre, répéta Cassel.

Et soudain, le dieu mauvais qui le poursuivait depuis vingt ans prit un visage humain.

Lundi 1er juin

0 h 09

Kim était crevée, mais dès qu'elle avait reçu le coup de fil du commissaire Bellier l'informant de l'arrivée au poste de Grégory Belhomme, elle s'était rechaussée. Elle voulait voir, avant son transfèrement à Bordeaux, celui que le SRPJ tenait pour l'assassin d'Alice Meyzieux.

— On l'a mis en cellule de dégrisement, l'accueillit Bellier. Il n'est pas en état d'être interrogé. Vous voulez le voir quand même ?

— Je veux pas vous vexer, commissaire, mais c'est pas pour vous que je suis sortie du lit.

Bellier rigola. Il aimait bien les façons rugueuses du lieutenant Guéhenneux. Il lui ouvrit la porte grillagée de la cellule pour qu'elle pût admirer le tueur à la cravate. Il était affaissé sur le banc, bouche ouverte, un fil de bave lui coulant des lèvres, sale, puant, hideux, à demi comateux. Il portait une chemise qui avait été blanche et dont le col ouvert avait peut-être été orné d'une cravate. « Le coupable idéal, songea Kim, et qui arrange tout le monde, la police, la justice, la société. »

— J'ai lu le rapport d'autopsie, dit Bellier dans son dos. Vous aviez raison, l'histoire de l'ipéca, ça ne colle pas avec Belhomme.

Elle se retourna pour le remercier d'un sourire mais la sonnerie du portable de Cassel ne lui en laissa pas le temps. Elle s'éloigna vivement de son commissaire et chuchota dans l'appareil :

— Une minute, je vous rappelle…

Elle revint vers Bellier et improvisa :

— Bon, y a mon petit copain qui s'impatiente. Je me rentre.

— Vous êtes sûre que c'était votre petit copain ?

— Ben, oui.

Il hocha la tête, dubitatif, et Kim s'empressa de quitter le commissariat. Elle courait un risque à faire cavalier seul, elle aurait dû signaler à son supérieur qu'elle avait gardé le contact avec le fugitif. Elle tritura un long moment le téléphone au fond de sa poche de blouson. Elle revoyait Martin Cassel pendant l'interrogatoire, tantôt provocateur, tantôt emmuré, plus torturé par sa conscience que par les accusations de meurtre dont il était l'objet. Elle étouffa un ricanement en repensant au brigadier Dupuis à terre, complètement sonné. Il n'y était pas allé de main morte avec son plateau, le petit docteur Cassel! Ce type, c'était autre chose que Félix et Lionel et tous les ex à la manque. Il avait des couilles. «Et moi, alors, je me dégonfle?» Elle sortit le téléphone et rappela Martin. Mais elle tomba une nouvelle fois sur le répondeur.

— Merde, à quoi il joue! s'exclama-t-elle en pleine rue.

Elle n'eut pas le temps de s'appesantir sur sa frustration car un grelottement se fit entendre au fond de son autre poche de blouson et elle jongla un instant avec ses deux portables avant d'allumer le bon.

— C'est encore Bellier. Je viens d'avoir Dupuis, il pense avoir repéré Cassel dans le quartier Gâtefer. Il est sur place avec Grandjean et il demande du renfort parce que Cassel aurait un complice.

— Un complice?

— Je crois qu'il débloque un peu, les coups de plateau, ça n'aide pas. Allez voir ce qui se passe…

— OK.

— Eh, oh! la rappela le commissaire au moment où elle allait raccrocher. Pas de conneries. Je veux une arrestation dans les règles.

Entre le lieutenant qui avait un faible pour Martin et le brigadier qui voulait le mettre en pièces, les choses risquaient de mal tourner.

0 h 18

Le bureau était éclairé par l'ordinateur que Ruth n'avait pas voulu éteindre. C'était son lien avec Déborah et la seule façon d'atteindre indirectement papa. Mais Ruth elle-même avait fini par s'endormir en rêvant qu'elle s'endormait, comme une fenêtre ouvrant sur une fenêtre. Elle n'avait pas encore trouvé la respiration profonde du sommeil, quelque chose en elle refusant de s'y abandonner. « J'ai bien fait de me réveiller, se dit-elle dans son rêve. Il y a quelqu'un qui marche dans le couloir. » Il n'était pas question qu'elle refasse le rêve de l'assassin, c'était un rêve de bébé, un signe d'immaturité.

— Je suis l'assassin, dit l'assassin en entrant dans la chambre.

— Vous êtes un rêve ou vous êtes pour de vrai ?

— On ne dit pas « pour de vrai », ça fait bébé, lui répondit-il.

Il était armé et il s'approcha du berceau de Bethsabée. « Il faut que je me réveille et que je prenne la coupe en argent. » Mais il y avait sur les paupières de Ruth un poids de cent kilos. Dormir, sombrer… Le geste qu'elle fit pour se rattraper au bord du néant lui fit heurter le mur de la main. Ses yeux s'ouvrirent, comme mus par un ressort, aussi vides d'expression que ceux d'un poupon en plastique.

Dans le couloir, Guy Dampierre marchait en chaussettes à pas glissés. Il venait d'accomplir la première moitié de son plan en déverrouillant la porte du garage. Il fallait que les policiers sachent par où était entré l'assassin. Allaient-ils enfin comprendre que ce salaud de Martin tuait et tuerait tant qu'on ne l'aurait pas arrêté? Que c'était un psychopathe, un tueur de femmes sans défense et, plus abject encore, un tueur d'enfant! Dampierre était devant la porte de Bethsabée. Elle avait été laissée entrebâillée à sa demande, la pauvre chérie avait peur la nuit. Guy tenait la cravate dans sa main gauche, la vraie, l'authentique cravate-totem qu'avait achetée Ève-Marie un jour de mai 1989, la cravate qui allait étrangler l'enfant de Martin Cassel dans le lit de celle qu'il avait aimée.

0 h 21

Martin avait de nouveau éteint son téléphone pour économiser la batterie. Il rappellerait Kim plus tard, ce n'était pas le plus urgent. Joss récapitula:

— Si j'ai bien suivi le film, ton beau-père, qui te prend pour un assassin, il loge le vrai assassin chez lui?

Martin était trop scrupuleux pour acquiescer:

— Je n'ai pas de preuves. Dans le doute, je préfère récupérer mes filles.

— Tu vas quand même te rendre à la police?

— Oui. Après.

— Et à qui tu vas confier tes gamines ?

— À toi, répondit Martin sans l'ombre d'une hésitation. Ce sont tes nièces.

— Mes nièces ?

— Puisqu'on est frères.

— Pas faux, approuva Joss qui découvrait l'amitié à quarante-deux ans.

Tous deux étaient maintenant derrière le pavillon de Lechemin.

— On va entrer dans la maison par le garage, chuchota Martin.

— Je vais forcer la porte.

— J'y comptais un peu.

L'un et l'autre pensaient que le policier était resté en faction de l'autre côté du pavillon, mais Joss était aux aguets, et soudain il s'immobilisa :

— Stop, recule, ça sent le poulet.

— Encore ?

Martin eut l'impression que Joss paniquait sans raison. Mais une voix s'éleva dans la nuit :

— Cassel, rendez-vous ! Je sais que vous êtes là ! Montrez-vous en pleine lumière avec votre complice !

— Bordel, Dupuis, marmonna Martin.

— Déconne pas, Cassel, t'es cerné !

Le tutoiement atteignit Martin en pleine face et le

fit s'élancer du côté opposé au brigadier. C'était stupide, il allait tomber sur l'autre flic rue Gâtefer. Il était bel et bien pris en tenaille.

— Arrête ou je tire ! cria Dupuis en tirant une première fois en l'air.

— Merde, c'est un cow-boy, fit Joss entre ses dents.

Cassel arrivait dans la zone la plus éclairée, il allait se faire tirer comme un lapin. Sans réfléchir, Joss partit à sa suite en criant :

— Cassel, rends-toi ! Cass...

Un second coup de feu partit. Dupuis avait voulu toucher Martin, mais Joss venait de s'interposer. Ce fut lui qui s'effondra. Martin, qui arrivait au bout de la rue, aurait pu disparaître à la vue du brigadier. Mais il comprit qu'il venait de se produire quelque chose de terrible et il regarda derrière lui.

— Putain, non, il l'a pas...

Il leva les bras en l'air et, comme lorsqu'il avait neuf ans dans la cour de récré, il cria :

— Je me rends !

Sans attendre que Dupuis accepte sa reddition, il s'avança vers Joss couché face contre terre.

— Bouge pas ! lui ordonna le brigadier qui essayait de se persuader que Cassel était dangereux.

Mais Martin avançait toujours et, tout en marchant, il se mit à vociférer :

— Si tu l'as tué, je te poursuivrai sur terre et aux enfers! T'as pas compris, connard? Il aime la vie, il aime la viiiiie!

Des sanglots hystériques se mêlèrent à ses cris. Il se rendit à peine compte que le gardien de la paix Grandjean lui menottait les mains dans le dos. Il tomba à genoux devant Joss. C'était sa faute s'il mourait. Il tuait tous ceux qu'il aimait.

0 h 23

Les coups de feu traversant la nuit l'avaient sortie de son lit. L'assassin était entré, l'assassin était là. Dans un état proche du somnambulisme, elle se dirigea vers l'étagère où s'alignaient les trophées. Elle prit une des coupes dont le poids entraîna son bras vers le sol. Elle durcit ses muscles et la tint devant elle à deux mains. L'assassin était dans la pièce à côté, elle l'entendait, ou du moins elle entendait un bruit mystérieux comme un gargouillis. Elle entra dans la chambre en donnant un petit coup de pied dans la porte restée entrebâillée. L'assassin était là, penché au-dessus du lit de Bethsa-bée. Il l'étranglait. Elle se l'était juré quand elle avait neuf ans, elle se tuerait si Beth mourait avant elle.

— Tuez-moi! cria-t-elle.

L'homme au dos courbé tourna vers elle un visage bouffi d'où la sueur ruisselait. Alors, elle fit ce geste-là qui semblait impossible. Comme son père quelques heures auparavant, avec la même rage, avec la même haine, avec la même force, elle abattit la coupe en argent sur la tête de l'assassin.

0h24

Dès qu'elle avait reçu du commissaire Bellier l'ordre d'arrêter Martin Cassel, Kim avait couru place du Bastion. Elle avait réquisitionné une voiture de police, mis le gyrophare et foncé vers le quartier Gâtefer. Au mieux, pensait-elle, Cassel allait se faire défoncer la gueule. Au pire... Elle entendit le premier coup de feu au moment où elle se garait, le second quand elle jaillissait de la voiture. Étaient-ce des sommations? Des cris la guidèrent vers le lieu du drame. Il y avait un homme à terre, un autre à genoux, et à côté d'eux Dupuis et Grandjean qui se mesuraient du regard.

— Cassel! hurla Kim du bout de la rue sur le ton de «Debout, les morts!»

Il tourna la tête vers elle. Ouf, c'était celui qui était en vie.

— Ils s'enfuyaient... ils me menaçaient, s'embrouilla le brigadier quand Kim se tint devant lui, attendant une explication.

Elle s'agenouilla près du corps en marmonnant:

— C'est ça, ils te menaçaient en te tournant le dos.

Elle posa deux doigts dans le cou de l'homme au niveau des carotides.

— Il est vivant… Vous avez appelé les secours?

— À l'instant, répondit Grandjean.

En se redressant, elle s'aperçut que Martin, toujours à genoux, avait les mains entravées.

— Enlevez-lui les menottes, ordonna-t-elle à Grandjean.

— Mais…

— Il n'est PAS dangereux.

Martin ne réagissait plus. Les yeux clos, il priait peut-être. Elle le secoua par l'épaule, doucement:

— Oh, oh…

Il la regarda, il était loin, très loin. Soudain, quelque chose se ranima dans ses yeux:

— Kim.

— Oui?

— Dampierre.

— Quoi Dampierre?

— Il est là. Mes filles. Il est là. C'est lui. L'assassin. C'est lui.

Il n'espérait même plus que quelqu'un le croirait.

— Vous voulez dire qu'il est chez Lechemin?

Martin se contenta d'acquiescer. Ses forces l'abandonnaient.

— J'y vais, dit Kim.

Dans un dernier souffle d'espoir, Martin lui suggéra :

— Par le garage.

0 h 25

La porte du garage n'était pas verrouillée. On entrait chez Lechemin comme dans un moulin. Le garage était en sous-sol, un escalier de ciment brut conduisait au rez-de-chaussée. En quelques enjambées souples et silencieuses, Kim, s'éclairant grâce à l'écran de son téléphone, se retrouva dans le pavillon. Tout était calme, tout le monde devait dormir. Pourquoi alors cette impression de pénétrer dans une tombe ? En tendant l'oreille, Kim perçut un bruit régulier, très doux, comme un robinet qui goutte, une canalisation qui glougloute. Non ! Un enfant qui sanglote tout bas. C'était là, derrière cette porte à demi ouverte. Kim se faufila dans la pièce et juste avant que l'écran du portable s'éteignît, elle eut une brève vision d'horreur : une sorte de bête humaine à quatre pattes au visage ruisselant de sang et un tas informe secoué de sanglots. Elle trouva l'interrupteur et éclaira brutalement la chambre en criant :

— Police !

Sur le lit, une étrange cravate serpentant autour de son cou, Bethsabée, les joues blanches et les lèvres bleues, gisait inanimée. Affalée près d'elle, sa sœur, dont les nerfs avaient lâché, lui tenait la main en pleurant tandis que Dampierre, que le coup avait seulement étourdi, était en train de se relever. Il s'en était fallu de quelques secondes pour qu'il achevât sur les deux enfants son œuvre de mort. Kim, rompue aux sports de combat, le plaqua au sol et lui menotta les mains dans le dos. Se penchant sur le lit, elle vérifia que la petite respirait encore malgré le début de strangulation puis, prenant Ruth par les épaules, elle l'aida à se redresser :

— Le cauchemar est fini. Je suis le lieutenant Kim Guéhenneux.

En déclinant son identité, Kim eut le sentiment que toute sa vie se trouvait justifiée. Elle s'était engagée dans la police pour être dans cette chambre-là le lundi 1er juin à 0 h 26.

*
* *

Dans les heures qui suivirent, René Lechemin qui avait mêlé trop de médicaments à trop d'alcool eut un réveil difficile et fut placé en observation. Joss et Bethsabée furent évacués par la même ambulance. Bethsabée avait perdu connaissance lorsque la cravate avait comprimé ses deux artères carotides, mais le cerveau n'avait été que très brièvement privé d'oxygène et les médecins espéraient qu'il n'y aurait aucune séquelle, mentale ou motrice. Quant à Joss, la balle tirée par le brigadier Dupuis était passée entre deux de ses côtes et n'avait lésé aucun organe vital. Dans l'immédiat, il était sauvé, mais son état général était jugé préoccupant. Martin Cassel, qui contrôlait si soigneusement ses émotions depuis qu'il était né, fit ce que Kim appela «un pétage de plombs généralisé». Il voulut tuer Dampierre et Dupuis, exigea d'être le médecin anesthésiste de Joss, réclama la présence de Ruth et Bethsabée par des hurlements, insulta Kim en termes grossiers, frappa les infirmiers qui voulaient le calmer et faillit se retrouver avec la camisole de force. Finalement, ayant reçu un sédatif par intraveineuse, il s'endormit sur un lit d'hôpital. Quant à Ruth, l'élasticité propre à l'adolescence lui permit de se rétablir, du moins en apparence, après quelques heures de sommeil et une crise de larmes sur l'épaule d'une infirmière.

Dans les jours qui suivirent, Kim contacta personnellement Lou Belhomme pour lui apprendre que son père n'était plus soupçonné du meurtre d'Alice Meyzieux et qu'il avait probablement été injustement condamné pour celui d'Ève-Marie Lechemin. Mais son état nécessitait un internement psychiatrique d'urgence. Une curiosité, qui n'avait rien de professionnel, poussa Kim à rencontrer Lou en chair et en os. En os surtout, jugea-t-elle quand elle vit la jeune femme s'asseoir en face d'elle à une table de café. Bien que décharnée et gardant quelques traces des coups reçus, Lou avait du charme, beaucoup de charme. Qu'avait dit son ex-petit copain? «J'aimerais bien savoir à quoi le docteur Cassel emploie Lou après 21 heures.»

— Et donc, fit Kim, le ton un peu acide, monsieur Cassel vous a réembauchée?

— Oui, je l'ai eu au téléphone hier, on s'est expliqués. Je lui ai dit que j'avais rompu avec Frank et qu'y aurait plus de soucis.

Kim sentit l'énervement la gagner, mais elle était si peu connectée à son propre cœur qu'elle n'en sut pas la raison. «Quand on est veuf, avait dit Tournier, on ne prend pas des filles jeunes et bien roulées comme baby-sitters.» Et dans le fond, il n'avait pas tort.

— Vous savez que monsieur Cassel va devoir répondre de délit de fuite lors d'une garde à vue et de voies de fait sur le brigadier Dupuis?

Des larmes sautèrent aux yeux de Lou:

— C'est pas sa faute quand même!

Kim avait tout autant envie que Lou d'absoudre Martin, mais elle répliqua sévèrement:

— Il ne vous appartient pas d'en juger. Mais on vous demandera peut-être de témoigner… hmm… en sa faveur. Qu'est-ce que vous pensez de votre employeur?

Lou joignit les mains avec ferveur sur son cœur et se lança dans le panégyrique du docteur Martin, un saint homme, un héros, et une star de l'anesthésie. Bref, elle en était amoureuse et Kim l'aurait pilée.

Mais elle n'eut pas le temps de s'appesantir sur ses problèmes de cœur. Le SRPJ de Bordeaux la convia aux interrogatoires de Guy Dampierre. Celui-ci, inculpé de tentative de meurtre sur personne mineure, «en attendant mieux» avait dit le commissaire Bellier, avait passé les premières heures de son incarcération à l'infirmerie de la prison. Il souffrait d'une fracture du crâne, mais son état lui permit rapidement d'être entendu par les enquêteurs. Lors d'une perquisition effectuée le 2 juin à son domicile, ceux-ci retrouvèrent le téléphone d'Alice ainsi que son ordinateur que Guy avait emporté pour vérifier ce que sa victime pouvait avoir révélé de compromettant dans ses mails.

Dampierre appartenait à cette espèce de criminels qui, une fois démasqués, racontent leurs méfaits avec beaucoup de complaisance, pensant faire admirer leur audace ou leur puissance intellectuelle. C'est ainsi que Kim apprit avec horreur que Dampierre avait tué non pas deux, mais trois personnes.

Le troisième meurtre remontait à un peu plus de quatre ans. Le restaurant La Cagouille commençait à perdre sa clientèle d'habitués. Guy, n'ayant jamais appris aucun métier, n'était pas aux fourneaux. Il trônait à l'accueil, plaçait les gens, ouvrait les bouteilles, complimentait les dames et se faisait regarder de travers par les maris. Un soir, un ancien élève du lycée Guez-de-Balzac, Julien Moinet, était venu en famille. Salutations, plaisanteries, bonne bouteille offerte par la maison… Guy avait sorti le grand jeu pour faire croire qu'il était heureux. Moinet avait deux enfants, deux fils. Au moment de payer l'addition, il avait dit :

— Tiens, tu te souviens de Martin Cassel? Lui, il a deux filles.

Julien avait revu Martin par hasard dans un restaurant de Bordeaux, le Blue Elephant.

— En pleine forme! ajouta Moinet. Et tu ne devineras jamais avec qui il s'est marié?... La sœur d'Ève-Marie. Marie-Ève Lechemin, tu te rappelles?

Guy avait eu le plus grand mal à paraître poliment intéressé. La haine s'était rallumée dans ses veines. Tout avait réussi à Martin Cassel, médecin anesthésiste réputé, marié et père de famille. Guy avait compris qu'il ne trouverait plus un instant de paix s'il ne détruisait pas de fond en comble le bonheur de Martin Cassel. Alors, lentement, germa dans ce cerveau qui tournait à vide une idée machiavélique. Ayant obtenu par Moinet l'adresse des Cassel, Guy était allé à Bordeaux un lundi de fermeture de son restaurant. Il s'était garé rue Turenne, se dissimulant derrière son volant comme un détective professionnel, lunettes fumées et journal déplié. Tout autre que lui se serait senti humilié d'épier ainsi le bonheur d'un ancien rival. Lui n'éprouvait qu'une joie mauvaise. Pourtant, il avait souffert mille morts quand la porte de l'immeuble s'était enfin ouverte sur Marie-Ève Cassel et sa fille aînée, une brunette sans intérêt d'une dizaine d'années. Mais quand il avait vu la mère, les mains de Guy s'étaient resserrées autour du volant dans un mouvement d'étranglement. La jeune femme s'était épanouie, plus ronde, plus féminine, elle n'avait jamais autant ressemblé à sa sœur jumelle. Il aurait aimé la tuer, là, tout de suite, mais il préféra suivre les méandres d'un plan bien plus sophistiqué.

Toujours d'après les renseignements de Moinet, Martin avait demandé Marie-Ève en mariage au Blue Elephant. En souvenir de ce jour, Cassel, qui était de nature romantique sous des dehors narquois, invitait rituellement sa femme dans ce restaurant le vendredi soir. Or, le patron du Blue Elephant était un vieil ami de la famille Dampierre. Guy l'avait donc contacté pour lui faire part de son intention de s'initier à la cuisine thaïlandaise :

— Tu comprends, les spécialités charentaises, les mojettes et les cagouilles, ça lasse la clientèle.

Pour la première fois depuis le lycée, Guy avait appris quelque chose : la cuisson des raviolis à la vapeur et l'assaisonnement du poulet coco-citronnelle. Grâce au serveur en salle, il avait aussi appris que Marie-Ève, plutôt routinière, commandait toujours le même menu, une soupe épicée, un porc au curry et une banane flambée. Son intention n'était pas de la tuer net, mais de faire soupçonner son mari d'une tentative d'empoisonnement. Les enquêteurs remonteraient alors jusqu'à la première affaire Lechemin et comprendraient enfin quel salaud on avait laissé en liberté depuis vingt ans.

Guy avait trouvé sur Internet un produit à base d'ipéca, interdit à la vente en France, qui correspondait tout à fait à son projet, puisqu'il avait des vertus vomitives en cas de surdosage. Il s'en était procuré plusieurs boîtes, il avait ouvert les gélules et mis la poudre dans un banal sachet pour la congélation des aliments.

Le vendredi 13 mai 2005 en soirée, il répartit cette poudre entre les deux plats épicés qu'avait commandés Marie-Ève. Discrètement, il alla au vestiaire glisser le sachet en plastique dans la poche du manteau de Cassel. Il eut alors une grande frayeur en apercevant Marie-Ève qui se dirigeait vers les toilettes. Il eut le temps de se dissimuler derrière les vêtements tout en se réjouissant de l'heureuse circonstance. Le serveur venait de déposer le porc au curry à la place de Marie-Ève, ce qui lui permettrait de témoigner que Cassel avait eu largement le temps d'y mêler le poison. La nausée s'empara de Marie-Ève au moment de la banane flambée. Martin soutint sa femme jusqu'aux toilettes où elle fut prise de violents vomissements. Quand ils sortirent du restaurant, Martin appela les secours. Marie-Ève mourut peu après son admission aux urgences – ce que Guy n'avait nullement prévu. Le médecin urgentiste diagnostiqua non pas un empoisonnement, mais une rupture d'anévrisme. Celle-ci se serait produite tôt ou tard en raison d'une fragilité congénitale, mais les vomissements et l'intoxication avaient précipité l'événement et en avaient rendu mortel le dénouement. La chance, une chance infernale selon Guy Dampierre, avait une fois de plus servi Cassel. Certes, il était veuf, mais toujours pas inculpé d'assassinat. Et il ne le serait jamais.

Pour le moment, les enquêteurs ne prenaient pas pour argent comptant tout ce que racontait Dampierre, la paranoïa dont il semblait atteint faisant bon ménage avec la mythomanie. Mais Kim était certaine qu'il disait la vérité et que Martin Cassel avait toujours soupçonné quelque chose d'étrange dans le décès de sa femme. À défaut de trouver une explication, il en avait éprouvé de la culpabilité. Kim se réservait de lui apprendre la vérité dans quelques jours et aussi de lui rendre la boîte en carton qui contenait tous ses souvenirs. Kim en avait rapidement fait l'inventaire quand elle croyait Martin coupable. De banales photos de famille.

Maintenant qu'elle savait Martin innocent, paradoxalement, elle leur trouvait de l'intérêt, et elle prit le temps un soir de regarder attentivement chaque cliché. Tout d'abord, la femme de Martin. Une jolie blonde, distinguée, le regard amoureux, mais un peu triste quand elle n'y prenait pas garde. Ruth, brune aux yeux gris, très proche de sa maman, disparaissant parfois dans les plis de sa robe. Bethsabée, une blonde au visage ciselé, grandissant victorieuse, et un peu effrontée, dans les bras de son papa. Et Martin. Martin sur la plage, torse nu, que le lieutenant Guéhenneux détailla longuement. Martin au milieu des siens. Martin avec des collègues, Martin avec des amis. Beau mec, songea Kim. Plutôt son genre finalement. Elle ressortit la photo d'identité qu'elle lui avait confisquée. Beau mec, mais pas souriant. Cette réflexion lui fit réexaminer la petite vingtaine de photos où il apparaissait. Il ne souriait jamais.

Samedi 6 juin 2009

Il y avait vingt ans, jour pour jour, qu'Ève-Marie était morte.

Ruth, escortée de Déborah, venait de cueillir des fleurs des champs, coquelicots, pissenlits, marguerites et centaurées qu'elle réunit d'une brindille en un modeste bouquet. Bethsabée était allongée sur une couverture et regardait couler l'eau. Une écharpe de mousseline cachait aux regards de terribles marques noires, seules séquelles qu'elle gardait de la tentative d'étranglement. René Lechemin et Suzanne Parmentier avaient pensé à apporter le goûter dans un grand panier pour que cette cérémonie, voulue par Martin, en fût allégée.

Cassel, en jean et T-shirt, semblait plus juvénile que jamais. Il avait retrouvé sa parfaite maîtrise de lui-même, ses silences, ses remarques à contresens, son sérieux impénétrable. Une seule chose avait changé : il ne portait plus de cravate. Il prit des mains de Ruth le bouquet champêtre qu'elle lui tendait. Il avait prévu de dire une prière, mais au moment d'ouvrir la bouche, il sentit qu'il ne pourrait pas contrôler ses émotions. Il se contenta de penser : « Je t'aime, Ève-Marie. Je t'ai aimée à travers Marie-Ève, je t'aime à travers Bethsabée. Soyez unies toutes trois sur la terre comme au ciel. Je ne cesserai jamais de vous aimer. » Et il lança les fleurs dans la Charente à cet endroit que les gens du pays appellent La Planche noire. Il entendit quelqu'un tout près de lui qui murmurait :

— Merci pour ce geste, Martin. Et pardon.

Martin détacha son regard du fil de l'eau pour faire face à René Lechemin :

— Je vous confie Ruth et Bethsabée.

Il eût aimé dire ces mots à Joss, Joss qui aimait la vie, mais Joss, admis dans le service du professeur Chaussegros, se débattait contre la mort et l'hépatite C.

Martin était attendu au commissariat de la place du Bastion pour une confrontation avec le brigadier Dupuis et le gardien de la paix Grandjean en présence du lieutenant Guéhenneux et du commissaire Bellier. Le brigadier, qui ne souffrait finalement que d'un gros hématome, risquait une mise à pied pour avoir confondu policier et chasseur de primes. Mais Martin allait aussi être inculpé, et même si son avocat l'avait assuré qu'il serait laissé en liberté à l'issue de la confrontation, il avait le cœur lourd de ne pouvoir rester en famille ce samedi si particulier. Il s'accroupit pour embrasser Bethsabée. Elle s'abandonna contre lui avec des langueurs de poupée de chiffon et il eut le plus grand mal à retenir ses larmes.

Au bout du champ, Kim observait la scène, les mains dans le dos, s'efforçant de garder une impassibilité professionnelle. Elle avait garé un peu plus loin sur la route de campagne la voiture de police qui allait emporter Martin. Elle le vit qui se redressait et se tournait vers sa fille aînée. Ils étaient à deux mètres l'un de l'autre, et comme pétrifiés. Ruth sentit que Déborah lui donnait une discrète poussée dans le dos et la petite fille qui vivait dans son cœur se jeta dans les bras de son père :

— Papaaa !

Il la serra contre lui, la berça, lui promit de revenir très vite, lui dit qu'il était fier d'elle, qu'il remerciait Dieu chaque jour de lui avoir donné cette fille-là. Kim, au bout du champ, eut la réponse à la question qu'elle n'avait jamais osé poser à ses parents : est-ce que vous m'aimez ? Non, personne ne l'avait jamais aimée de cette façon-là, et jamais elle ne s'était sentie aussi malheureuse qu'à cet instant-là, mais jamais elle n'avait eu autant envie de trouver le bonheur.

Martin Cassel à présent se dirigeait vers elle.

— On y va? dit-il, aussi tranquille que s'ils partaient en promenade.

— Vous n'allez pas m'assommer avec un plateau? voulut-elle plaisanter, la voix mal assurée.

— Vous préférez me menotter? répondit-il en lui tendant les mains.

Alors, avec cette impulsivité qui était son charme et son défaut, elle lui encercla les poignets en imitant le bruit des menottes, clic, et l'insaisissable Martin Cassel lui fit délibérément le plus surprenant des cadeaux. Un sourire.

Comment naît un roman (ou pas)

Journal de bord du
Tueur à la cravate

Lundi 12 janvier 2009

J'ai terminé hier mon roman *Malo de Lange, fils de voleur*. Ce matin, j'ai fait une dernière modification, mais depuis quelques jours déjà, je pense au roman suivant. Je ne sais pas si c'est par peur du vide ou pour faciliter la séparation. J'ai décidé de tenir le journal de la création à venir, car j'aimerais pouvoir répondre à la question qu'on m'a posée des dizaines de fois : « D'où ça vous vient, l'inspiration ? »

J'ai deux pistes d'écriture pour le prochain roman. L'une utiliserait la mythologie grecque, dieux, héros et mythes. C'est un univers qui m'a fascinée quand j'avais douze ans, et c'est une forme de fantastique qui renouvellerait le genre actuel de l'heroic fantasy. J'aimerais mêler dieux et hommes, en trouvant un ton qui ne soit pas celui de *La Belle Hélène* d'Offenbach, mais qui s'en inspirerait tout de même… Pour le moment, je vais relire les récits mythologiques dans les livres de ma bibliothèque, ceux que je lisais étant enfant.

L'autre piste d'écriture explorerait le penchant exhibitionniste de notre époque : blog, Facebook, site du style copainsdavant. C'est une chronique sur France Info qui a presque achevé de me convaincre d'aborder ce sujet. Il y était question des femmes qui tiennent le journal de leur grossesse sur un blog, allant jusqu'à noter le nombre de nausées dans une journée, et «postant» leur accouchement pour «leur Doudou d'amour qui n'a pas pu être là». Je pensais à un titre du style *Jacques a dit : tous à poil !* Mais si le phénomène qui m'intrigue me semble a priori vulgaire, je n'ai pas intérêt à jouer d'emblée la vulgarité. J'ai aussi pensé à un titre comme *Chroniques d'Internet* parce que je viens de voir la série, assez dénudée, *Chroniques de San Francisco*. Le but pourrait être de faire se croiser sur Internet et dans mon roman des gens très différents, de milieu, d'âge, de mœurs, de manière à suivre plusieurs intrigues ayant des points d'intersection, comme dans les séries télé. Je souhaite lire des ouvrages de sociologie sur Internet et l'exposition de l'intimité, à la fois réfléchir et pratiquer. J'y vais à reculons, quelque chose en moi y répugne. Pudeur serait sans doute le mot.

Mardi 13 janvier

Je ressens le vide d'après roman. Les jours précédents, à peine les yeux ouverts, je pensais à Malo. Le souci, la froidure, l'état de mon père, plus rien ne se frayait durablement un chemin. J'étais occupée. Maintenant, je suis en vacance(s), et si, dans les premiers instants, je me sens délivrée d'une tension, j'ai vite du vague à l'âme. Il est vrai que je ne suis pas encore séparée de Malo parce que le manuscrit est sur mon bureau et me suit parfois quand je change de pièce. Il faut que j'aille le porter cette semaine sur le bureau de mon éditrice. C'est le moment difficile, j'ai encore retravaillé quelques phrases. Puis j'ai fait deux ou trois sommes en relisant ma mythologie grecque. Est-ce le temps de relâche d'avant ou d'après roman ?

Je suis allée à ma médiathèque dans l'espoir de trouver des ouvrages de sociologie sur Internet et je suis revenue avec :

— *Dans les pas des dieux grecs*, de Pierre Lévêque.

— *Les Grecs et leur monde*, de Pierre Brulé, et *Les Femmes grecques*, du même.

Je crois que, dans ma déprime hivernale, la lumière solaire de la Grèce antique m'attire plus que la lueur blafarde de nos écrans cathodiques.

J'ai passé l'après-midi à lire et à faire des sommes. J'ai la sensation d'un décrassage en profondeur.

Dans ce que j'ai lu aujourd'hui, j'ai bien aimé cette idée grecque que faire l'amour en rêve avec Artémis ou Athéna, déesses vierges, est une prédiction de mort à court terme.

Mercredi 14 janvier

Lecture et somnolence, j'entre en hibernation.

Je me demande si je ferai quoi que ce soit des Grecs. Au programme, pédérastie et misogynie. Tout de même, j'aimerais savoir si les Aristote, Platon et consorts décrivent les pensées et les mœurs de leurs contemporains ou essentiellement les leurs. Cela arrangeait peut-être ces messieurs de démontrer par le mythe ou des connaissances pseudo- scientifiques que le plus viril des hommes est le pédéraste. Mais je ne me vois pas développant ce genre d'imaginaire en littérature jeunesse. M'intéressent davantage les liens entre les hommes et les dieux et comment ces derniers ont finalement besoin de l'humanité pour se divertir, aimer, s'affronter, et donc exister.

Je crois que je situerais mon histoire à Athènes, au siè-cle de Périclès.

Chaque film (je viens de regarder *Je sais où je vais*), chaque visage d'actrice, chaque musique de générique peut me donner une envie d'écrire. C'est un élan du cœur, je me dis : « Ah oui, une histoire avec une héroïne qui sait où elle va… » L'instant d'après, il n'y a plus rien de cette envie.

Vendredi 16 janvier
Presque renoncé aux Grecs. Je ne peux pas me réfugier dans le passé pendant deux romans d'affilée (*Malo de Lange* se passe à Paris au XIXe siècle). Écrire, c'est aussi pour moi explorer le monde contemporain et me décou-vrir moi-même. Mais cette expression me fait penser qu'en hiver, j'ai plutôt tendance à m'envelopper.

Pour réactiver plus vite mon désir d'écrire, j'ai décidé de me laisser plus de temps morts dans ma journée. C'est ce à quoi je me résigne au bout de deux ou trois mois sans projet d'écriture. Je me demande si le fait de tenir ce journal va accélérer, ralentir ou bloquer le processus de remise en route.

Lu dans *La Croix* : « L'œuvre correspond à l'activité à travers laquelle se fabriquent des objets attestant de la durabilité du monde. » Pour moi, tout ce qui reste d'une civilisation disparue, ce sont les témoignages de sa culture, ce sont ces objets-là, monuments, peinture, musique, œuvres littéraires, qui attestent de ce que fut cette civili-sation. Or, notre monde est saturé d'objets d'une tout autre nature, de téléphones, d'ordinateurs, de micro-ondes et de «tourniquettes à faire la vinaigrette». Ces objets, à péremption de plus en plus rapide, quand ils veulent bien se mettre en marche d'ailleurs, attestent de la fragilité de ce monde technologique. Pour étudier Internet, j'ai d'abord eu envie de me racheter un petit ordinateur portable, puis j'ai renoncé parce que 1/ il ne marcherait pas et il faudrait le reporter, 2/ il ne tarderait pas à déconner comme tous les objets récemment achetés. Bref, je fatigue de ce que j'ai appelé dans *Papa et maman sont dans un bateau* le «cimetière des éléphants», toutes ces carcasses d'objets inutiles ou inutilisables qui encombrent nos maisons. Je vais commencer par étudier Internet... dans des livres. Au moins, ça ne tombera pas en panne.

Samedi 17 janvier

Vu *Jason et les Argonautes* dans le train. L'Olympe, carrelé comme une salle de bains, semble aussi chiant que le paradis. Un point intéressant dans le film : Zeus a l'air de convenir que des dieux sans fidèles n'ont plus d'existence. Je pensais aux fées de *Peter Pan* qui meurent chaque fois qu'un enfant cesse de croire en elles.

Dimanche 18 janvier

Aristophane dans *Les Oiseaux* décrit des dieux mourant de faim parce que la fumée des sacrifices ne leur parvient plus.

J'ai repris dans ma bibliothèque le Guide vert qui nous a servi à préparer notre voyage en Grèce il y a une dizaine d'années. Corinthe, Delphes, Épidaure, Mycènes, c'est merveilleux, deux mois plus tard, je mélangeais déjà tous ces lieux. Ma faculté d'oubli frise Alzheimer. Tout ce que j'emmagasine actuellement partira en fumée dès que je m'intéresserai à autre chose. Je ne serai jamais quelqu'un de cultivé. *Too bad !*

Lundi 19 janvier

« Lorsqu'on a goûté des entrailles humaines, on est fatalement changé en loup-garou. » (Platon) C'étaient des marrants quand même, les Grecs.

Intense envie en refermant mes livres de partir pour la Crète. Ce doit être à cause du refrain fameux d'Offenbach : « Pars pour la Crète, pars pour la Crète, que rien ne t'arrête, pars, pars, pars ! »

J'ai surfé sur Internet à la recherche de l'expression « journal extime ». Je suis tombée sur un livre de Michel Tournier. J'ai mis « dévoilement de l'intime », et je suis tombée sur Hervé Guibert. Décidément, même quand je quitte les Grecs, je reste chez les homos.

Dans le genre cocasse qui me convient, j'ai trouvé un blog intitulé « De l'intime vers l'extime » : **J'ai eu l'innocence de croire en une communauté sensible, je faisais le pari de l'extrême intime qui serait lu de façon sensible. Je me suis mise à nu.** Et dans la bannière de pub, évidemment non souhaitée par la diariste, on trouve en haut et en bas de l'écran : **Épilation intime. Révélez la déesse qui est en vous grâce aux nouveaux rasoirs Vénus !**

D'après le sociologue Henri-Pierre Jeudy, à propos des blogueurs: «Leur jubilation commune est de retrouver d'innombrables doubles d'eux-mêmes.» Tous les journaux se ressembleraient selon lui, tous exhibant une intimité à peu près semblable. On est dans la «duplication clonique» où «tout le monde s'expose, se lit, se commente».

Je feuillette *Les Dieux et les héros de la Grèce antique*, vieux, vieux livre à la couverture jaune décatie datant de l'époque où j'étais amoureuse d'Achille et d'Hermès. Par moments, je me demande si je ne partirais pas plutôt sur une intrigue mettant en scène des archéologues fadas du XIXe siècle, découvrant ou croyant découvrir le tombeau d'Agamemnon, les restes de Troie, le labyrinthe du Minotaure.

«Ils reviendront, ces dieux que tu pleures toujours!

Le temps va ramener l'ordre des anciens jours...»

Et les dieux grecs seraient là, face à ces archéologues venus les réveiller.

Mercredi 21 janvier

Je m'aperçois en lisant *Libé*, que je ne connais pas grand-chose aux chanteurs qu'écoutent les jeunes, Christophe Maé, Amy Winehouse, Duffy, Seal, etc.

Pour *Chroniques d'Internet*, je pense mettre au cœur du roman une intrigue policière. Les enfants d'un jeune veuf l'interrogent sur son passé, et notamment sur cette histoire qui semble l'avoir beaucoup marqué d'une jeune fille de sa classe de terminale dont tous les garçons étaient amoureux et qui a été assassinée peu avant le bac. Le meurtrier n'a jamais été identifié. La fille sur la photo de classe ressemble vaguement à la fille du veuf et elle a l'idée de rechercher les camarades de classe de son père via un site du type copainsdavant. Intrigue à la Mary Higgins Clark. La fille va retrouver le copain de classe assassin, psychopathe resté impuni...

Lu dans le train pour Luxembourg le début d'*Objectif blogs!* J'ai vraiment beaucoup de mal à avancer dans cette thématique. Ma résistance au blog (et naguère à la télé-réalité) vient de ce que j'y pressens une menace pour la création authentique, c'est-à-dire, pour parler plus honnêtement, pour mon métier. Si tout le monde écrit, plus personne ne lit, chacun se laisse fasciner par sa logorrhée, se satisfaisant du public souvent complaisant de quelques copains qui attendent la même chose en retour. De la même façon, la télé-réalité pourrait signifier la mort des scénaristes.

Vu *Ne le dis à personne*. Retenu l'alliance entre le héros, type bien sous tous rapports, mais provisoirement en délicatesse avec la police, et des dealers à la gâchette facile qui lui sauvent la mise.

Dimanche 25 janvier
J'écoute le CD d'Amy Winehouse, prêté par ma fille, depuis deux jours. Peut-être la musique sur laquelle j'écrirai mon prochain roman. En tout cas, j'aime bien.

Réveillée cette nuit. Il y a peu, je bouchais n'importe quelle insomnie en pensant à l'écriture en cours de *Malo de Lange.* Du coup, je me suis fait une scène pour *Chroniques d'Internet* où la fille du veuf se retrouvait avec le psychopathe, un peu dans le genre de *Jeune femme aimant danser.* Malheureusement, il ne m'en reste presque plus rien. Je devrais avoir mon cahier à mon chevet et prendre des notes en cas d'insomnie.

En regardant *Le Chant du Missouri,* comédie musicale très sweet avec Judy Garland, j'ai pensé que la fille du veuf chercherait à remarier son père avec une de ses anciennes camarades de classe. Ce doit être par association d'idées avec le scénario du film dans la veine *« husband hunting ».* J'ai aussi eu envie d'écrire une histoire avec une famille nombreuse, composée uniquement de filles, comme dans *Orgueil et Préjugés.*

Lundi 26 janvier

Vu sur mon mail une offre pour aller sur trombi.com avec l'invite : « Retrouvez vos amis anciens élèves. » On voit une photo de classe d'élèves de CM2 ou 6ᵉ avec des têtes encerclées et les mots : « Moi, Nicolas, Maya ». Au-dessous, dans un cartouche, la mention : « Je suis sorti en… » et plusieurs dates, 1996, 1986… Ce fichier est déclaré à la CNIL, mais je me demande bien comment ça fonctionne en respectant le droit à l'image et à la vie privée. C'est exactement le site qui me conviendrait pour mon histoire.

Mardi 27 janvier

Dans *Objectif blogs !,* on revient sur cette idée de la

recherche du «même dans l'Autre» que traduiraient les skyblogs. Mais il y a une manière de se distinguer dans la blogosphère puisqu'il y a le skyblog star qui confère une notoriété soudaine à certains blogs, pour des raisons un peu opaques. Disons que pour avoir ses chances, il faut que le blog soit «in», avec peut-être un certain effet marronnier, c'est-à-dire en lien avec l'événement du moment, la rentrée, la Saint-Valentin, etc. Quand on est promu blogstar, on fait des déclarations victorieuses du type: «Je suis le blog de la semaine, j'hallucine total: 60 000 visites en une heure, 15 000 coms en deux heures, 1 000 amis en une heure.» Il y a un petit côté compét entre les blogs qui mesure peut-être plus la popularité que le talent. Du coup, le blogueur promu se sent investi d'un certain pouvoir, d'une manière de leadership, puisqu'on lui demande des conseils (surtout pour arriver à être blogstar). Mais le blogueur star s'expose aussi à des commentaires désobligeants des jaloux, les «rageux» ou les «trolls» qui critiquent, cherchent la polémique. Cela peut conduire les jeunes à afficher sinon profil bas, du moins un profil standard, moins susceptible d'être moqué ou rejeté.

C'est la conclusion de l'article: comment rechercher la popularité sans se soumettre à l'approbation de ses pairs? Faut-il être conforme ou original pour plaire? Les blogueurs «passeraient par un processus de stylisation des goûts», du moins en public, ce qui renforcerait encore le côté culture «djeun», vêtements, musique, jeux vidéo, etc.

Quel risque y a-t-il pour un adolescent à ce que sa quête de soi se fasse en public? On compte le nombre d'amis qu'on se fait sur Facebook, 300, 400, mais quelle est la nature de ce lien amical? On propose au visiteur de son blog de laisser un com en échange d'un com sur le sien dans une espèce de marchandage sans spontanéité ni sincérité. On espère être aimé, être reconnu, en exhibant son intimité, on cherche une sorte de fusion avec le peuple blogueur, mais avec aussi le désir latent d'accéder à la notoriété, d'avoir sa petite part de gloire médiatique.

Pour mon histoire, pourquoi ne pas mettre un ado ou une jeune femme en mal de reconnaissance personnelle prêt(e) à tout pour être blogstar et récoltant ensuite «la méchanceté du monde», comme dit l'un des blogueurs?

«Le philosophe doit être la mauvaise conscience de son temps, c'est pourquoi il lui faut connaître son temps.» Nietzsche (trouvé dans *L'Empire de la télé-réalité*).

Au fait, ce matin, dans un demi-sommeil, j'ai pensé que je devrais placer tous mes internautes dans une seule et même maison comme les héros des *Chroniques de San Francisco*. Ils habitent chacun à un étage, ou même sont voisins de palier, et ne se connaissent absolument pas. Par contre, ils sont en lien avec le monde entier sur Internet. L'enjeu de l'histoire serait peut-être d'arriver à tous les raccorder par le biais d'Internet, et à les quitter lorsqu'ils sont tous devenus amis «pour de vrai». Je pense à ces fêtes de voisinage qui se développent depuis peu dans les grandes villes...

En lisant *L'Empire de la télé-réalité* et la description de ce nouvel Homme qui se veut autonome, sans complexe, surtout sans culpabilité, et qui est en même temps fatigué de lui, à la recherche de prises en charge, je pense à ces ados dont on dit qu'ils ne supportent ni la frustration ni la contrainte, mais qui ont tant besoin d'adultes en face d'eux pour se structurer. J'ai envie de créer deux types de foyers monoparentaux. Une mère célibataire avec sa fille de sept ans, la mère dézinguée, vivant dans l'instant, la pulsion, étalant sa vie sur Facebook, n'ayant plus d'intériorité, et laissant la gamine livrée à elle-même. À l'étage du dessous, le père veuf avec trois filles, mettant des règles, des limites, des principes, des préceptes, ringard, mais avec un humour diabolique et beaucoup de charme (sauf pour ses filles excédées). Je pense au père veuf dans *Coup de foudre à Rhode Island*.

Mercredi 28 janvier
Noté dans la bouche de Constance : je l'ai bâché, il s'est fait bâcher, un kéké (pour Kevin), un geek (fou d'informatique et vivant surtout virtuellement).

Youtube, Dailymotion, Myspace, skyblog, Facebook, MSN, putain, j'ai du retard !

« Nous sommes de plus en plus consommateurs et de moins en moins créateurs. Il y a là un péril très subtil et finalement mortel. » Paul Ricœur
C'est paradoxal, ce genre de propos, quand on voit tant de gens qui écrivent sur Internet. Mais il y a beaucoup de « même » dans cette production, comme cette jeune fille qui a recopié entièrement *Oh boy !* sur un site de fanfiction, en troquant mes personnages contre ceux

de *Naruto*. Beaucoup de jeunes internautes copient, s'entrecopient, déclinent les mêmes choses à l'infini, ce que nous faisions aussi sur nos cahiers d'écolier ou dans le secret de nos cervelles. Mais ce qu'il faut pour créer de façon plus vigoureuse, c'est s'alimenter. «Plus on lit, moins on imite.» Donc, a contrario, moins on lit...

Marie-Aude s'est inscrite sur Facebook. Je vais pouvoir pratiquer.

Samedi 31 janvier
Je me suis déconnectée de Facebook. Chronophage, exhibitionniste, voyeur, intrusif ou, dans le meilleur des cas, fade et anodin. Pour se déconnecter, il faut presque se justifier, soi-disant pour le questionnaire de qualité.

Je commence à éprouver ce sentiment d'urgence à dire, qui est chez moi le prélude au désir d'écrire.

Lundi 2 février
Peu de temps pour réfléchir à mon futur roman. J'ai dû retravailler *Malo de Lange* sur le conseil de mon éditrice, Geneviève B.: quinze pages en moins, et tout le vocabulaire simplifié, l'intrigue aussi... J'avais visé trop haut pour les 9-12 ans. Et ça manquait un peu d'allant. Pas mécontente de moi. J'espère que ça ira.

Mardi 3 février
Pierre m'a acheté un ordinateur portable que je vais

réserver à la connexion Internet. Il faut que je fasse ma mutation technologique. Comme m'avait dit ce petit garçon du CP : « Écrire, ça nous fait tellement travailler qu'on ne se rend pas compte qu'on se fait soi-même dans l'histoire. Le livre nous donne une autre vie. » Je n'ai jamais rien pu dire de mieux. L'écriture me travaille, et sans aller jusqu'à prétendre que chaque livre que j'ai écrit m'a donné une autre vie, les meilleurs de mes romans m'ont donné une autre chance. Je vois bien ce que ce futur roman peut m'apporter, une meilleure maîtrise de l'outil informatique et une meilleure compréhension de cette nouvelle génération de jeunes.

Jeudi 5 février

Naturellement, mon petit ordinateur NE MARCHE PAS. Il va falloir le reporter…

Je suis allée à l'École des loisirs, ce matin. Empilement de livres dans ma tête : on me parle des bonnes ventes de *Miss Charity* le jour où je viens faire mon service de presse pour *Papa et maman sont dans un bateau* et où je rends la deuxième mouture de *Malo de Lange, fils de voleur,* alors que je cherche mes idées pour un hypothétique *Chroniques d'Internet*. C'est perturbant comme le soupçon que j'écrirais trop…

« Tu ne peux pas t'empêcher d'écrire ! » m'a rassurée Véronique H. en emportant mon nouveau manuscrit.

Au retour, j'ai regardé *Broken Flowers* dans le train. Thématique très classique, pour ne pas dire rebattue, du monsieur qui apprend qu'autrefois il a engrossé une jeune fille qui a voulu garder l'enfant sans le lui dire (même chose dans *Lorsque l'enfant paraît* d'André Roussin). Donc, le héros apprend qu'il est père d'un garçon de vingt ans et désire s'en assurer. Du coup, je repense à ma photo de classe sur trombi.com et aux possibilités de catastrophes qu'elle peut entraîner pour le veuf. Ses filles mettent cette photo sur un site de recherche, type perdu-de-vue.com, et ce peut être soit la mère de l'enfant soit l'enfant lui-même qui se manifeste, en retrouvant ainsi la trace du géniteur.

Je m'aperçois, quand je vois ressurgir des gens du passé qui me retrouvent sur le Net (un homme vaguement croisé dans ma trentième année, ou des copines du CM2, du lycée Sophie-Germain, etc.), que je n'ai pas grande envie de leur parler (d'autant que je n'ai rien à leur dire), qu'ils me renvoient à un moi que je ne suis plus, à un moment du passé dont je n'ai pas forcément envie de me souvenir. Bref, c'est une perturbation, et ça devient une corvée quand on se fait un devoir de répondre poliment. Je voudrais montrer que ce peut être aussi la source de désagréments considérables.

Samedi 7 février
Lu dans *Passion simple* : « C'est par erreur qu'on assimile celui qui écrit sur sa vie à un exhibitionniste, puisque ce dernier n'a qu'un désir, se montrer et être vu dans le même instant. » Pour Annie Ernaux, c'est le décalage entre le moment de l'écriture et celui de la publication qui disculpe l'écrivain autobiographique du reproche qu'on lui fait parfois de s'exhiber. L'écriture sur Internet est bien ce qu'elle dit : se montrer et être vu en même

temps. Et c'est sans doute pour cela que je renonce à placer ce journal sur le Net au fur et à mesure de sa rédaction.

Lundi 9 février

Dans le demi-sommeil du matin, j'ai imaginé la couverture de mon futur roman, une photo de classe, mais stylisée, et deux ou trois cercles rouges encerclant des têtes avec des mentions telles que : moi, Anne, Cédric... La quatrième de couverture dirait que cette photo a été placée sur perdu-de-vue.com. Avec la question finale du style : et si les conséquences étaient graves, très graves ?

Je lis *Comprendre la génération Internet. Décryptage (facile) pour ceux qui sont nés AVANT !* d'Anne-Caroline Paucot.

Descriptif du collégien basique : il ne lit pas les notices, a développé une agilité extraordinaire sur clavier, il échange des SMS en classe, utilise la technique du bipage pour ne pas user son forfait (on phone et on raccroche pour laisser à l'autre le loisir de rappeler à ses frais. Ou pas, comme dirait mon fils Charles.)

« Pourquoi le téléphone les empêche de dormir ? » s'interroge le livre. Parce qu'ils s'envoient des SMS la nuit, et ça, j'ai pu le vérifier avec Constance qu'un copain insomniaque réveillait en pleine nuit.

L'homme est-il en train de muter ? On appelle les ados japonais la « génération pouce ». Le téléphone portable et les jeux vidéo sollicitent de plus en plus le pouce qui tend à remplacer l'index. Les ados japonais montrent la direction à suivre ou sonnent aux portes avec le pouce. Conséquence de l'utilisation forcenée du clavier, et notamment des très petits claviers, foulure des doigts par syndrome RSI : *repetitive strain injury*.

Les textos sont une grande source de malentendus. Un test a prouvé que, dans 56 % des cas, les destinataires de SMS l'ont interprété de travers ! L'humour et le double sens passent particulièrement mal. Par ailleurs, privé des autres formes de communication non verbales (mimiques, regard, gestuelle, silence, rires) et en dépit des multiples « lol » et autres ☺, le message est interprété de façon égocentrique, c'est-à-dire en fonction de mon point de vue, sans le moindre décentrement, sans empathie.

La langue texto produit des textes comme : **G pe alé o 6né 2min**. Ce qui rend fou celui qui n'est pas habitué ou, du moins, l'oblige à syllaber pour retrouver le sens du message. Quant à savoir si cela fait perdre l'orthographe... vaste question. Pour le sociologue Pascal Lardellier, « le mal est plus profond, en trouvant ses origines dans la désaffection pour la lecture, autant que dans la capitulation des institutions de transmission. »

Quelques exemples de langage SMS :

J'ai acheté : ght
j'ai la haine : glan
rien de neuf : ri l 29
tu es hideux : téi2
Je t'aime : G TMMMM

Les « mythos » sont des jeux de travestissement sur le Net, on peut par exemple changer de sexe. Je sais que j'avais pensé un moment écrire une histoire pour *Je bouquine* sur cette thématique qui me faisait penser à *Mademoiselle de Maupin* de Théophile Gautier, la fille qui s'habille en chevalier pour savoir comment les hommes se comportent quand les femmes ne sont plus là. Je voulais l'appeler *Âge, Sexe, Ville*. Encore une histoire passée à la trappe…

Mardi 10 février

Sale nuit venteuse, pas dormi. Dans la somnolence du matin, j'ai commencé à penser à mes personnages. Je cherche à les nommer. Et j'ai fait défiler. Pour le père : Jérémie, Nathanaël, c'étaient des prénoms que j'aimais autrefois, que je trouve un peu mous maintenant. Pour les filles, j'ai d'abord imaginé des prénoms grecs, à cause de mon premier projet de roman mythologique. Pourquoi pas Iphigénie, Pénélope, Cassandre ou Nausicaa ? Il y a des possibilités d'abréviation en Fifi ou Cassis. J'avais d'ailleurs pensé pour le père veuf à une profession telle que prof d'histoire en classe préparatoire comme notre ami Patrick C. Puis j'ai pensé : Martin. Et des prénoms bibliques pour les filles : Sarah, Ruth et Rachel. Je travaille beaucoup par association d'idées, ou plutôt ça travaille tout seul. J'ai eu soudain envie d'un héros fils de pasteur, ou pasteur lui-même. C'est à cause d'Agatha Christie qui met des pasteurs et des femmes de pasteur dans des intrigues sanglantes. Mais bien sûr, c'est aussi à cause de Martin… Luther King.

Ruth est un nom impossible à porter en français, c'est justement ce qui est drôle. Je pense que je le collerais à la fille du milieu, ado mal embouchée, légèrement parano, et qui en veut terriblement à son père depuis qu'elle sait le sens de «rut». Je la voyais lui criant : «Non, mais tu sais ce que ça veut dire ?» s'imaginant peut-être qu'il n'est pas au

courant. Et Martin lui donnant la définition du diction-
naire : « Période d'activité sexuelle des mammifères. »

Aucune des filles n'est contente de son prénom, il
finira par leur expliquer qu'il a, chaque fois, espéré des
garçons, et qu'il les a appelées n'importe comment, dans
la déception du moment. L'aînée, Rachel, et la petite,
Sarah, comprennent qu'il s'agit de second degré, de taqui-
neries en somme, elles protestent en rugissant « papaaaaa »,
mais ne le prennent guère au sérieux, tandis que Ruth
s'offense de tout. Martin se comporte de la sorte pour
garder une certaine distance entre lui et sa troupe de
femelles, sans se rendre compte qu'il y a aussi un jeu de
séduction dans cette façon de les « allumer ». Je vais sûrement beaucoup jouer sur la relation père-fille et toutes les
façons de la décliner. C'est un territoire que j'ai un peu
exploré avec Jean Baudoin et sa fille, puis Marc Doinel et
Charline. Mais là, il n'y aurait pas de mère, ce serait en
quelque sorte sans filet. Les filles de Martin sont à des
stades divers de l'Œdipe, quelque chose comme 6, 13, et
16 ans. Bien sûr, Ruth se mettrait en grand danger, et son
père pourrait alors lui dire qu'il l'aime en mots sans
détour, je t'aime, je t'aime, que d'elle-même elle fera taire
en lui mettant la main sur la bouche. J'avais déjà les
images en tête, les mots échangés, je les sens presque là,
mes personnages. Je pourrais presque me mettre à écrire.
Mais c'est trop tôt. D'ailleurs, ils n'ont pas de nom de
famille.

Martin est très discret sur son passé, ce qui le rend
mystérieux pour sa fille Ruth, presque inquiétant, car elle
a tendance à se faire des films. En commentant la photo
de classe retrouvée, Martin laissera échapper quelques

informations, comme par exemple que tous les garçons étaient amoureux de cette fille-là, une blonde au look sage. Or, lui n'a pas été amoureux de cette blonde qui a été assassinée. Mais d'une autre, celle qu'il a mise enceinte (sans le savoir). Mais Ruth en déduira que son père aimait la victime. De même, il dira à ses filles, en regardant la photo, qu'à l'époque on l'appelait parfois Martin Baratin. Se dépêchant d'ajouter que c'est parce qu'il avait déjà tendance à faire des sermons à tout le monde. Or, Ruth, qui est une maniaque du dico, va vérifier et voit que baratin, c'est aussi un «discours flatteur pour séduire une femme»... Bref, elle en arrive à s'inventer un père très différent du Martin réel, mais le lecteur pourra se demander si elle n'est pas dans le vrai. Ruth va jusqu'à prendre peur de son père, et se jette dans le piège du tueur, en pensant qu'il va la protéger de Martin. Il y a eu un ou deux instants dans ma vie d'ado où j'ai eu peur de mon père, peur qu'il ne se comporte plus comme un père précisément. Une fois où il était un peu ivre, oui, je me souviens. C'est là-dessus qu'il faudrait que je travaille avec Ruth, ces choses inavouées, inavouables, inexistantes, fantasmées. Les sentiments incestueux qui ne disent jamais leur nom.

Mercredi 11 février

J'ai cherché un nom de famille pendant une heure, enfoncée dans mon lit. Ça ne vient pas. Je retrouvais les noms de mes personnages d'autrefois, quand j'étais ado. Boisrobert, d'Écourlieu. Je me disais en trois syllabes et finissant par -in, pour une sorte d'écho avec Martin. Martin

Chambertin. Je songeais à ces noms à la Dickens, Nicolas Nickleby par exemple. J'ai cherché avec «cœur». Ricœur. Rocœur, impossible! De temps en temps, je m'assoupissais. Et puis ça repartait. Un nom avec particule. De… de quoi? Martin de Chambertin. Non. Bon, tant pis, on laisse reposer. Martin Chambertin, c'est pas si mal, après tout. Ne pas trop le répéter. Après, je vais avoir du mal à m'en débarrasser. Puis des prénoms anglais se sont mis à faire des parasites, Neville et Lloyd. Je sais que je les utiliserai un jour, mais en principe je les réserve pour une histoire dans les milieux spirites du Second Empire!

Rapporté de la médiathèque *Les Protestants*, recueil de citations pour mieux comprendre l'essence du protestantisme. D'après Luther, l'homme ne peut pas faire son Salut par ses œuvres: «Nous sommes sauvés par la grâce.» Calvin ajoute: «Agir pour le mieux, non pour sa propre gloire, mais pour celle de Dieu.» Si Martin est pasteur ou fils de pasteur, je dois connaître la religion protestante.

Jeudi 12 février
Je suis désorientée. Vu *Agnes Browne* d'Angelica Huston, c'est exactement en film ce que j'aime faire en roman, une histoire chaude, avec des personnages qu'on aime, et si possible un méchant, et puis des scènes où l'on rit, et sitôt qu'on a ri, on pleure, et tout finit en l'honneur du genre humain. Je ne sais plus si j'ai envie de faire un thriller, un roman de société un peu acerbe, ou une histoire chaude comme celle-là, avec une famille nombreuse, *six kids and a widow*. Il faudra que je choisisse, parce qu'un

seul livre ne peut tout contenir. Je suis à ce moment de ma recherche où trop de choses me tentent, et je finis par être paralysée. Je pense alors à l'âne de Buridan qui ne savait s'il avait plus faim que soif, plus soif que faim, et ne sachant par quoi commencer, mourut de faim et de soif… C'est cette peur de sécher sur pied qui souvent me fait me lancer dans l'écriture prématurément. Ce que j'appelle mon tour de chauffe, un premier chapitre ou seulement quelques pages qui ne me mènent nulle part.

Pour me calmer, je vais lire *Être protestant en France aujourd'hui*, de Jeanne-Hélène Kaltenbach (Hachette). *Agnes Browne* m'a mise hors de moi, et aussi le désir depuis hier de faire quelque chose de bien, de travailler mieux, d'aller plus loin. Mes vieux tourments quand j'ai rendu un roman, un de plus, et je sais que ce n'est pas encore ça, pas tout à fait ça, qu'il faut s'y remettre au plus vite. Je ne suis pas loin de me dire à quoi bon écrire, il y a tant de livres, tant d'auteurs. «L'art est long, et le temps est court.» Combien de temps me reste-t-il? Laisserai-je une trace? Vais-je m'imposer comme le meilleur auteur jeunesse français, vais-je être davantage traduite en anglais, ce qui me permettrait de passer définitivement nos frontières. L'ambition me taraude, puis vient l'abattement, une certaine rage d'être née dans ce pays qui ne me convient pas tout à fait, même si je suis fière de ma culture, de ma langue. Bref, des sentiments comme une mer troublée, et qui ne me permettent pas de créer. Pas maintenant.

Vendredi 13 février
Les enfants de pasteur suivent 200 manifestations reli-

gieuses par an. Prières des repas, des offices, des scouts, du soir : 1 727 prières par an, avait calculé l'un d'eux. « Avec le secours de l'Écriture et de ta conscience », belle formule protestante.

J'essaie de me mettre dans la peau de Martin. Je lis la Genèse, je pense que cela va me pacifier de lire la Bible, ces temps-ci. C'est un bon moment pour me faire protestante.

Martin a un problème avec l'expression des sentiments. Il les exprime en anglais. Ainsi, il appelle ses filles *Honey*, *Sugar* et *Babe*. Je me demande si je ne vais pas les regrouper en 10-13-15 ans, de façon à ce qu'il soit veuf depuis plus longtemps et que les filles n'aient qu'un vague souvenir de leur maman. Elle est décédée brutalement d'un infarctus et Martin en est resté pétrifié affectivement depuis neuf ans. Il propose à sa fille Ruth de prononcer son nom à l'anglaise.

« Rousse, maugréa-t-elle, en plus, je suis blonde. »

Elle en veut aussi à son père d'être blonde d'autant qu'il ne l'est pas. C'est à se demander s'il est son père. Tout est prétexte à récrimination et soupçons.

Samedi 14 février

Le culte est à 10 h 30 demain dans un petit temple rond et blanc. Les locaux paroissiaux sont rue Parisie. Sur une pancarte, il est question des réunions des « croupes bibliques », et des « amis de l'orgie », un petit plaisantin ayant gratté le « g » pour en faire un « c » et le « u » pour en faire un « i ».

La Bible est un livre ébouriffant. Le fils de Noé qui voit son père ivre à poil est condamné à devenir l'esclave de ses frères, mais les filles de Loth dépoilent leur père et couchent avec lui après l'avoir fait boire pour avoir des enfants, et ça passe comme une lettre à la poste. Il faut dire que, peu avant, Loth refuse de livrer ses invités, genre anges de Yahvé, aux habitants de Sodome qui veulent les violer, et leur propose à la place ses filles qui sont vierges, dit-il pour les tenter. Abraham, pas regardant non plus, fait passer sa femme pour sa sœur parce qu'il a peur que Pharaon le trucide pour la lui piquer ; du coup, Sarah doit coucher avec Pharaon, mais pas grave, elle sera quand même enceinte de son mari à plus de 70 ans, alors qu'elle « n'a plus ce qu'ont les femmes », à savoir les règles, et elle fout à la porte sa servante que son mari avait engrossée sur sa recommandation lorsqu'elle était stérile. Et les petits protestants lisaient tout cela, ils en étaient même imprégnés à tel point que, disait l'un, il connaissait mieux Abel et Caïn que les enfants de ses voisins...

Dimanche 15 février

Nous sommes accueillis, Pierre et moi, à l'entrée du temple par la personne qui va célébrer le culte, le pasteur étant à Bourges. Nous nous présentons en tant que catholiques et, plus précisément pour ma part, écrivain agnostique, et on nous remet le psautier de la Réforme Alléluia. C'est la branche calviniste, mais il semble qu'il y ait peu de différences avec les luthériens. La prière d'introduction évoque les foules du Gange, le silence des mosquées, les Juifs, etc. On est d'emblée dans la louange universelle.

Des bancs, un orgue, une croix de bois, une assiette creuse avec du pain, deux coupes avec du vin. Un temple rond et clair où on se sent bien. L'assistance a entre 45 et 70 ans. La célébration très bon enfant alterne les psaumes chantés et les textes de la liturgie du jour (Lévitique, Corinthiens et Marc). La lectrice prévient avec un fin sourire que ce sera un petit cours de médecine sur la lèpre. Le célébrant en costume de velours noir et pull gris lit son prêche très perso, plus pédago que moral ou édifiant, avec des petits clins d'œil à la culture moderne, *Tintin* et *Star Wars*. De la lèpre, on passe à une réflexion sur le mal et la responsabilité de Dieu ou de l'homme. Puis sur la crise et la lèpre planétaire. On conclut sur les valeurs de : gratitude, solidarité, responsabilité, sincérité et sobriété, qui me semblent bien résumer l'éthique protestante.

Pour la quête, deux personnes passent avec une sorte d'épuisette. La trésorière (précédemment lectrice) en jean et caban vient rassurer sur l'état des finances de la collectivité. La communion se fait en cercle autour de la Cène et sous les deux espèces. Il me semble que les abstinents, comme le sera Martin, refusent le vin.

Tout est d'une grande simplicité, on chante timidement, on se salue plus chaleureusement, cela me fait un peu penser à la communauté étudiante où nous inventions nos célébrations et communions avec la baguette du coin.

Le pasteur d'Orléans est un Clermont-Tonnerre, pasteur, fils de pasteur, père de cinq filles. On se rapproche de mon personnage. Je reviendrai… C'est un désir professionnel et personnel à la fois. Je me suis toujours sentie proche du protestantisme par intuition. Il n'y a pas de hiérarchie, pas de passé pesant, une ouverture sur le monde tel qu'il est, une acceptation de toutes les religions comme autant de déclinaisons de la louange à Dieu, du dépouillement, de la sévérité, de l'intériorité, avec ce léger sourire de la lectrice.

Je crois que la petite dernière de Martin s'appellera Bethsabée. Je cherche un troisième prénom : Ruth, Bethsabée et...

Mardi 17 février

Je me suis réveillée avec une image assez atroce dans la tête. Un homme d'un certain âge en train de brûler dans une sorte de grand four vitré. Il est habillé d'un costume gris, il est ensanglanté, le feu commence à faire apparaître le crâne sous le visage. Or, je sais qu'il est en train de cuire pour être mangé, que je vais le manger, et mon interrogation ne porte pas sur le tabou du cannibalisme, mais sur le fait que je vais peut-être m'empoisonner, vu que je ne sais pas de quelle maladie il est mort... En me rendant chez ma psy, je me suis demandé d'où me venait un rêve aussi gore. J'ai d'abord pensé à ces conversations récentes avec mon père qui souhaite être incinéré. Il voudrait que ses cendres soient dispersées près de la fontaine de Sainte-Alpais, sainte guérisseuse de son enfance, non loin du village de La Ferté-Loupière. Je me suis interrogée sur le risque de pollution d'une source par des cendres humaines et j'ai revu, tout en parlant avec mon père, une des dernières images du film *Le Premier Jour du reste de ta vie*, où la mère libère les cendres de son mari face à l'océan. J'ai pensé que ce serait à moi de faire un geste équivalent.

En parlant de mon rêve avec ma psy, j'ai aussi repensé à mes lectures récentes sur les différences entre le catholicisme et le protestantisme. Les protestants ne croient pas à la présence réelle du corps du Christ au moment de l'eucharistie. Il s'agit pour eux de faire souvenance, mais pas de s'incorporer le Christ, ce que les premiers détracteurs du christianisme interprétaient comme un aveu d'anthropophagie. Le prédicateur qui nous a accueillis dimanche a d'ailleurs tout de suite dit en souriant qu'il allait célébrer l'eucharistie, mais que lui ne faisait pas de miracle, sous-entendu il n'y aurait pas de transsubstantiation. J'ai participé à la communion sous les deux espèces, alors que cela fait des plombes que je n'ai plus communié à l'église, mais je me suis posé la question de la contamination en buvant le vin dans la même coupe que tout le monde… Je crois que je ressentais une certaine répulsion.

Tout se mêle, mes lectures, mes démarches et ma vie, et tout vient se rejoindre dans le bureau de ma psy où j'essaie souvent de faire la synthèse. Je lui ai décrit la lectrice en pataugas et le prédicateur au pull gris en col V, cherchant à tirer de textes obsolètes un enseignement pour le monde d'aujourd'hui, et trouvant, de son propre aveu, une certaine délectation à ramener ces textes vers nous, comme on ramerait à contre-courant. « En tension » est, paraît-il, une expression très appréciée des protestants. L'équivalent de « mission impossible ». Je sentais, en parlant d'eux à ma psy, que ces personnes entrevues dimanche commençaient à m'amuser, donc à devenir des personnages. Je ne suis pas allée par hasard vers Martin, mon héros protestant, cela me permet de relire la Bible. De même que lorsque ma mère était malade j'ai relu les Évangiles pour écrire *Jésus comme un roman*. Je vois mon père décliner, je lis la Bible, ce n'est pas un hasard. J'aurais préféré ne pas m'en apercevoir, mais le fait de tenir ce journal rend certaines démarches conscientes.

Je suis allée hier soir à une première réunion d'un *think tank* (est-ce que ça s'écrit comme ça? À la vérité, je ne sais même pas ce que c'est). C'est notre ami Patrick C., le prof de classe prépa, qui nous a invités, Pierre et moi. Il avait fait appel à un membre du PS pour «développer» le projet avec des croquis et des arborescences sur ordi pivotant. Je dormais les yeux ouverts au bout de deux minutes. Cela signifie peut-être quelque chose pour les messieurs présents, me disais-je, plus ou moins résignée à me sentir exclue. Par acquit de conscience, j'ai fini par demander à Patrick si «c'était bien ce qu'il voulait». En fait, lui et quelques-uns de ses amis souhaitent (re)conquérir Orléans pour la gauche, mais pas en servant de petites mains au PS, genre distribution de tracts sur les marchés. Ils veulent proposer des «dossiers» sur des «thèmes», avoir un «projet» pour Orléans. Quand Gilles, le développeur, a évoqué la nécessité d'écrire «le récit d'Orléans», il se référait sans doute à Obama dont le récit de vie, scénarisé comme un téléfilm à Hollywood, a su incarner le destin américain. J'ai avoué au moment des présentations que je venais pour regarder, pour chercher, moi, un récit pour la jeunesse, rendre un peu sexy la politique. D'habitude, quand je dis aux gens que je suis écrivain pour la jeunesse et que j'envisage d'écrire sur un sujet qui les concerne, ils se mettent tout de suite à ma disposition avec gentillesse et enthousiasme, que ce soit une maîtresse de maternelle, un médecin ivégiste, une coiffeuse ou un écolier de CE2. Je n'ai absolument pas senti cette disponibilité de la part des deux membres masculins du PS. En revanche, quand Pierre s'est présenté comme étant de l'INSEE, le développeur a murmuré : « Très bien. » Très bien, ça veut dire utile. Or, moi, je travaille pour des gens inutiles et qui ne votent pas, mais dont j'aimerais bien qu'ils perçoivent la politique autrement que sous l'angle politicien, à travers des valeurs, comme la solidarité, la responsabilité, la sobriété (dans la consommation), la sincérité, bref, les valeurs du prédicateur protestant.

Mercredi 18 février

Je lis *Le Protestantisme* de Claudette Marquet : « Le chrétien est un libre seigneur de toutes choses et n'est soumis à personne ; le chrétien est en toutes choses un serviteur et il est soumis à tout le monde. » Quand on lit cette phrase de Luther, on se dit que le protestant « en tension » est peut-être carrément en perpétuelle contradiction.

Semper reformanda : devant toujours se réformer. J'aime bien cette idée que rien n'est acquis, que tout doit régulièrement être passé au crible du libre examen. Les vérités d'hier peuvent devenir les erreurs de demain, ce qui n'est pas une raison pour jeter le bébé avec l'eau du bain. Le protestant est éternellement réformable. *So am I.*

Mon père (84 ans depuis le 16 février) répète de plus en plus les mêmes phrases, mais avec l'air, à deux minutes d'intervalle, de leur trouver la même fraîcheur. Comme, paraît-il, le poisson rouge qui n'a qu'une capacité de mémorisation de quelques secondes : charmant endroit, dit-il à chaque nouveau tour de bocal.

Jeudi 20 février
Ce matin, en regardant le tableau d'une vue de la Rochelle peint par le fiancé de la tante Andrée, récemment décédée, fiancé qu'elle n'a jamais épousé pour des raisons restées mystérieuses mais qui font peut-être qu'elle est restée célibataire à tout jamais, je pensais à une jeune fille qui chercherait à lever tous les secrets de famille, petits ou grands, grâce à Internet. Titre : *Des squelettes plein mon placard*.

Vendredi 21 février
Je me rends compte que je tourne en rond sans trouver l'impulsion qui me mettrait en route. Par ailleurs, mon petit ordinateur MARCHE, mais c'est moi qui bugue devant lui. Je ne sais pas comment entrer dans Internet, comment percer cet univers, par quelle(s) voie(s). Quand je veux me renseigner sur le protestantisme, ce n'est pas compliqué, il y a des livres, la Bible, le culte dominical et, si je veux, le pasteur d'Orléans. Mais Internet ? J'ai lu des choses. Et après ?

Samedi 22 février
Expressions de Constance : « ça part en live », « ça gère », « kiffant », « ressortir les vieux dossiers ».

Ruth accumule les embrouilles autour de son père.

Le père, très stone: «Tu as un peu tendance à me compliquer l'existence, Ruth.»

Les filles vont essayer de caser leur père, mais en envisageant des femmes de son âge, respectables, limite mémère. Or, c'est une jeune voisine très in qui va flasher sur lui. Je crois que l'histoire du psychopathe est en trop. On est dans un univers de comédie plus que de thriller. (Je viens de me relire, j'écris en franglais quand je me lâche!)

Je m'aventure sur les blogs via mon petit ordinateur portable. J'ai noté de grandes nouvelles telles que: **Sayé high school musical est sur Nos grand écran.** Voilà le style des profils, c'est-à-dire la présentation par lui-même du blogueur: **trop denculer veulen me faire tomber mais moi je me relève...** Plus classe: **Je ne suis pas en quête de commentaires, mais si vous en avez envie, j'en ai plus de 1 500 dans mon ancien blog. Mais je me suis déjà fait avoir et certaines personnes n'existent plus pour moi. Pour les dragueurs, je ne suis pas intéressée.** Et encore: **Si tu m'aimes, tant mieux. Si tu m'aimes pas, tant pis. Si les gens te critiquent, c'est qu'ils sont jaloux de toi. Tu me trouves ridicule, le ridicule ne tue pas, l'erreur, si. Tu me trouves jalouse, sois-en flattée. Tu me trouves moche, ne jalouse pas ce que tu n'as pas. Tu me trouves inutile, ferme ce blog et retourne à ta médiocrité.** Donc, pour se résumer, un zeste de parano, normal quand on s'expose, et un refrain à la Juliette Gréco: «Je suis comme je suis, je suis faite comme ça.» Par exemple chez une néogothique: **J'ai des défauts et des qualités comme tout le monde et ceux que ça dérange, je les emmerde bien** profond. Je connais mes valeurs, je suis unique comme tout le monde. En fait, l'individu se présente comme une donnée brute de fonderie, il est «comme ça», on a l'impression qu'il n'y peut rien, et si quelqu'un n'est pas content, qu'il aille se faire voir. Ceci est un blog d'enseignements. Tu peux toujours me recopier, tu ne pourras jamais m'égaler. Laissez vos coms, coms rendus. On dit à l'autre de fermer sa gueule, mais quand même de laisser un commentaire, à condition qu'il soit louangeur. D'autant plus qu'on viendra sur son blog lui rendre la monnaie de sa pièce.

Comment faire pour que Martin tombe sur ces blogs? Il n'y a qu'un seul ordinateur pour toute la famille au grand dam des trois filles. Donc, Martin peut, sans l'avoir voulu, tomber sur des blogs de copines de Ruth particulièrement affligeants. «Mon Dieu!» murmure-t-il en appelant à l'aide le Dieu d'Abraham et de Moïse. Puis il survole le blog de sa fille et s'aperçoit que, l'orthographe mise à part, c'est un peu moins pathétique, même si plus noir. «Bon», murmure-t-il, soulagé.

Dimanche 23 février

Je suis allée voir le site copainsdavant. Nombreux témoignages, notamment d'anciens amoureux qui se retrouvent dix, vingt ans plus tard. Le scénario est presque hollywoodien, puisque cela se termine régulièrement par un mariage... Si Ruth tape sur la fiche de renseignements le nom de son père, puis le nom de l'établissement fréquenté, mettons Guez-de-Balzac à Cognac, avec les dates d'entrée et de sortie, elle tombe sur des noms, des dates, des photos. Il peut y avoir jusqu'à 2500 inscrits pour un seul bahut. J'ai regardé pour mon lycée Sophie-Germain et, via le compte de Pierre qui est inscrit, j'ai pu retrouver Patricia C., mariée, cinq enfants, enseignante, bientôt à la retraite. J'ai laissé un message quoique cela ne corresponde pas vraiment à mes intentions initiales qui étaient plutôt de me documenter sans participer. Mais c'est presque impossible si je veux me mettre dans la peau de Ruth.

Sur la photo de classe des terminales C, il y aura trois filles, celle que Martin épousera, donc la mère de Ruth, appelons-la Alice, celle que Martin engrossera (sans le savoir), appelons-la Hélène, celle que Martin assassinera, appelons-la Géraldine. Dans les deux derniers cas, il s'agit des suppositions que le lecteur fera et non de la réalité.

Mardi 25 février

Sur Facebook, on vous invite à rejoindre un groupe qui peut ensuite dialoguer, prévoir des événements, échanger des infos. Nombre de ces groupes totalement absurdes restent sans implication. Cela se présente comme suit :

Vous avez été invité(e) par X. Voulez-vous rejoindre ce groupe ?

Exemples de groupe :

j'ai 100 contacts facebook mais je mange tout seul à la cantine

je suis un psychopathe mais sur Facebook je suis un ami très gentil

je tiens bien l'alcool, c'est la CIA qui efface les souvenirs de mes soirées

pour la promotion et la démocratisation du mot «nonobs-
tant»

je m'inscris à plein de groupes mais j'y vais jamais

si ce groupe fait 50 000 membres, je vends ma mère sur
e-bay

je retourne régulièrement mon oreiller pour avoir le côté
froid

pour le retour de Lionel Jospin dans la chanson

de ceux qui n'ont jamais remarqué que Mario a les mêmes
gants que Mickey

qui pensent que Françoise de Panafieu a un caniche albi-
nos mort sur la tête

Deux choses à approfondir: les «freezes», invitations
qu'on lance à son groupe d'amis en espérant qu'ils relaie-
ront l'invitation à d'autres groupes d'amis. Le principe
semble en être essentiellement de se retrouver à plusieurs
centaines et de s'arrêter brusquement de bouger pendant
X minutes à tel endroit de la ville. On est «gelés». Il y a
eu un freeze à Tours rue Nationale le 10 janvier 2009 à
15 h 15 devant la mairie. C'est curieux qu'il n'y ait aucune
motivation, pas de sens protestataire ou militant, c'est juste
un genre de blague potache, peut-être le besoin pour l'organisateur de se sentir puissant ou pour le participant de
se dire qu'il n'est pas le seul con sur terre.

Par ailleurs, il y a les «applications» qui sont des tests
ou des jeux qu'on propose sur Facebook, surtout pour
savoir qui on est (quel genre de malade mental, par exemple, ou quel nain de Blanche-Neige), ou pour savoir ce que
les autres pensent de vous (physiquement et moralement).

J'ai vu sur Youtube un reportage sur la planète Facebook, qui est passé dans *Envoyé spécial*, avec une certaine

dramatisation du style : les ados peuvent trouver de la drogue sur Facebook (à la sortie du bahut aussi, a-t-on envie de leur signaler). Il y a malgré tout des risques bien réels : l'utilisation de votre image à votre insu, notamment dans des photos de groupe qui circulent, les embrouilles quand des choses personnelles sont confiées à des « amis » qui peuvent le répéter ou quand, sans le savoir, vous avez un « ami » commun avec votre ex qui peut vous suivre dans vos activités jour après jour, les traces que vous laissez à tel moment de votre vie et qui ne peuvent plus s'effacer (gênant de se voir bourré sur une photo à vingt ans d'écart), la possibilité que la police fouille dans tel ou tel fichier ou la revente d'infos à des fins de harcèlement publicitaire puisque Facebook stocke tout. Ma question, c'est : qui gagne de l'argent avec tout ça et comment ? La société Facebook emploie des dizaines de personnes dans de luxueux locaux de la Silicon Valley et son jeune boss de vingt-quatre ans est milliardaire. Or, l'inscription sur Facebook est de zéro euro...

Je me demande si je n'adopterai pas totalement le point de vue de Ruth, donc un roman au « je », ce qui me permettrait de mieux coller à cette nouvelle génération d'internautes à l'humour très second degré, qui a pourtant les mêmes éternels problèmes de l'adolescence : qui suis-je, qui va m'aimer, comment me voit-on, quand est-ce que je deviens riche, beau et célèbre ?

J'ai fait quelques essais de phrases au « je » pour Ruth sous la douche. Pas convaincant. Je pourrais aussi alterner le point de vue de Ruth sur son blog et la réalité décrite du point de vue du romancier omniscient, comme on dit en classe de français... Mais je me méfie un peu des constructions narratives sophistiquées, elles cachent souvent un défaut de construction, une absence de choix ou un certain snobisme, ça fait intelligent... Dickens dans *Bleak House* a alterné la narration à la troisième personne et le récit autobiographique d'Esther. Tiens, c'est pas mal comme nom, Esther. Ruth, Esther et Bethsabée. Et il y a le «th» commun aux trois prénoms, ce qui se prononce : té hache. Et Géraldine aurait été assassinée à coups de hache. Très bien pour les déductions délirantes de Ruth.

Je viens de me rendre compte que Ruth est le prénom de la sœur de Tom Pinch dans le roman de Dickens, *Martin Chuzzlewit*. Ruth et Martin. C'est dans ces associations quasi inconscientes que naissent souvent les prénoms de mes personnages.

Je viens de regarder plusieurs vidéos de freeze sur mon petit ordi (ouais, il marche !!!) Cela se passe dans une gare ou sur une esplanade. Un organisateur avec un mégaphone donne le top départ. On peut tous freezer en même temps ou faire comme une vague, tu freezes dès que ton voisin freeze. On a un petit frisson en regardant, cela crée un effet *Belle au bois dormant*. Les gens donnent de vagues motivations à leur démarche, un peu de chaleur humaine, de magie, un arrêt du temps dans un lieu de passage, et même une économie d'énergie pour la planète ! Quand c'est fini, on s'applaudit ou tout simplement on repart comme si de rien n'était. Certaines poses semblent difficiles à tenir, un sourire, un baiser, une main en l'air. Il y en qui font semblant d'être surpris en train de lacer une chaussure, de boire à la bouteille, de se moucher... On pense à un conte de fées, mais aussi à une catastrophe nucléaire ou à une explosion volcanique. Pompéi, c'était un freeze brûlant.

Je suis contente, je me lâche sur Internet, Constance m'escorte par moments, me donne des pistes du style : «Tu veux des blogs de gothiques qui font des poèmes sur le suicide ?» Son humour est tantôt distancié tantôt féroce, elle pourrait devenir une observatrice très douée de ses contemporains.

Samedi 29 février
Martin est un vrai protestant, il a des comportements qui en font un contestataire de cette société sans même qu'il le veuille. Ainsi, il refuse de consommer le dimanche car c'est le jour du Seigneur. Ou bien quand la petite Bethsabée veut lui faire acheter la dernière connerie à la mode, des PetShops par exemple, il lui demande si ça lui plaît vraiment, et la petite de répondre innocemment :
— J'adore !
— C'est impossible, tu ne peux adorer que Dieu seul.
— Et ?
— Et si tu adores les PetShops, un jour tu te prosterneras devant le veau d'or.
— Mais je peux les avoir ou pas ?
— Je ne veux pas d'un veau d'or dans mon salon.»

Je lis beaucoup de choses sur la «crise» dont on nous rebat les oreilles (*La Crise, et après ?* de Jacques Attali qui écrit plus vite que moi, mais qui doit moins se relire), et je bouillonne de colère. Je suis attachée à l'esprit d'entreprise qui est pour moi le proche cousin de l'esprit créatif, j'ai célébré sans vergogne cet esprit d'entreprise avec la réussite de Louis, le jeune coiffeur de *Maïté coiffure*, ou avec Marc Doinel lançant la mode de la yourte mongole dans *Papa et maman sont dans un bateau*. Ce que je hais, c'est l'esprit de lucre. La crise actuelle a été provoquée par l'égoïsme, l'avidité, l'irresponsabilité et l'incompétence d'une poignée de profiteurs qui asservissent les entrepreneurs véritables, les créatifs, les travailleurs, à leurs seuls désirs sans frein. Je suis excédée d'entendre chaque jour les béni-oui-oui de la radio répéter les paroles des politiques qui parlent de protéger les plus fragiles, les plus précaires, en versant des allocations de ceci, des primes exceptionnelles de cela, tout en laissant comprendre qu'il s'agit d'assistanat, alors qu'on refuse tout simplement de payer le travail à son juste prix. La colère que je ressens a quelque chose du chaos d'avant la Création. Je ne peux pas me mettre en ordre de marche pour écrire. Je n'arrive plus à voir mes priorités, ce qu'il est urgent de transmettre ou ce que j'ai envie de raconter.

Dimanche 1ᵉʳ mars

Je suis allée voir sur mon petit ordi (faudrait que je lui trouve un nom) ce qu'on appelle les «applications» ou «applis» sur Facebook. Ce sont des tests ou des questionnaires, par exemple :

— **Le test du cochon. Dessinez un cochon pour en savoir plus sur votre personnalité.**

— Devenez suceurs de sang ! Mordez vos amis et progressez dans le classement des vampires.

— Quelle princesse Disney es-tu ?

Je tombe sur des sites très ésotériques avec des échanges de ce type : J'ai lu la nouvelle sur TechCrunch : Facebook ouvre son mini-feed, mais tout ce qui va se passer, c'est que maintenant les applications pourront injecter du flux dans les mini-feeds. Ça sent la fonction développée pour bouffer Friendfeed. Pour que ce genre de choses destinées aux initiés puisse devenir comique, il faut que cela tombe sous les yeux d'un néophyte, d'un innocent même. Martin ne remplirait qu'imparfaitement ce rôle, je pense qu'une petite sœur, voulant s'initier aux affaires de sa grande sœur, pourrait être plus cocasse. Je sens que je me recentre sur Ruth et Bethsabée. La troisième sœur est peut-être de trop.

C'est curieux que, tout de suite après avoir terminé *Malo de Lange*, j'aie voulu me remettre à l'écriture d'un roman et que je n'aie plus cette envie ni même cette pensée en ce moment. Je passe des jours entiers à vivre comme si je n'étais pas écrivain. Je range mes affaires, je fais de la soupe, du sport, je vois mon père et surtout je l'écoute, je regarde des films, beaucoup de films, je sors avec ma fille, je lis la Bible, des ouvrages sur l'économie (*Comment Google mangera le monde* depuis hier), je pourrais être une retraitée et vivre comme ça. Très bien d'ailleurs. Mais avec ce questionnement en sourdine : combien de temps cela va-t-il durer, réécrirai-je un jour, est-ce important pour moi d'écrire ?

Comme Pierre se plaignait d'avoir dû faire son jogging sur un trottoir encombré de merdes de chiens et de mégots de cigarettes, je me suis entendue lui répondre :
« Les chiens fument trop. »

C'est ce côté absurde qu'il me faudrait cultiver pour Martin.

Lundi 2 mars

J'ai fini par comprendre de quoi vit Google, de mots-clefs vendus à des annonceurs et de clics sur des sites commerciaux, bref de publicité, mais qui rapporte de telles sommes que Google peut se permettre de raser gratis tous les jours à la barbe de ses concurrents. Il offre au consommateur d'abord béat, mais finalement vite blasé comme si la chose allait de soi, des jeux, des vidéos, de la musique, des infos, son itinéraire routier, la carte du monde entier, des livres numérisés, toutes les œuvres de l'esprit, tout ce qui peut se virtualiser. La seule chose que Google n'offrira jamais, c'est une baguette de pain, parce que ça ne passe pas dans ses tuyaux. Ce sont donc des pans entiers de l'économie qui vont disparaître et, dans l'effondrement bruyant d'un monde, ce métier silencieux qui est le mien.

Je ne pense pas qu'on cessera d'écrire, de produire de l'écrit, ni de lire – sur écran. Mais le métier d'écrivain, protégé par le droit d'auteur, va disparaître. Il aura eu une courte existence, au XVIIe, au XVIIIe, l'écrivain était soit un riche oisif soit un courtisan. C'est le XIXe qui a vu l'avènement du métier tel que je le connais avec des gens comme Balzac ou Dickens vivant de leur plume, bataillant avec les éditeurs, tâchant de protéger leurs œuvres des pirates (déjà!), instituant le droit d'auteur, le copyright, des gens qui n'avaient pas d'autres sources de revenus que la vente de leurs livres. Je vis les derniers jours de ce métier, je fais partie d'une espèce menacée, et cette pensée me paralyse parfois. Les métiers de l'esprit sont pris dans une tourmente qui ressemble à celle qui détruisit le gagne-pain de milliers de travailleurs manuels au moment de la révolution industrielle. Je n'arrive pas à imaginer le nouveau monde qui en résultera.

Quand je suis, comme en ce moment, incapable de me lancer dans l'écriture d'un roman, je me dis que je pourrais faire un petit Mouche, vingt pages pour les plus jeunes, quelque chose de vite troussé, qui me redonnerait confiance. Mais je m'aperçois vite que la mise en route d'un petit texte est aussi douloureuse et incertaine que celle d'un gros roman. Est-ce parce que je place la barre trop haut? Le plus facile à écrire, c'est le petit roman tranche de vie raconté à hauteur d'enfant. Mais cela m'est «interdit» pour Mouche dans la mesure où j'exploite cette veine du quotidien dans ma série *L'Espionne* chez Bayard. Pour l'École des loisirs, je cherche des récits moins contemporains, plus littéraires, d'où *Patte-Blanche* et le récent *22!* Mais j'ai la sensation d'utiliser un matériau, contes, folklore, imagerie d'Épinal, royaume d'opérette et jeux de langue, qui peu à peu s'épuise, comme un filon qui m'oblige à creuser toujours plus profond. J'ai essayé ce matin de commencer une histoire se passant dans une espèce de Moyen Âge arthurien. J'ai écrit une poignée de phrases. Puis je suis allée relire quelques passages des *Chevaliers de la Table ronde*… Laisse tomber.

J'ai vu la vidéo où Jacques Séguéla prononce cette vérité éternelle : «À 50 ans, si on n'a pas une Rolex, on a quand même raté sa vie.» Phrase qui a fait le tour de la planète web. Le buzz, c'est idéal pour flinguer quelqu'un.

«Tiens, tu en manges ?» s'est étonné Pierre en me voyant prendre de l'avocat.

J'aime ça, mais je suis supposée y être allergique. Constance m'a dit :

«C'est embêtant de ne pas supporter ce qu'on aime.

– Oui, c'est ce qu'on appelle la famille.»

J'ai de plus en plus la sensation que Martin donne la réplique à ma place.

J'ai vu *Nuits blanches à Seattle*, encore une histoire de veuf, Tom Hanks, que son petit garçon cherche à remarier. Je me demande si Ruth n'a pas une copine assez calamiteusement stupide (une gothique ?) avec laquelle elle complotera soit pour retrouver les anciennes amies de son père grâce à la photo de classe, soit pour le caser avec une dame de son âge. Martin peut aussi être harcelé par sa mère, sa sœur, le pasteur de sa paroisse qui veulent tous le remarier. Après quatre ou cinq ans de veuvage, alors qu'il est encore jeune et séduisant, son abstinence paraît dangereuse à son entourage.

Mardi 3 mars

Quelque chose comme ça pour commencer : «Des photos de maman, il y en avait partout, parfois plusieurs dans la même pièce. Celle où elle était le plus rayonnante de bonheur, de jeunesse, de beauté avait été barrée dans le coin droit par un ruban noir. Martin X portait ce ruban en travers du cœur depuis quatre ans. Mais il ne parlait plus d'elle, presque plus. Pour les autres, quatre ans, c'est suffisant. Toute la famille attendait désormais que Martin lui présente la nouvelle madame X, la seconde mère de Ruth et Bethsabée. »

Je dois dessiner clairement la trame principale. Qu'est-ce qui est au centre ? Le remariage de Martin ? Les soupçons de Ruth sur le passé de son père ? L'enjeu de mon histoire est-il : comment trouver une seconde femme pour papa (comédie), papa a-t-il autrefois tué Géraldine ou engrossé Hélène, ou les deux (thriller) ? Ma thématique est-elle : comment Internet bouleverse nos vies pour le meilleur et pour le pire (sociologie), comment un père seul peut-il s'en sortir avec l'Œdipe de ses filles (psychologie) ?

Comme souvent, lorsque je cherche mon histoire, j'ai l'impression d'avoir de quoi nourrir plusieurs romans. Serait-ce par peur de manquer de matériau ? Est-ce que ce sont les personnages qui vont décider pour moi ? Ou mon stylo, poussant les mots devant lui un à un, trouvera-t-il presque inconsciemment mon chemin ? Ce qui est étrange, c'est que mes romans, charriant tant de choses en dessous, aient à la lecture un cours limpide.

Chez ma psy, ce matin, j'ai repensé au démarrage de mon roman. Il y a une sorte d'anomalie. Je parle des photos de maman, alors qu'il s'agit de Martin. Donc, je devrais dire : «Des photos de sa femme, il y en avait partout. » Et j'ai réalisé que des photos de maman, je n'en ai aucune de visible chez moi. Sur mes murs, il y a ma grand-mère, mes enfants, ma belle-fille, mes petites-filles, etc. Mais ma mère, nulle part. Or, je viens de reporter un certain nombre d'albums de photos chez mon père, des albums qui appartenaient à ma mère et qu'il ne voulait plus voir. Non seulement nous les avons feuilletés ensemble, mais il a pleuré sur «la jolie femme» qui avait été la sienne et il a voulu garder une des photos près de lui. En revenant de chez la psy, j'ai cherché dans l'album qui me reste la photo où elle est le plus rayonnante de bonheur, de jeunesse, de beauté, et elle est là, en face de moi, sur mon bureau. J'ai envie de pleurer quand je la regarde, voilà pourquoi elle n'y était pas. Treize ans. Treize ans qu'elle est morte. Je n'en parle plus, presque plus. Elle est partout.

Mercredi 4 mars

Je suis allée sur Skybeurk qui récompense les blogs les plus nuls. Noté :

Kikou t'es mimi, gros bisoux. Oh passage, t'es magnifique. Koi de bow? Beaucoup de lol et de ptdr ou mdr. Du langage SMS même sans nécessité : on s'tapé tt le temps dé d-lir. Ça devient plus complexe que de chercher la bonne orthographe.

Les articles se limitent le plus souvent à des allusions à la dernière teuf, et surtout à : vla moua laissé vos coms kiss kiss et bonne lecture lol. Les coms sont rendus malgré que pour le moment je ne fais pas d'articles. Bref: quantité de photos de moua avec des chapeaux, des mines, la bouche en cul-de-poule (il y a un groupe Facebook contre les filles qui se photographient avec la bouche en cul-de-poule). Les blogueuses s'attirent des coms du style : fais une chirurgie plastique de ton pif, ma belle, t'en as besoin, et de t'es super bonne quand même, quand ce n'est pas plus ordurier. On écrit charitablement pour prévenir l'intéressée que tu es dans les skybeurks awards, le trophée des blogs nuls. Ça fait peur comment tu écris et tes gifts sont super hideux, on commente uniquement pour se sentir supérieur, j'imagine.

Il y a aussi de la poésie, toujours dépressive :
Elle se sentai seul est perdu
Un ami est tous ce qu'elle aurait voulu
La vie est difficil a suporter
Et impossible quand tu n'as
Personne a ki parlé

Commentaire d'un internaute un peu pédant : C'est ça, l'inconvénient quand on n'utilise pas la même langue que le commun des mortels, on se retrouve vite isolé.

Allez, encore un poème :
Si je t'aime aime-moi
si j'ai peur rassure-moi
si je pleure console-moi
si je meurs me suis pas.

Conclusion d'une blogueuse : y a tout le monde dont la plupart je vois plu snif.

Mercredi 11 mars
Foire du livre à Bruxelles, journée d'animation à Villebon-sur-Yvette, et en perspective : salon du livre de Paris,

deux jours à Aix, foire du livre à Bologne. Je FAIS l'écrivain, je n'écris plus, je n'y pense même plus. Quand on voit quatre cents personnes dans une journée, on est décervelée. Montherlant disait : « On passe la première partie de sa vie à écrire son œuvre, et la seconde à l'administrer. » Pathétique.

Je lis *Storytelling*. Des raconteurs d'histoires, il y en a désormais partout, dans les entreprises, en politique, et dans l'armée. Je pourrai toujours me recycler quand on ne vendra plus de livres...

Jeudi 12 mars

Après la tuerie en Allemagne, c'est l'habituel tourment : comment est-ce possible ? Le jeune homme disposait d'un arsenal chez lui appartenant à ses parents, c'est déjà une raison. Il avait les moyens de passer à l'acte. Mais les journalistes et les psys s'interrogent à longueur d'ondes sur la responsabilité des jeux vidéo, des images violentes, des films, etc. Et bien sûr, je me demande si je dois écrire pour les adolescents un roman où une jeune fille se raconte que son père est un assassin. Ne faut-il pas contrer la noirceur de ce monde plutôt qu'aller à sa rencontre ?

Sylvie D. m'a téléphoné tout à l'heure pour m'interroger sur *Malo de Lange*. C'est elle qui doit le présenter dans le catalogue et rédiger la quatrième de couverture. J'avais l'impression quelques instants avant son appel que je ne me souvenais plus de rien, même pas du nom des personnages. J'ai vite parcouru les premières pages sur mon ordinateur, puis le téléphone a sonné. En fait, tout est remonté à la surface, notamment mes sources d'inspiration et mes intentions. Mais j'ai aussi parlé de mes recherches actuelles et Sylvie m'a mailé un article de presse sur les nouveaux aspects du métier de détective où les blogs et surtout Facebook tiennent désormais une large place. Il est très facile, dixit l'article, d'infiltrer Facebook. On se crée une fausse adresse mail, une fausse identité avec une fausse photo, on se présente sous un nom banal, et on se rapproche de la personne qu'on veut surveiller en devenant l'ami d'un de ses amis. Les gens sont tellement soucieux d'augmenter leur nombre d'amis, indice de leur popularité, qu'ils acceptent un peu n'importe qui. Et de fil en aiguille, on accède au profil de la personne qu'on surveille, on voit son emploi du temps, on note quelles sont ses activités, ses relations, etc. D'après l'article, les gens mentent finalement très peu sur Internet, presque moins que dans la vie réelle ! C'est si sple de les espionner qu'on va pouvoir se passer de détectives. Et en bavardant avec Sylvie, nous avons évoqué les échauffourées qui ont eu lieu à Tours dernièrement, suite à un « événement » créé par Facebook, une fête en plein centre-ville qui a dégénéré. Or, les incidents ont été filmés et commentés en temps réel par les participants. Les journalistes se sont servis du travail des internautes pour rédiger leurs articles le lendemain. Plus besoin des journalistes ? Pour me rassurer, je me dis qu'on aura quand même besoin de gens qui donnent du sens à tout ce magma, que le vrai talent, le vrai professionnalisme continueront de s'imposer… Travailler, approfondir, prendre du temps, creuser, retravailler, c'est mon credo, et la seule façon de tenir tête à ce tsunami qui a nom Internet.

Jeudi 19 mars

Je pose mes valises et j'essaie de relire les notes que j'ai gribouillées dans mes différents trains. Voici.

J'aimerais décrire les fabulations inquiétantes de Ruth au sujet de son père et y entraîner le lecteur, en dépit de la sympathie qu'il éprouverait pour Martin, qui se présenterait donc comme un être à la fois séduisant et pathologique. Comment procéder? Il faut d'entrée de jeu brouiller les cartes dans une scène d'introduction qui se situe bien en amont, quelque vingt ans auparavant, où l'on croit voir Martin se comporter en assassin. Cette envie d'un flash-back manipulateur m'est venue à la fois en regardant le remarquable puzzle du film *Congorama* et en lisant l'incipit de deux romans de la famille Higgins Clark. Mère ou fille, elles écrivent de la même façon, il s'agit bien de «fabrication», et j'essaie de voir ce que je peux retirer de la technique pour mon propre thriller. Les Clark entament leur récit par plusieurs entailles, en lançant plein de personnages dans plein de petits chapitres, ce qui exige un lecteur compétent, plus compétent que n'est le mien, d'une manière générale. Mais je peux tout de même prévoir plusieurs ouvertures.

1/ Il y a Ruth et sa copine, la gothique, surfant sur Internet à la recherche des anciennes amies du père du temps de la terminale.

2/ Il y a le «fils» de Martin, mettons Brice. Il a perdu tôt sa mère, Hélène, et il a été élevé par sa grand-mère qui lui a juste dit que son père se prénommait Martin, qu'il avait été en classe avec sa mère.

3/ Il y a la voisine du dessus qui élève seule une petite fille et qui va tomber amoureuse de Martin. Appelons-la

Louise. Louise risque de se voir enlever sa fille, car son mari en réclame la garde. Il estime que son ex-femme est asociale et dépressive, passant sa vie sur Internet, tenant frénétiquement son blog, suspendue à Facebook. Je pensais à L. qui fut la baby-sitter de Constance et dont le mari enrageait parce qu'elle était toujours fourrée sur Internet. En instance de divorce, il a cherché à se faire attribuer la garde de ses fils au prétexte que L. avait fait de la dépression nerveuse. Donc, le mari de Louise essaye d'avoir des preuves que sa femme est net-addicted. Martin pourrait lui venir en aide pour qu'elle garde sa petite, le père serait en fait un salaud, un beauf, un menteur, qui a plaqué Louise pour une blondasse, etc. Mais le lecteur peut avoir peur que Martin ne cherche à tuer Louise comme il aurait tué Géraldine. L'amour naissant entre Martin et Louise peut à la fois être montré sous un jour plaisant et faire craindre le pire…

Je pensais ce soir à l'univers ordinaire des Higgins Clark. Les intrigues se déroulent le plus souvent dans des milieux friqués, haute couture, presse, télé, ciné, avec Ralph Lauren et Giorgio Armani pour références ultimes, piscine et jacuzzi en toile de fond. Bref, de quoi faire rêver la lectrice de la presse people. On y ajoute une petite débutante ou un raté pour mieux faire sentir le décalage entre ces gens-là et nous. Je pourrais en retenir un ingrédient, par exemple l'ex-mari de Louise est devenu un présentateur de télé-réalité, après avoir été un candidat remarqué à quelque *Île de la tentation*, du temps où il était encore marié… Il faudrait que je regarde la télévision. Ma conscience professionnelle me tuera.

Vendredi 20 mars

Dieu que j'aime être chez moi sans la moindre obligation ! Je cherche Martin depuis ce matin. Avant de partir pour le lycée, Constance, qui a revisionné *Congorama*, m'a dit avoir particulièrement aimé le comédien québécois. C'est drôle parce que moi aussi. Pourtant, ce Paul Ahmarani a un visage assez ingrat, je suis en train de le regarder attentivement sur mon petit lecteur DVD. Son accent joue en partie dans son charme, sa façon à la fois de bien articuler les mots et de les avaler. Grande bouche nerveuse, cheveux châtains mi-longs et mal coiffés, teint presque brouillé, grand nez, visage osseux, frémissant. En fait, il y a un autre acteur dans ce film que j'ai toujours bien aimé, c'est Jean-Pierre Cassel. C'est la même chose, il n'est pas beau, il a du charme, visage en lame de couteau, nez trop grand, silhouette dégingandée, l'élégance d'un danseur de claquettes. Martin. Martin Cassel ???

Je ne veux plus en faire un prof, j'ai trop de profs dans mes romans. J'ai pensé à un conservateur de musée, et très précisément du musée de Cluny que j'affectionne, à cause de La Dame à la licorne. Je vais demander des infos sur le métier à Danielle B. qui est conservatrice de musée à Genève. *And by the way*, elle est protestante. C'est vraiment au plus profond de moi que les idées s'associent.

C'est instructif de lire les produits dérivés de la firme Higgins Clark, on voit comment une technique astucieuse peut devenir une mécanique aux rouages grippés. L'écriture est affligeante, les personnages inconsistants et les dialogues tirent à la ligne, dans ce genre :

« J'arrive, fit-il, le ton laconique.

— Ne te presse pas surtout, répondit-elle, acerbe.

— Je fais ce que je peux.

— Et tu peux peu», pouffa-t-elle.

Tiens, dans le fond, Louise est peut-être une écrivain de second ordre, pissant de la copie comme la fille Clark. Une auteur de thrillers laborieux, ne sachant pas qu'elle fait elle-même partie d'un thriller, le mien (que j'essaierais de faire moins laborieux...).

Je me demande si la sœur de Martin ne lui rabattra pas une de ses amies dans l'espoir de le remarier et que ladite amie, très amoureuse, n'usera pas d'un chantage sur Martin pour se faire épouser. Après tout, Martin a peut-être quelque chose à cacher, pas quelque chose d'horrible, mais comme il est très scrupuleux, il peut vouloir cacher cette chose à ses filles. Ce qui lui donnera encore plus l'air d'un coupable et le mettra sous la coupe de cette femme, on va l'appeler Évangélista pour le moment. J'ai toujours aimé ces histoires, Phèdre et Hippolyte, Joseph et la femme de Putiphar, où l'homme désiré devient la victime de celle qui le désire. «L'on veut faire tout le bonheur et, si cela ne se peut ainsi, tout le malheur de ce qu'on aime.»

Samedi 21 mars
J'ai souvent l'impression que j'ai plein de bonnes idées au petit matin entre veille et sommeil, puis quand j'essaie de les retrouver pour les noter, il n'en reste plus rien. Il me faudrait un branchement entre mon cerveau et mon ordinateur. Donc, qu'est-ce que je me racontais à 6 h 30? Ah

oui… Ruth tombe sur un courrier/courriel où un ancien camarade de son père l'appelle PM (pour Pierre-Martin), mais quand elle demande des explications, Martin se montre évasif. Il ne veut pas avouer que, comme sa fille, il n'aimait pas son prénom. Il est à son propre sujet d'une discrétion, d'une pudeur qui le rendent trouble aux yeux des autres. Il est le parfait opposé de cet Internet où tout le monde s'exhibe. Il protège farouchement le «misérable petit tas de secrets» qu'est un être humain selon Malraux, et il en devient énigmatique.

J'ai discuté avec Pierre ce matin. C'est curieux comme mes idées se précisent quand je lui parle, en même temps qu'elles me paraissent s'appauvrir. C'est que, pour lui raconter les grandes lignes d'une histoire, je suis obligée de renoncer à tous les possibles qui sont encore en moi. J'ai d'ailleurs le sentiment ces jours-ci de fermer des portes l'une après l'autre. Je sais que mon roman ne sera pas humoristique, même si je peux préserver des notations cocasses. Je ne crois pas qu'il explorera en profondeur les arcanes d'Internet. Donc, j'ai parlé à Pierre d'un thriller dans lequel une adolescente aurait peu à peu la peur que son père soit un assassin, peur que le lecteur partage puisque la scène initiale du roman le montre en train de tuer. Sauf que je vais utiliser la technique récurrente des Clark d'une scène de crime inaugurale où le lecteur est dans la tête d'un assassin, jamais décrit, jamais vu de l'extérieur, et qui ne sera donc pas celui qu'on croit. Puis nous avons parlé, Pierre et moi, des motivations de l'assassin. Chez les Clark, c'est souvent un psychopathe, ce qui est bien commode, car il n'est guère besoin d'expliquer son geste, il tue parce qu'il aime tuer, parce qu'il est sadique, parce qu'on l'a humilié quand il était enfant, parce qu'il souffre d'une carence affective, et même d'un véritable handicap émotionnel. Je pense à ce septuagénaire autrichien, récemment jugé, qui a séquestré et violé sa fille pendant un quart de siècle, il n'a pas l'air d'éprouver du remords, il n'a pas l'air d'éprouver tout court. J'ai dit à Pierre que l'existence de tels monstres a toujours été pour moi comme une preuve de la non-existence de Dieu. Ils sont non-humains, ils torturent, violent, tuent sans compassion, sans remords, sans aucun sentiment propre à l'humanité. Je lui ai dit que cela me fait le même effet qu'à Darwin la découverte du comportement de certain insecte qui fait bouffer par ses larves d'autres insectes vivants qu'il a dû paralyser. Aucun sadisme chez cet animal, c'est la nature qui le fait agir ainsi. Darwin en a perdu la foi. D'une certaine manière, mon interrogation sur «le monstre» rejoint le dogme de la prédestination chez Calvin, si scandaleux pour qui croit à la liberté humaine. Dans le calvinisme, personne ne fait son propre salut, certains sont condamnés, d'autres sont sauvés, nos actes n'y sont pour rien. Est-ce, que dans l'optique calviniste, ce septuagénaire autrichien peut être sauvé si telle est la volonté divine ? Tout cela ne me dit pas pourquoi on a tué Géraldine. Le premier meurtre est le plus compliqué à justifier. Après, que ce soit dans Clark ou Christie, l'assassin continue de tuer pour supprimer des témoins gênants. Bref, c'est le premier crime qui coûte (à expliquer).

J'ai regardé Jean-Pierre Cassel sur Internet. Trop de nez, trop de bras, trop de jambes. Au repos, il fait grand échalas. Dès qu'il bouge, il a l'air en apesanteur. Il est fluide, entre danseur classique et danseur de claquettes, moins punchy qu'un Fred Astaire (du reste assez proche par le côté anguleux), mais gracieux, elfique.

Tiens, j'ai croisé Louise dans la rue. Elle a un pull à larges rayures tricoté grand-mère, un châle, une tignasse rousse courte et mal effrangée, la clope au bec. À cette promeneuse entrevue s'est tout de suite superposée l'actrice de mon film d'hier soir (*Pour un garçon* avec Hugh Grant...), blême, les yeux souvent rougis par une crise de larmes, un bonnet andin sur la tête. Je m'aperçois que j'entre dans la phase obsessionnelle, tout se rapporte à mon histoire, tout doit servir.

Dimanche 22 mars

Il y a d'étranges points communs entre ce que j'ai en tête et le dernier Clark que je lis : *Cette chanson que je n'oublierai jamais.* Tout d'abord, il y a un prologue indiqué comme tel et qui se passe vingt ans plus tôt. Ensuite, Clark s'offre une commodité qui m'arrangerait aussi, elle alterne le « je » et le « il » d'un chapitre à l'autre, sans régularité comme sans préavis. Il m'a fallu cinq lignes pour comprendre que le récit avait changé de focalisation. Si j'en faisais autant, je serais obligée d'allumer les warnings comme Dickens signalant : « Récit d'Esther ». Par ailleurs, il est question de deux crimes à vingt ans d'écart avec le même potentiel coupable. Or, c'est bien ce vers quoi je m'achemine, Martin étant soupçonné d'avoir tué Géraldine quand ils étaient en terminale, ayant peut-être tué sa femme, décédée brutalement d'une sorte d'AVC, et méditant peut-être d'en tuer d'autres, Louise et Évangélista. Je vais donc regarder de très près la manière dont Clark conduit l'intrigue. Hier, en marchant le long de la Loire avec Pierre, celui-ci a répondu de façon très simple et claire à la question qu'on me pose si souvent et qui a motivé ce journal : « D'où ça vous vient, les idées ? » Il a dit :

« De l'observation du monde et des autres livres. »

Je suis à ce moment de mes recherches où j'ai le sentiment de traverser le monde en étant aimantée : tout ce dont j'ai besoin vient se « plaquer » contre moi. Dans le Clark que je lis, la narratrice devient l'épouse de celui qui est suspect de deux meurtres, et le lecteur ne peut que souhaiter son innocence. Mais dès le prologue, la narratrice dit qu'elle voudrait « sauver la vie de son mari, si elle mérite d'être sauvée ». Donc, elle doute de son mari, comme Ruth doute de son père… Pour que mon adolescente ne rebute pas trop mon lecteur, il faudra qu'elle soit en quelque sorte contrainte par les faits à croire son père coupable. Et qu'elle résiste à cette évidence.

Vendredi 27 mars

Je me sens psychiquement défoncée, trop de rencontres, d'animations, d'interviews, de gens, de sourires, de transports en tous genres. J'étais contente de repasser mes chemises à l'instant, comme si je faisais enfin autre chose que brasser de l'air. Malheureusement, ce sont les chemises que je vais mettre dans ma valise dimanche, destination Toulouse…

J'ai lu le dernier *opus*, bien fait, de Clark, même si les motivations des criminels sont toujours *in fine* décevantes.

Je commence Harlan Coben. J'ai envie de rivaliser avec tous ces faiseurs de thrillers. Leur technique de «*page turner*» est bien rodée, un peu grossière parfois, par exemple quand on abandonne le héros en plein danger pour passer à une intrigue secondaire. Cela ne m'intimide guère. Reste la maîtrise d'une histoire avec plusieurs fils conducteurs, les soupçons qu'on fait se déplacer d'un personnage sur l'autre, les fausses pistes, bref, l'art d'embrouiller le lecteur tout en gardant soi-même les idées claires. C'est ce qui me fatigue : tenir une intrigue complexe et ramifiée dans ma petite cervelle. Je pense parfois à cette brave dame regardant passer Dickens dans la rue et s'exclamant à propos de son dernier roman : «C'est lui qui a fait tenir "tout ça" ensemble dans sa tête!» Elle avait raison de s'extasier. Ma capacité de stockage limitée m'a toujours posé problème.

En lisant *Une chance de trop*, j'ai pensé que Martin pourrait avoir une belle-famille odieuse, cela semble le cas pour le héros de ce roman de Coben. Une famille très riche et pour qui il serait une sorte de raté, des gens tout prêts à croire à sa culpabilité. De mauvais alliés pour Ruth qui, au fond, ne les aime guère, même si la grand-mère essaie de les aguicher, elle et sa petite sœur Bethsabée. Ce sont peut-être ses deux seuls petits-enfants.

Samedi 4 avril

Bizarrement, Coben procède dans ce roman comme dans le dernier Clark que j'ai lu, en passant brusquement du point de vue du narrateur au je à celui du narrateur omniscient (Constance m'a signalé qu'on ne parle pas

dans ce cas de focalisation, d'après son cours de français).
Je suis si peu focalisée (là, j'y ai droit) sur mon prochain
roman qu'en regardant dans le train un DVD sur l'histoire
de l'humanité, j'ai eu une forte envie d'écrire une histoire
au temps de la préhistoire. C'est un peu alarmant que j'aie
encore de ces écarts d'imaginaire, c'est que mon désir de
cette histoire-ci est insuffisant. Ou peut-être en suis-je
trop souvent distraite.

Pour Évangélista, je crois que j'ai trouvé le type de
personnage, une femme d'une douceur exaspérante qui
appelle Ruth et Bethsabée «mes poussinettes», qui sait
tout faire, les confitures, les crumpets, la peinture sur soie,
les boutures de rosiers, mais passe son temps à dire que
c'est affreux ce qu'elle fait, qu'elle s'est encore trompée,
que son gâteau est raté, s'excuse et s'accuse de tout. On
peut avoir envie de la tuer.

J'ai presque renoncé à écrire pour le moment, même
tenir ce journal s'avère difficile. Je réponds sur Internet à
des écolières en Argentine, des collégiens allemands, une
étudiante en master, un garçon qui s'interroge sur son
homosexualité, je dédicace des livres, j'ai fait une préface,
un texte sur Hector Malot, un autre pour les dix ans de
«J'ai lu, j'élis». C'est le service après-vente, quoi. Quand
il reste un peu de place disponible dans mon cerveau, je
le comble avec un film. Je me sens abrutie.

Lundi 6 avril
En regardant *La Jeune Fille à la perle*, l'histoire d'une jeune

servante qui va se placer chez le peintre Vermeer, je me suis dit que Louise pourrait bien ne pas être la voisine des Cassel, mais la nounou de Bethsabée. Elle est tout nouvellement embauchée, elle a l'air beaucoup plus jeune qu'elle ne l'est en réalité puisqu'elle a déjà eu un enfant. Du coup, ce serait un personnage encore plus proche de la nounou de Constance.

Cette nuit, j'ai rêvé que mon éditrice, Geneviève B., m'informait qu'il n'y aurait pas de place pour moi dans le catalogue 2010 de l'École des loisirs. Je lui répondais que, tant pis, je me ferais publier ailleurs, mais je me suis réveillée assez mal à l'aise. Je dois commencer à angoisser parce que je ne me suis pas remise au travail...

Tout à l'heure, l'ex-nounou de Constance m'a téléphoné, je n'avais pas eu de ses nouvelles depuis l'été dernier, quand elle m'avait appris qu'elle était en instance de divorce. Elle est passée au tribunal et, bien soutenue par une association, elle est repartie, selon ses mots, « rétablie dans sa dignité ». Elle a la garde de ses deux fils. En l'écoutant, je me disais que je lui ferais raconter la séance au tribunal dans le détail. C'est terrible, mais quand les gens me parlent, je vois tout de suite le parti romanesque que je pourrai en tirer.

Mardi 7 avril
En route pour Arras, je viens de relire mes notes depuis le début. Je sais que j'ai pensé il y a quelques jours — c'était en nageant à la piscine — que Martin serait pasteur et non

conservateur du musée de Cluny et que la jeune Louise, confondant pasteur et curé, ne comprendrait pas comment il a pu avoir deux filles sans «se faire renvoyer». Mais j'ai fait depuis une animation dans les deux CP de mes petites-filles et la classe d'Isis m'a fait cadeau d'une petite broche. Or, c'est une licorne, la licorne du musée de Cluny. Je suis assez superstitieuse quand je recherche un sujet de roman. Du moins, j'essaie de saisir des signes et la petite licorne est un signe, le signe que Martin est bien le conservateur du musée de Cluny. De même, le fait que L., qui ne m'appelle jamais, m'ait téléphoné hier est un signe, le signe que l'histoire de Louise doit être proche de la sienne...

Mercredi 8 avril

Je me demande ce qui m'empêche d'écrire. Est-ce que l'angoisse de la page blanche existe vraiment? Pourquoi est-ce que je ne m'y mets pas? Je me trouve comme excuse le fait que je suis tout le temps dérangée. Mais aujourd'hui j'étais au calme, à la maison. Or, j'ai fui, en regardant un film, en lisant le journal, en passant des coups de téléphone, etc. Listons les obstacles. Il y a... la peur de m'apercevoir que je n'y arrive pas, que je n'y arrive plus. Que je m'ennuie quand j'écris. Il y a la peur de l'inconnu, comme si j'étais invitée chez des gens que je n'ai jamais vus. Mes personnages. Pour le moment, je ne les aime pas. Alors, comment supporter leur compagnie jour et nuit pendant des mois? Mais il y a aussi la peur de ce que je connais bien, la fatigue d'écrire, l'obsession de l'histoire, la tension qui ne se relâche plus quoi que je fasse.

Mais j'ai aussi un problème technique pour le démarrage. Essayons déjà de le poser. Comment Ruth va-t-elle mettre la photo de classe sur le site perdu-de-vue.com sans que son père le sache? Faut-il qu'elle s'inscrive sur le site, est-ce payant, est-ce accessible aux mineurs? Je me demandais si je n'allais pas commencer mon récit par le regard de Dampierre, le véritable assassin, découvrant la photo de classe sur le site, avec peut-être sous l'image de la jeune fille assassinée une très discrète petite croix noire. L'idée m'en est venue en lisant *Juste un regard* de Coben où il y a aussi une histoire de photo avec une jeune fille blonde dont le visage est barré d'une croix… Est-ce que tout le monde peut voir toutes les photos placées sur un site de ce genre? Comment fait-on pour y rechercher quelque chose de précis? Il faut que je voie tout ça ce soir, et que j'arrête de bloquer devant ces quelques considérations techniques.

J'ai trouvé quel est le crime de Martin Cassel, le misérable petit secret qu'il tient à cacher à ses filles. Ruth est née sept mois après le mariage, donc le fils du pasteur a fait Pâques avant les Rameaux, comme disait ma maman. Cela conduit Martin à multiplier les mensonges, mensonge sur la date de son mariage par exemple, puisqu'il ne peut pas changer la date de naissance de sa fille. Cela peut aussi expliquer qu'il soit en froid avec la belle-famille. Le mariage a été précipité. Aurait-il eu lieu s'il n'y avait pas eu cette grossesse? Les grands-parents maternels de Ruth cachent aussi la vérité par souci de bienséance, par respect pour leur fille défunte, mais il peut leur échapper des phrases à double sens. Ruth devine qu'il y a un squelette dans le placard.

Vendredi 10 avril

Je me suis inscrite sur trombi.com. J'ai pris une identité bidon : martincas76, ce qui m'a permis de constater qu'il y a déjà des marieaudemurail sur gmail (?!). J'ai placé ma photo de CP sur le site en mettant quatre noms, le mien, celui de la maîtresse, et deux noms de camarades que j'ai placés au pif. Il suffit de cliquer sur une languette sous le visage pour voir apparaître (ou pas) le nom de la personne, selon qu'elle a été identifiée (ou pas) par celui qui a mis la photo. Et tout cela sans autorisation... Allô, la CNIL ?

Plus j'y pense, plus je me dis que je dois utiliser les ingrédients du thriller pour raconter une histoire où il n'y aurait finalement aucun crime. Géraldine n'était pas enceinte de Martin, mais d'un autre garçon avec lequel elle avait pensé simplement flirter pour rendre Martin jaloux. Mais le flirt est allé trop loin, à son corps défendant. S'est-elle tuée, ou était-ce accidentel ? Le saura-t-on dans mon histoire ? De toute façon, il n'y a pas eu de crime. Quant à la mère de Ruth, décédée brutalement, elle est bien morte d'un AVC. Ce sont les fabulations de Ruth, manipulée par sa copine, qui font de Martin Cassel aux yeux du lecteur un psychopathe en passe de récidiver sur Louise et Évangélista. Martin aura aussi un comportement trouble, uniquement pour cacher de misérables petits secrets sans importance, comme le fait que sa femme était enceinte lorsqu'il l'a épousée... Titre possible : *Thriller.com*.

Quand Ruth et Déborah examineront la photo de classe avec une loupe, elles s'apercevront que Géraldine tient la main de Martin. Et Alice, la future femme de Martin, est à l'autre bout du groupe…

Les faits remontent à 1992 quand Martin était en TC3. Il s'est marié à 23 ans, Alice étant déjà enceinte de Ruth. Ruth est en troisième, elle a donc 14 ans. 23 + 14, Martin a 37 ans. Il me manque un nom de famille pour Alice, la belle-famille peut avoir une certaine importance dans mon histoire.

Samedi 11 avril

En relisant *Recherche jeune femme aimant danser* et en voyant que les chapitres, comme souvent chez Clark, ne sont que des dates, du 23 au 26 février par exemple, je me suis dit que l'action de mon roman devra se dérouler sur quelques jours. Autrement, les soupçons de Ruth sur son père vont devenir odieux et le retournement final sera plutôt pénible. C'est en quelque sorte un égarement de la pensée sur un court laps de temps.

Quand on lit un roman policier en sachant qui est le coupable, ce qui est mon cas présentement, on s'aperçoit que l'auteur induit le lecteur en erreur de façon assez grossière. Ainsi, l'assassin dit à voix haute en regardant à la télé le flash d'info sur le meurtre de la jolie Erin : «Erin, qui a bien pu vous faire ça ?» Or, il est seul et n'a donc personne à duper, à part le lecteur. Bien sûr, Clark pourra se justifier en parlant d'un dédoublement de la personnalité…

Hier soir, je commençais à ressentir le besoin de vivre en huis clos avec mes personnages. Ce journal va me gêner, j'ai besoin de mariner dans ma tête, de m'enfouir dans ma grotte sous les oreillers, d'être comme le rêveur éveillé des *Mille et Une Nuits*. Les mots doivent garder des contours flous, les phrases rester en suspens pour que les personnages sortent lentement de leur néant.

Mardi 14 avril

Jusqu'où peut-on aller en littérature jeunesse? Je sens un tel retour du politiquement correct, on m'a posé tant de questions ces derniers temps sur le «message» de mes romans que c'en est un peu inhibant. J'ai lu *Jusqu'au bout de la peur* et *L'Écolier assassin* que ma sœur a écrits pour l'École des loisirs et j'ai compté les cadavres. Cela me laisse une marge de manœuvre si *in fine* j'ai envie d'un «vrai» thriller avec psychopathe.

J'ai les pièces d'un puzzle, il m'en manque, il y en a en trop. Je me laisse dériver à la remorque de mes personnages, passant de l'un à l'autre, cherchant une entrée dans mon histoire, une scène que j'aurais envie d'écrire. Tant que je ne la tiendrai pas, je n'écrirai pas. Je sens bien que continuer ce journal va me pomper une énergie dont j'ai besoin ailleurs. Je me redis une fois de plus que: «Écrire, c'est gérer ces milliers d'heures où on n'écrit pas.» Si je veux me remettre à écrire, je vais devoir cesser tout à fait de le faire.

Mercredi 15 avril

Quand on s'inscrit sur un site de recherche, on entre son

e-mail, son nom, sa date de naissance, sa ville de résidence, puis on indique son parcours scolaire, voire professionnel. Le site ne fournit pas le mail de l'adhérent, on communique donc par son intermédiaire. Sous la photo, les filles écriront : **Si vous vous êtes reconnu, écrivez à...** Je pense qu'elles vont s'inscrire sous le nom de Martin Cassel et créer un mail à ce nom sur gmail comme je l'ai fait moi-même.

J'ai pensé à un truc : les deux filles de la terminale sont en fait des jumelles, des blondes aux yeux noisette. Mais l'une avec un visage en longueur et l'autre une face dilatée, principale différence entre elles deux. Elles s'appellent Ève-Marie et Marie-Ève Lechemin. Martin a d'abord été amoureux d'Ève-Marie, plus extravertie, rentre-dedans. Puis il a pris ses distances. Mais Ève-Marie était sincèrement amoureuse, et pour le rendre jaloux, elle flirte sous son nez avec Guy Dampierre. Elle pousse le jeu un peu trop loin et, à son corps défendant, devient la petite amie de Dampierre et se retrouve même enceinte. Elle rompt tout en lui annonçant sa décision d'avorter. On va la retrouver dans la Loire. Et c'est bien un crime, mais qui sera classé comme suicide. Quatre ans plus tard, Martin retrouve l'autre jumelle sur les bancs de la fac, et cette fois-ci est la bonne. Ils sont tous deux amoureux, Marie-Ève se retrouve enceinte un peu vite, comme une répétition de l'histoire de sa sœur. La conclusion en est tout autre, puisqu'ils se marient et que naît Bethsabée.

Il s'était aperçu deux années auparavant que quelqu'un avait placé sur perdu-de-vue.com une photo de classe où appa-

raissait Marie-Ève. Elle était alors en troisième. Il avait eu un choc en la reconnaissant sur son écran. Mais n'était-ce pas ce qu'il attendait en inspectant régulièrement ce genre de sites ? On pouvait cliquer sous chaque visage et le nom de la personne, quand elle avait été identifiée, s'inscrivait dans un cartouche. Lui-même n'était arrivé à Guez-de-Balzac qu'en classe de seconde, mais certains visages dans le groupe d'adolescents lui étaient familiers. Il y avait Alice Meyzieux, par exemple, et déjà Martin Cassel.

Et c'était Martin Cassel qui venait de déposer une nouvelle photo sur perdu-de-vue.com, la photo de classe de la fameuse TC3, la terminale des petits génies, de celles et ceux qui iraient en prépa. Les deux sœurs Lechemin s'étaient retrouvées en TC3, elles étaient là, Marie-Ève et Ève-Marie. Elles souriaient. Mais pas lui. Pas Martin Cassel. Ça lui aurait arraché la gueule de sourire au photographe.

Sa main moite se crispa sur la souris. Il le haïssait autant qu'il y a vingt ans. Non, plus, car maintenant il savait tout le mal qu'il lui avait fait.

Un paranoïaque. Voilà Guy Dampierre. J'ai cherché des renseignements sur Wikipédia ce matin. Voilà ce qui définit un bon parano :
— la surestimation pathologique de soi ;
— la méfiance extrême à l'égard des autres ;
— la susceptibilité démesurée ;
— la fausseté du jugement.
Un parano s'attend à ce que les autres lui nuisent et le trompent. Il voit des significations cachées dans les choses les plus anodines, il ne pardonne pas quand il s'estime blessé. La psychose paranoïaque s'installe entre 30

et 40 ans, ce qui correspond à l'âge de mon personnage. Son délire très organisé peut entraîner momentanément l'adhésion de son auditoire, ce qui sera le cas pour Ruth (et le lecteur). Le parano est d'autant plus à craindre qu'il se fixe sur un persécuteur imaginaire précis. Il fait porter aux autres la responsabilité de ses propres actes.

Dampierre va envoyer un message *via* le site de recherche pour celui qu'il croit être Martin Cassel, mais qui est en fait le tandem Ruth-Déborah. On est dans sa tête, on sent qu'il a peur de Cassel, qu'il prend contact avec lui prudemment, car il a totalement renversé la situation. C'est Martin l'assassin d'Ève-Marie, et il le soupçonne d'avoir aussi tué l'autre jumelle devenue sa femme.

Vendredi 17 avril

Je pourrais adopter la forme suivante : un texte au « il » du meurtrier, écrit en italique pour plus de lisibilité. On est dans la tête de Dampierre. Au début, même si ses sentiments sont violents, il paraît quelqu'un de lucide, structuré, décidé à faire éclater la vérité. Ce qu'il dit a du sens et malheureusement accuse Martin Cassel. Le reste de l'histoire est porté par le « je » de Ruth. Elle reçoit des mails de Dampierre *via* le site. Au début, Dampierre croit qu'elle est Martin, mais elle finit par le détromper. Peu à peu, il obtient des infos sur elle, son mail perso, son adresse, etc. Ce qu'il lui « révèle » sur son père la bouleverse jusqu'à la tétaniser. Le lecteur s'apercevra avant elle que son interlocuteur est fou. Et dangereux. En faisant progresser l'histoire par des mails, j'évite le face-à-face

Dampierre-Ruth. La manipulation se fait à distance et du coup je retrouve mon projet initial d'explorer les dangers d'Internet. Voyeurisme, exhibitionnisme, paranoïa, manipulation, etc.

Et si j'inversais ? Le je est celui du fou, le lecteur serait encore plus sous influence. On suivrait un fou menant l'enquête, entre autres pour prouver que Martin a bien assassiné sa femme. Peu à peu, le lecteur s'apercevra que le discours de Dampierre se déglingue. C'est la photo sur le site qui enclenche le processus. Les faits se sont passés il y a dix-huit ans, Ève-Marie avait dix-huit ans. C'est un lugubre anniversaire que célèbre Martin Cassel en mettant cette photo sur le site. Du moins, c'est l'avis de Dampierre qui interprète tout, en bon parano qu'il est.

Samedi 18 avril
J'ai été si agacée ces dernières semaines qu'on me demande si souvent quel était mon «message» à propos de *Oh, boy!* ou de *Simple* que je me suis recentrée sur l'histoire et rien que l'histoire, le thriller pouvant d'ailleurs paraître un genre assez vain, qu'on consomme puis qu'on oublie. Mais je m'aperçois que, de fait, je cherche à délivrer quelque chose, pas forcément un message avec ce que cela impliquerait de certitude, mais quelque chose qui est en moi. Proust disait «délivrer la beauté enclose». Pour moi, c'est le sens que je cherche, le sens de la vie ou de ma vie. J'ai parfois dit aux jeunes que «le bonheur, c'est de savoir quoi faire de son malheur». Ces jours derniers, à force de narrations, je me suis éloignée de ma thématique initiale sur Internet et les risques

qu'il nous fait courir. Mais c'est finalement mon histoire qui me fait revenir vers la thématique et délivrera peut-être le sens que je cherchais. Exhibitionnisme et paranoïa. Je tourne autour de ça. Quelque chose que j'ai effleuré quand j'ai commencé à m'intéresser aux blogs et à Facebook. Je sens en moi quelque chose entre effroi et dégoût. Et j'aimerais bien savoir pourquoi. Il y a un rapport avec ma vie. Je ne le trouverai peut-être pas, mais cela me fera écrire.

Quand j'étais au lit hier soir et ce matin, mon histoire était là, comme quelqu'un à mon chevet. Je pars demain pour l'Italie, j'aimerais que mon histoire me tienne compagnie du soir au matin et du matin au soir. Je le redoutais, maintenant j'en ai envie.

Mercredi 29 avril

Après avoir lu *Antéchrista* d'Amélie Nothomb, je me suis dit que le couple d'adolescentes du roman et leur relation sadomaso pourrait convenir, au moins dans l'esprit, à Ruth et Déborah. Déborah, comme l'Antéchrista, affecte de mépriser chez Ruth ce qu'en réalité elle jalouse, sa famille par exemple, et elle cherche soit à se l'approprier soit à le détruire. Déborah essaie de convaincre Ruth que son père, Martin Cassel, est ringard ou tyrannique. En fait, elle est amoureuse de Martin et cherche comment le séduire. Lui est mal à l'aise en face d'elle, il devine ses manœuvres. Il se dit qu'elle est précoce. Comme Ève-Marie. *Trop précoce. À l'époque, il ne l'avait pas supporté.* Toujours glisser des petites phrases qui peuvent laisser croire qu'il a bien tué la jeune fille. Et qu'il peut récidiver.

Dimanche 3 mai

C'est curieux, j'ai écrit deux pages en démarrant par : « Il y a dix-huit ans, elle avait dix-huit ans. » J'ai même ouvert un document Word intitulé *Thriller.com*. Puis j'ai arrêté en pensant que Déborah était gothique et que je devais me documenter pour mieux la connaître. Entre-temps, j'ai corrigé les épreuves de *Malo de Lange* et perdu tout intérêt à ce que j'écrivais. *Shit*.

Mardi 5 mai

Quatre feuillets. Je n'ai pas envie d'écrire. Je regarde *Doctor House*, je parle anglais dans ma tête, ça n'aide pas. Je lis des bédés. Je pars en Suisse jeudi, je vais lire dans le train le pamphlet de monsieur Bayrou. La politique m'intéresse. Tout m'intéresse. Pas mon histoire. Pourtant, je voyais bien Martin Cassel en médecin anesthésiste, le docteur House est passé par là. C'est un personnage très adolescent.

Je sais que je devrais m'enfouir sous des oreillers, arrêter de fuir, chercher la scène suivante, surtout chercher comment trouver quelque chose à raconter qui m'amuse. Je le sais, je ne le fais pas. J'aime bien vivre comme ça, marcher, parler, lire, regarder des films, faire un peu de cuisine, un peu de ménage, je me sens pleinement vivante comme ça. Le seul désagrément, c'est que j'ai un petit sentiment de culpabilité parce que je ne fous rien. Mais autrement, c'est bien.

Lundi 11 mai

J'ai eu 55 ans le 6, journée d'anniversaire où j'ai entendu

le chirurgien dire à mon père : « Vous allez mourir... si vous n'acceptez pas une opération à cœur ouvert. » Puis j'ai dû partir faire des animations en Suisse, et passer toute une journée, le 8, enfermée dans une cave. À ce qu'il paraît, je faisais des signatures sur un salon. Le soir, j'ai pu enfin pleurer dans les bras de mon mari en pensant que j'allais perdre mon papa, d'une façon ou d'une autre, et que l'histoire que je cherche, c'est celle-là. L'histoire d'une fille qui a perdu son père parce qu'elle a peur de lui, et qui voudrait l'aimer comme lorsqu'elle avait quatre ou cinq ans. Je savais dans le train pour la Suisse que je terminerais mon roman de cette manière-là : Ruth embrassant son père comme le fait sa petite sœur Bethsabée, sans avoir peur d'en être aimée.

Dimanche 17 mai
Cinq feuillets. Et j'ai déjà retravaillé le début.

Plus je lis de thrillers, plus s'impose à moi cette impression que c'est un genre « vain ». C'est d'autant plus surprenant qu'on jette toutes ses forces de lecteur dans la bataille et qu'on veut à tout prix le mot de la fin. Une machine à faire lire, comme disaient Boileau et Narcejac, à propos du roman policier. C'est cette futilité qui me fait hésiter, chercher l'échappatoire, le sens caché, le double niveau. J'ai pensé à un regard critique sur Internet, j'ai pensé à une analyse du lien père-fille, quelque chose qui aille au-delà de l'intrigue-à-énigme-avec-psychopathe. Mais est-ce parce que le thriller me paraît dépourvu d'ambition que je recule ou bien parce que j'ai peur ne pas savoir me concentrer sur une intrigue ? En clair, je ne suis pas «cap». Du coup, je cherche des trames annexes, une histoire d'amour entre Martin Cassel et la baby-sitter, ou une plongée dans le monde professionnel de Cassel qui est, selon les jours, médecin anesthésiste, juge, avocat spécialisé dans les divorces, etc.

Je suis revenue du salon européen du livre de Sarre-bruck, perdue dans les brumes rhinopharyngées et l'esprit à vau-l'eau. Provisoirement, je conclus que je dois me centrer sur les deux protagonistes, le parano et l'ado, et ne pas chercher d'échappatoire d'aucune nature. L'intrigue, toute l'intrigue, rien que l'intrigue, à énigme, avec psy-chopathe. Le reste me sera donné par surcroît.

Lundi 18 mai
Huitième feuillet. Je commence une sciatique et les objets me tombent des mains. C'est plutôt bon signe, hélas. Signe que je retravaille… Je me centre sur l'histoire, rien que l'histoire. Et sur mon lecteur qui a l'âge de mon héroïne. Car je ne dois pas regarder par-dessus son épaule si un adulte me lit aussi. C'est mon problème depuis que je me suis aperçue que beaucoup d'adultes appréciaient mes livres. Je risque de me tromper de cible. Or, c'est quand je pense à mon lecteur, enfant ou adolescent, que je trouve le ton juste, celui qui me convient.

Lundi 25 mai
J'ai continué d'écrire, soulevant mille interrogations au passage sur des choses aussi diverses que les greffes cœur-

poumon et le tuning des bagnoles. La jeune fille sera étranglée par une cravate avant d'être jetée à l'eau, ce qui se rapproche de ce qui est arrivé au frère de Pierre, retrouvé mort dans la Charente avec des marques de strangulation et des comprimés dans l'estomac. Il avait dix-huit ans. La police avait conclu au suicide (?). Je vais demander à Pierre la permission de lire le dossier qu'il a constitué récemment dans l'espoir de découvrir ce qui s'est réellement passé. C'est cette histoire-là qui est derrière la mienne, cette histoire que m'a racontée Pierre quand nous nous sommes rencontrés. J'avais dix-huit ans.

Mon héros, Martin Cassel, est anesthésiste comme celui dont dépendra la vie de mon père dans quelques jours.

J'ai opté pour une intrigue à la Higgins Clark que je continue de lire méthodiquement, mais avec une problématique adolescente.

Je me suis entourée de livres, de films, et désormais de personnages, comme un voyageur prépare ses valises.

On demanda un jour à cette chanteuse que j'aime bien, France Gall, si son verbe de prédilection était celui de sa chanson : « Résiste ! » Elle a répondu qu'elle préférait : « Traverse ! »

Mes romans sont mes chemins de traverse. J'arrête ici ce journal. *Life goes on.* Je compte sur mon roman, *Thriller.com*, pour traverser cet été 2009.

Post-scriptum : mon roman *Le Tueur à la cravate* a été achevé le 3 septembre 2009. Papa n'a pas été opéré. Je cherche mon prochain sujet de roman.

Du même auteur à *l'école des loisirs*